台灣七年級小說金典

朱宥勳、黃崇凱 編

誰怕七年級！

——「台灣七年級文學金典系列」策劃人語

楊宗翰　撰

六年級中段班的我，自去年春天返台定居後，強烈感受到「世代」這兩個字的重量。每家媒體都在談「民國百年」，可見我也要卅五歲了；本土文學書銷售慘澹，但新浪仍毫無所懼、強勢襲岸，隨「出版大崩壞」而至的竟是「作者大冒現」；寶瓶、九歌等出版社將逆風視為順勢，集中資源、全力行銷陌生的新世代作者；新世代讀者則嗜黏臉書遠勝翻紙本書，愛雅虎維基多過辭海大英，更別說在旁還有虎視眈眈的電子書。

世代與世代之間，自然存有差異。「世代差異」四字有時極為好用：譬如每個世代都有各自的閱讀脾性與寫作傾向，部分前輩作家也慣於採「新世代」籠統概括他者（the other）之存在，以便建構鞏固自我（self）與同齡文友間的想像群體意識。「世代差異」一詞有時也容易讓人生疑：譬如跟我同世代的一位朋友難以抗拒漢字魅力，自力弄出一冊「復古」鑄鉛活字印刷詩集，年終居然進入某大網路書店的超級新人榜，差點成為其中最老的新人。只能說文學版的星光大道報名者實在太多，可見創作與閱讀的需求仍在——這當然算是好消息。壞消息是，如今各世代間的界線與特徵漸趨消散，在茫茫書海中要如何打團體戰？難怪陳宛茜一篇砲火四射的〈新世代面貌模糊？〉在《聯合文學》刊出後，馬上引起諸多議論與反思。

目前恰好介於二十到三十歲間的「七年級生」，正是台灣文學的最新世代。他們之中有些人已經出了第一本書，得了校內外不少文學獎，但苦於沒有全國性知名度；有些人則畢業不久、剛找到工作，寫作成為職場菜鳥期唯一的逃逸窗口。在現今這種低版稅、低銷量、低注目度的「三低」年代，他們拿文學環境沒有辦法，文學環境也對他們愛莫能助。但環境再怎麼惡劣，讀者都有「知」的閱讀權利，我認為還是應該想方設法，集體展示台灣文學最新世代的表現及成績。職是之故，我決心策劃出版《台灣七年級小說金典》、《台灣七年級散文金典》、《台灣七年級新詩金典》三書，並打算繼續進行「戲劇金典」與「評論金典」的編選工程。秉持「老人所言不準確，同輩評價才中肯」的信念，每個文類皆採「七年級評選七年級」為原則，小說卷邀請朱宥勳、黃崇凱，散文卷邀請甘炤文、陳建男，新詩卷邀請謝三進與廖亮羽擔任編者，並請六人各自撰寫一篇長序。金典名單皆經每卷編者反覆討論，最後選出小說八家、散文八家與新詩十家，共廿六位備受期待的七年級金典人物。

數位時代應該要有數位出版策略，故三本《金典》皆以E、P同步製作，即紙本書（Printed books）與電子書（Electronic books）同時出版，並採取隨需印刷（Print on demand）技術，避免生產過剩，浪費地球資源。其實《小說金典》、《散文金典》、《新詩金典》入選的作者，無一不是真正的「數位時代人」，有能力在噗浪（plurk）、臉書（facebook）、推特（twitter）或部落格（blog）上自成一家媒體——換句話說，人人都是總編輯。

這批真正的數位時代人，完全有理由無所畏懼：平面報刊限制太多、大門太窄？七年級不怕，因為網路空間幾近無限；紙張貴、印刷貴、出版困難？七年級不怕，出紙本書這麼麻煩，自己直接用軟體作電子書即可；書店不願多進貨、上架兩周便開始退書？七年級不怕，拿 E-books 到 App store 或 Android market 自製自銷，所獲更多。面對「什麼都不怕」的七年級寫作好手，《金典》的印行面市，說不定會成為這批創作者對紙本書最後的致意！

【序】

重整的世代

——情感與歷史的遭遇

朱宥勳　撰

回顧過往的台灣文學史，我們會發現在每個世代都可以找到一股核心的力量，推著身在其中的小說家們前進、抵抗、昂揚或低伏。從日據時代面對的殖民與戰爭經驗，到國府初期的反共文藝政策、海外經驗與現代主義、鄉土文學與身分認同、解嚴與政治書寫……一部台灣文學史幾乎就和社會、政治的歷史節奏共振。對於此刻剛剛踏入文壇，試著在小說寫作這塊場域上有所突破的年輕寫作者們——亦即本書所選錄的七年級世代——來說，這條長長的歷史軌跡帶來的問題是：那我們呢？我們受什麼樣的力量影響？

以及隨之而來的、最重要的一個問題：我們這個世代的小說，有什麼樣的特色？

如林燿德所說，寫作者的對手從來就不只是同代人而已。一方面，讀者沒有責任去體諒年輕寫作者的生澀，他們只是選擇自己喜歡的作品；另外一方面，文學總是強調原創精神，所以每一世代的寫作者都得好好回應前人的豐厚成績，設法突出重圍。因此，當一個世代努力衝出新境的時候，這個行為既指向未來也指向過去，「新」必是相對於「舊」的存在，如同朱天心在二〇一〇年《聯合文學》「聯合新人獎」專號所述：「愈想創新獨特，得愈知傳統。」

這本《台灣七年級小說金典》就是回答這個問題的一個嘗試，我們試圖透過作品編選和風格評論，為剛剛嶄露頭角的七年級世代描摹一個可能的世代共相。這件工作在此刻顯得特別棘手，因為無論是文化、媒體還是社會環境，當代都已經是個快速、更複雜也更分眾的時代，寫作者們身在這麼一個多元的社會中，每個人自然都隨秉性與境遇有自己的特色。但他們共同生活於當代，在小說的思考與關懷上，仍有可辨認的共通之處。我想指出，七年級是一個「重整的世代」，他們的作品其實澱積著深厚的歷史，並且以自身情感為中心，去「重整」這些歷史。我所謂的歷史有兩個向度，一是台灣社會現實所產生的具體議題，例如人們如河面對階級、性別、族群認同……；二是在過去數十年中，大量、快速吸收西方文學各種技法，頗為成熟的各種美學流派。七年級小說作者同時面對這兩種歷史，從前者擷取題材與視角，從後者學習敘事的方法，並且以自身情感為出發點，重新探索小說寫作的種種可能。

最重要的關鍵在於，他們翻轉了以往的文學常規，將**個人情感**置於最重要的地位。這種說法看似老生常談，事實上牽涉到這個世代認識、再現世界的觀點轉變。傳統寫實主義認為文學的任務是「忠實反映人生」，現代主義則強調探索人內在的心理狀態，捕捉人類集體、永恆的哲學存在，而在形式實驗上走得最遠的後現代主義，則是徹底否定了敘事裡任何「真實」的可能性。七年級世代擺盪在再現的可能與不可能之間，並不認為寫作只是紀錄、反映的工具，但也沒有虛無到認為反映均不可為。所有外在現實都經過折射，但至少**個人情感**是可以自己掌握的。

此中差別，便具現在七年級一代，所有大敘事、或者書寫大敘事那種使命感的消失上。那種前代作家所熱衷的大敘事，主要的特徵就是塑造出一（些）個典型人物，以此隱喻族群家國的巨大歷史命運。但身為網路原住民的七年級，長期浸泡在資訊之流當中，深知當代世界之複雜。他們知道，妄圖再現一整個世界，總會有遺漏、扭曲處；妄圖代言某一群人，則必有異質性的挑戰——於是最可靠、也不至流於虛誇的，便是從自身情感著手。於是，寫作之於七年級，便真的徹底成為一件個人的事。然而人不會脫離於社會環境而生活，他們的情感自然是來自於生活的處境裡，因此傳統種種議題、歷史仍然在他們的情感之中留下刻痕。他們對個人情感的處理，便無可避免地描摹了這種刻痕。換言之，他們並不是刻意要書寫歷史，而是在書寫自身的過程中，無意間遭遇了歷史在個人身上銘刻的種種痕跡，這些痕跡使他們悲傷、痛苦、憤怒或愉悅。如果他們去寫女人、勞工、同志、台灣人……的邊緣處境，那是因為他們發掘到自身的情感，或多或少來自於這些邊緣身份。這種對個人情感的正視，在台灣文學史上就算不是絕無僅有，也大多是遮遮掩掩地附加於主流詮釋框架的側翼。但在七年級世代，個人情感成為毫無疑問的前提與目的，在此意義下，題材或者不見得有多麼新，但視點已然翻新了。

七年級寫作者不見得如此自問：「我的小說有沒有**意義**？」但必然在落筆之時反覆探詢：「我的小說有沒有情感？」

同時，網路與資訊的快速沖刷，還在另外一個面向上構成了這個「重整世代」，它同時也符應七年級所面對的第二種歷史：文學史，或者說是美學技巧的歷史。前面討論的是七年級從個人情感出發，「寫什麼？」的問題。但第二種歷史則促使他們思考「怎麼寫？」。七年級寫作者身處的是一個前所未見、極端豐饒的文化環境。透過網路與當代媒體，前人的寫作成果隨手可得，而大量開設的文藝營、寫作班，還有眾多文學獎提供的眾多評審紀錄，使得有志寫作者像是被播種在一塊豐厚的文化土壤上那樣。這些客觀因素讓他們學得很快，所有在他們之前發生的形式實驗，諸如後設、魔幻寫實、意識流……等，他們都能輕易吸收，並且立即化為己用。因此每一位七年級寫作者背後，都是一座任意取用的彈藥庫，眾多的技法陳列在那裡，等待他們重新排列、整合出新境。有趣的是，這樣大量的美學資源，卻反而使他們脫離了對純粹形式的耽溺——因為如果你的寫作只有形式，你的同儕、以及可想見的八年級，都可以輕易複製。他們因而必須更費心思索形式與內容的關係：什麼情感要怎麼寫？舊的寫法能否延展出新的情感？於是「重整世代」也就意味著在文學史上暫緩腳步，在新的小說形式迸生之前，好好開發既有技法的新可能。

綜合以上，「重整的世代」的特質便浮現了：他們是一群以情感作為基點，去遭遇大寫的歷史，並且汲取前代的寫作經驗來建立自己美學風格的寫作者。

在接下來的討論裡，我會一一羅列我們所編選的七年級寫作者，更具體地描繪這個「重整的世代」究竟是什麼樣子。這本選集以「七年級」為範疇，收羅的作者均出生於民國七十年到七十九年，與這個世代一起出道的優秀寫作者，包含徐譽誠、洪茲盈、徐嘉澤、黃柏源等，因為年齡的因素只好割愛。最後，我們選錄了八位，分別是黃崇凱（一九八一～）、賴志穎（一九八一～）、陳育萱（一九八二～）、神小風（一九八四～）、林佑軒（一九八七～）、楊富閔（一九八七～）、朱宥勳（一九八八～）、盛浩偉（一九八八～）。在編選時，我們的條件有三：入選作者必須要有水準之上的代表作、累積足夠的作品數量、以及目前為止仍持續進行小說寫作。因此，有一些非常好的單篇作品，可能便因為作者志不在小說書寫而割捨；或者曾經有一兩次精彩的演出，但發表的數量太少，難成一家，亦只好擱置。所有編選必有洞見與不見，這牽涉到許多社會條件和傳播條件，我們限於學養，也無意宣稱這是一本絕對權威的選集，但我們相信所選者必都有可觀之處，並且也能納入前述「重整的世代」的框架。

黃崇凱所錄兩篇以親情為主題，〈玻璃時光〉抓準「時間」這一意象，從修辭、到場景構設、情節推演均嚴密環繞於此。他一方面把時間物質化，彷彿它是一可感覺的存在，一方面又以之作為延展情感的抽象線索。這種表現，是同時融貫了現代主義的象徵手法，以及曾風行台灣的「魔幻寫實」，然而保留了它們引人思索的效果，而去其實驗期的生澀。〈那些登陸月球的事〉透過遙遠虛幻的意象來哀悼死亡，探討了虛構如何逃避甚至抵抗、變造現實的命題，套句學術成語，這是「敘述如何填補慾望的空缺」的亙久主題。

成名頗早的賴志穎以〈紅蜻蜓〉向前輩作家呂赫若致敬，身為醫學生的敘事者解剖自己的表哥，並且敘述表哥與音樂老師「呂桑」的交情、以及因為這段關係被捕刑求。小說解剖的是表哥的屍體，但也在解剖日據時代結束、國府來台之際那段歷史與族群傷痕，更是在解剖一段難以言說的年少情愫、同志情慾。個人的情／慾和巨大的歷史對照、扣連，融為一股難分難捨的悲傷。而這樣的思考亦延續到近作〈海盜・白浪・契〉，敘事者聽朋友虛構家族故事，小說因而既像是歷史回顧，又像是向壁虛構。性別跨界與同志情慾安插其中，竟毫不突兀。看似平穩無奇的小說手法，包含著最激越的主題，這不但需要想像力，也需要極佳的寫作技術。

陳育萱選錄的〈蒂蒂〉雖然篇幅短小，但絲毫不減其所處理議題的複雜性，緊湊的字數反而成為展現小說精準手法的最佳舞台。女性移工是台灣新興議題，陳育萱以此題材，同時處理族群、性別、階級，均能命中要害。在那裡，「蒂蒂」沒有自己的名字，只有一個共同的流水編號，十足物化也十足異化。小說以輕盈的女聲進行，更提示我們階級問題在當代世界的複雜性，已非傳統輾轉呼號、楚楚可憐的悲情角色所能述盡。前代的問題是階級鬥爭，而「蒂蒂」們的問題是她們甚至不知道要鬥爭。〈阿堂〉延續「共用一個名字」的線索，寫的是都市女性面對愛情關係的游移與可能性。

女性主義的分析取徑，在神小風的小說裡更能得到豐富收穫。〈上鎖的箱子〉裡外婆、母親和孫女三代各自面對不同的女性或族群困境，身為外省人與身為女人，自我空間的潰散既象徵了離散處境，也象徵了女性的弱勢。到了〈愛情公寓〉，篇首更引用吳爾芙的名句：「戴洛維夫人說，她要自己去買花。」整篇小說也讓我們想到「自己的房間」這一意象。外部空間節節敗退，內部身體也被癌細胞佔據（如蘇珊‧桑塔格所說，癌症總是和一種空間的隱喻連在一起），敘事者竟必須以死亡為代價才能交換一間小小的套房。在這兩篇小說裡，男性都不佔重要角色，但父權的意志透過有權勢的女性伸展，更顯其無孔不入。

而在性別議題上走得最遠的，當數林佑軒。林佑軒的〈女兒命〉敘述一對「跨性別的父子」故事，從異性戀家庭內部爆出性別的可能性。與此相堪比擬的是，他採取一種極其嫻熟華麗的中文書寫方式，來寫此一極其邊緣的議題。在主流的縫隙之中滲透破壞，是這篇小說最可觀的用心。而無論是在小說內、或者是小說發表之後的得獎感言，林佑軒都展現了一種敢曝（camp）的現身精神。〈家拎師〉則創造了一似真似假的職業，將家庭情感、性別氣質做了溫暖的描繪。對性別議題的堅持不一定使人尖銳，小說展現了接合情感與文化政治的可能性。

在楊富閔身上，最值得注意的是他極新穎的語言，與極懷舊的底蘊。〈逼逼〉的角色簡直是族群嘉年華，外籍傭工、原住民、日據時代的漢詩詩人身影交錯，而串起這一切的竟然是兩個孫子輩的年輕人，這暗示了作者的視角與關懷。因此我們也就不意外閩南語在作者手上可新可舊，因為焊接世代人群，本來就是作者的關懷。〈林寶寶的肺〉篇幅較短，但複雜度卻不下

〈逼逼〉，喜宴與喪禮一爐，整個家族的恩怨牽扯，楊富閔對此總有比諸同輩更加厚實的情感與牽絆。他的小說多以和解結尾，可見一斑。

朱宥勳的〈堊觀〉與〈標準病人的免疫病史〉是一系列短篇的其中兩篇，透過後設小說的形式，延續八零年代以降，台灣小說探索符號與指涉的關係，重劃知識／偽知識疆界的企圖。如果小說強調的是一種偽造、謊言並且「以激勵讀者相信為重點」，則此中真假迂迴，及其迸生的情感效應，都變得充滿各種層次。

所選最年輕的作者盛浩偉，作品筆觸有日系風格，並且每每讓人想到日本小說裡蒼白陰沉的校園故事。〈半青春〉與〈飛人〉用驚人的文字經營功力緩慢運鏡，再現現代學校體制對人性的壓制與情感的斲傷。傅柯的《規訓與懲罰》[1]將學校和監獄、兵營、工廠、醫院並列為共享同樣權力技術的機構，力圖將所有人整編、同一化，因此任何敏銳的心靈在其中必感受到強烈窒礙。盛浩偉以性別、人際關係的邊緣立場談校園，雖是不同文本（包括嚴肅的、流行的）不斷重寫的主題，但能超脫單純的情緒感受，逼視其中權力運作機制，卻非易事。小說的重點不在指出霸凌與傾軋，而是這些事情如何發生，對生命的意義為何。

[1] Michel Foucault著，劉北成、楊遠嬰譯，《規訓與懲罰——監獄的誕生》（台北：桂冠出版社，二〇〇七）。

最後必須談談的是本書原擬選錄，但因為作者意願而作罷的陳栢青（一九八三～）。雖然本書沒有收錄，但作為小說寫作者的陳栢青，絕對是值得推薦的小說好手。陳栢青的小說極為聰明精巧，行文運事流暢精準，幾乎不曾見到結構或敘述上的失手之處。〈手機小說〉以簡訊篇幅短小的特質為核心意象，點劃出壓縮、裂解的親／愛情關係。簡訊一來一往、單向閱讀的傳播特質，成為情感與欺騙互相投遞、互相藏匿的載體。〈自拍小史〉以一種科幻的想像力，書寫一則關於「臉」的寓言，當社會學家高夫曼在《日常生活中的自我表演》裡提到的「身份整飾」已不只是一種邊際的符號操作，而是根本可以用「自拍」影像來取代掉整個人時，身份的匿名性就不再只是網路時代的話題，整個現實世界都得「無線（限）上網」了。[2]

以上簡短的討論，試圖提供一個閱讀這本選集、這個世代的視角。從個人情感出發重整歷史，體現在小說文本裡，最明顯的慣習便是對微小細節的注視。七年級的小說不見得具有包山包海的現實描述，但非常注重能夠點染角色情感的細節，比如賴志穎〈紅蜻蜓〉對表哥身體的細緻刻劃、陳育萱〈蒂蒂〉裡面破布子的味道、林佑軒〈女兒命〉裡繡在女校制服上的主角姓

---

[2] Erving Goffman著，徐江敏等譯，《日常生活中的自我表演》（台北：桂冠出版社，一九九二）。

名、楊富閔〈逼逼〉裡水涼阿嬤的座車……對這類微小細節的擇取與致意，正是七年級寫作者筆下，個人情感與歷史遭遇的現場。

細節勾引情感。而歷史，就在七年級生的情感凝視之下，悄悄寫成了新的樣子。

目次

母親還在一池的分秒水箱中掙扎，她的秒鐘分鐘正大規模集結成軍大舉叛離。

她囑咐我去拿一套病服給她換上，她要去沖澡。

我拿著潔淨病服返回，她卻頹然倒在浴室中，孱弱地勾著牆壁手把。

母親終於赤裸脫逃了注滿分秒數字的水箱，肌膚上還掛著部分支離歪斜的忠誠時間。

她已疲憊得無法站好鞠躬，完成最後的謝幕姿態。

玻璃時光

那些登陸月球的事

黃崇凱

譯名黃蟲，西元一九八一年生，台灣大學歷史學研究所畢業。目前為《聯合文學》雜誌編輯。曾獲聯合文學小說新人獎、林榮三文學獎、全國學生文學獎、國藝會創作補助等。著有小說集《靴子腿》。

矛盾事物的連接詞

——黃崇凱論

朱宥勳　撰

暫且用一種武斷的二分法來說：現代小說已經不再像傳統的小說那樣專注於推衍情節，用種種伏筆震撼去刺激讀者的情緒。它採取一種間接的方式去勾引讀者的感覺，表面沒有什麼大事發生，但所有深沉的悲傷都在最後一個字銘刻下去的瞬間，啟動了讀者體內隱藏的情緒程式碼。所有「沒事兒」的敘述，都是在為了「那些事」作張本。

因此黃崇凱所擅長經營的矛盾、反差絕對是足堪代表這類小說技藝的文本。二〇〇九年底出版的《靴子腿》，正體現了小說焊接矛盾事物的可能性。整本小說以流行音樂作為主要線索，那些已經被商業市場不斷重複，意義幾乎掏空扁平的流行歌詞在黃崇凱筆下，竟能寫出一種細緻的情感範疇。它寫出的不是能放聲大哭或耽溺自毀的徹底情感，而是捕捉到一種日常生活裡，普通難過也普通開心，普通溫暖也普通寂寞的精微刻度。

出虛入實，〈玻璃時光〉以時鐘為意象，但這時鐘所指涉的時間有時是人們所在的時空，有時是記憶，有時是生命的步調，有時還成為情感流動的型態。小說中父親永遠守時，但永遠和敘事者不在同一個時區，兩人同樣探望病榻上的母親，卻從未遭遇。小說幾個場景以時間和現實物件互喻，文字的挪移輕巧敏捷，比如形容母親浸泡在分鐘秒鐘裡，但出浴時又寫肌膚上掛著支離歪斜的時間。水珠與時間，毫無關聯的事物竟可互相指代。〈那些登陸月球的事〉更是以極遠寫極近，同樣是母親纏綿病榻的情節，黃崇凱卻幾乎不涉醫院細節，也不以尋常小說的標準程序去建立敘事者和母親相處的情感場景。相反地，他大量敘寫關於「人類是否登陸月球」以及和「夢境中的女兒」的對話。前者不斷否認一件公認的事實，後者則捏造不曾發生（甚至，不可能發生）的情境，一方面小說盡情地展開了自己的說謊本事，但一方面，說謊卻可能反襯著更大的傷痛，因為痛楚之難（不是困難，而是艱難）以言表，遂只能言不及義，虛以委蛇，拉開的距離丈量著傷痛的程度。如同《封神榜》「比干挖心」的傳說，言說即是有心無心的判決，則一再否認人類登陸月球，變成一種試圖改寫現實的努力。如果能夠依靠敘述推翻這件事情，想必也能推翻母親的逝去吧？

在兩個無關甚至矛盾的範疇之間製造連結，此即黃崇凱小說最可觀的演出。所欲的和所經歷的總有罅隙，幸好小說有強韌的延展可能，正好作為真空地帶的連接詞。

玻璃時光

可是母親，時間不會走丟，妳卻已經走丟在時間裡面了。滿滿一海水的秒鐘分鐘浸泡著妳的軀體，在妳的時鐘還可以正常運作時，妳的秒鐘分鐘提早叛離了妳，它們提前朽化妳的雙腿和腰圍，以一種妳的時鐘覺察不了的速度，偷偷消瘦妳原本的福泰飽滿。時間的海水正在往上淹沒，妳就像是表演水中掙脫術的魔術師，在滅頂之前，布幕掀起之後，我們等待妳瀟灑擺好姿勢收取驚嘆和掌聲。靠窗的窗簾卻總是黯淡著臉，陰鷙地隔擋著光線大舉穿透。母親還在掙脫，布幕還未拉起。

那是個天氣和煦的日子，我清晰記得屋頂上的湛藍天空有隔壁樓頂鴿舍飛出的幾隻灰鴿，該是擺一組杯盤喝著下午茶的時刻，就我們在家，三個人面色凝重對坐。彷若罩上了一層刮花鏡片，畫面中的父母都色澤暗沉地佈滿零散雪花刮痕。父親說，「我不可能答應的。」父親再說了一次，又說了一次，不休止地說著同樣的話。

「這也是為了媽好，」我說，「這種時候，作丈夫的不是應該順著妻子嗎？」父親似乎相當訝異唯一的兒子會對他說出這樣的話。

父親並沒有改換當一枚規律的鐘擺。

父親是一個守時的人，非常嚴謹而精細地遵守他手腕上的時間。這對一個中小學福利社零食配送員來說，顯得相當自然。固定的配貨流程，固定的學校路線，固定的耗費時數，固定的遵照老闆指示隨時補貨。開了一輩子小發財，最後被迫繳回鑰匙時，卻沒有積累什麼錢財。父親過去工作二十年的習性，早已深埋了一具精準的時鐘在他體內。他仍每日開車出去，到相當後來我們才知道，他其實還維持著過去工作的每日行程，準確地執行每一條配送路線沒有間斷。他先是開車前往大賣場購置了一批批零食雜貨，自備了一本簽收記帳簿，再以批發價賣至學校福利社。到最後，家裡的零食、飲料一箱箱直直頂上了天花板。

這樣的父親，最終把自己拉成了長長的指針，停止在六點鐘的位置。父親在這個狀態下，永遠地守時了。

有時候，我感覺自己被包裹在玻璃鏡面的真空狀態裡。醫院是一面大鐘玻璃，罩住裡頭各個大大小小或快或慢的時鐘，依循自身的節奏走著。我忍不住，總想伸出手指，撥弄母親旋得飛快的指針，試圖讓沙漏重新倒過來再流一回。

一天看見陽光從厚重的簾幕穿透而入，有個念頭直奔而上：我們不總是都以玻璃外的眼光看待時間麼？我們以為，我們看穿的透明光潔是均勻質地，卻懵然不知或許那個我們得見的時間序列，已有了扭曲錯置。

我想起「大名錶」。「大名錶」是日本江戶時代一種相當特殊的時鐘裝置，不同於習見的時鐘，它是根據實際的光陰狀態推進，同時搭配季節調換不同速率的晝夜錶盤，所以它並不存在著被等分切割好的區塊和間隔。現今，我們已經被一天二十四小時，一小時六十分鐘，一分鐘六十秒的六十進位給徹底馴化了；但到底是誰規定時間就該這樣跑動。

母親現在躺在床榻上，無甚精神地看著重播的節目。而這是她今天第三次看了。我窩坐在一旁，繼續閱讀那本很厚的小說。母親的視線似乎不很集中，時不時閉上眼，像在思考些什麼或不小心跌入盹憩。這種時刻該是讓電視獨自發出聲響的，說什麼都是多餘的話。病房的靜謐，因著電視聲響更加嘹亮了。

待在醫院越久，我越能感受到，醫院裡的每一個人其實都存在著時差。就像一八八四年開始決定的格林威治標準時間一層層向外推算各地時區，從醫師、護理人員、藥劑師、醫院職員、救護車司機、清潔工歐巴桑、外籍看護、家屬，當然免不了身染七彩繽紛的絢爛疾病的病患們，各自皆有著不同時區劃分。正常上下班的醫院職員，朝八晚五是一個時區；分白天、小夜、大夜班的護理人員是一個時區；分早午晚三班的清潔工歐巴桑是一個時區；來兩年到六年的外籍看護是一個時區；而各房各床的家屬和患者又像是同時顯示著各地時間的鐘錶，彼此錯落交置，走得整座醫院滴滴答答。因此在醫院待久了，逐漸覺得，我日日看見的不是一個個人，而是一枚枚時鐘。比如說，現在正幫母親測量血壓的護士，她的鐘面只有八小時，而且是倒著跑的；而鄰床越南籍看護的鐘，佈滿了密密麻麻的細小刻度，她的指針久久才往前跳上一小格。

在醫院，可以完全不需要看錶或鐘。醫生巡房的問候是八點半，喀喀響的藥車會在七點半、十一點半、五點半送來藥片，醫院廣播晚安曲則是九點鐘了，全都在提醒人們現在幾點鐘。現在鼻腔被消毒水的腥味充滿，該是下午一點了罷。我攤坐在母親病床旁的行軍床，緩慢讀一本很厚的小說，隨著翻閱的書頁慢慢噬咬時間，蠶食我對時間的感受力。靠窗那床家屬總是沒拉開窗簾，即使外頭日陽高掛，透進來的光線也不足以穿透母親床邊的簾幕。我知道母親是略微害怕黑暗的。她總是捻開小燈，保持一種病房內遭受病害斲擊的肅穆氣氛和灰暗色調。我不知道其他病房是否同類狀態；在這裡，當住進這裡，彷彿住進了一只失去時間向度的紙箱。那盞小黃燈，時常令我誤以為自己是困在紙箱裡嗷嗷張喙的黃色小雞。

日本人直到江戶時代，都採用著以十二地支計時的「不定時制」。所謂的「不定時制」依照實際的季節轉換、晝夜長短分配時間，而每個時辰也與定時制折合的兩小時不同，有些較長，有些較短。大名錶即是不定時制與鐘錶的奇異結晶；然而種種大名錶背後的匠心，是那些只知道摩挲金銀陶瓷錶殼、只會透過玻璃錶罩看著指針跳動的高貴諸侯們所不懂的罷。我總妄想可以一睹大名錶採用不定時制的錶盤奧秘，想像看見鐘面指針的躍動律感，幻想聽見鐘錶內裡的錶盤轉換聲，臆測鐘面背後的零件精緻運轉。儘管最終它也遭到時間的棄置流放，走進了時間的閣樓，成為一片封存時光的塵埃。

母親從來不戴手錶。她說現在有手機方便多了，要時間，看看手機就好了。我說那以前怎麼辦？她說，時間是長在嘴上的，問一下別人現在幾點鐘也是不難；再不然就去鐘錶行或車站看時間。時間這種東西又不會走丟。「可是，」她提到父親，「你爸很不能容忍我遲到，一點點都不行。」她談到他們新婚不久，一次她到朋友家閒聊，約了父親六點鐘在戲院門口碰面。「我只遲到三分鐘欸，你爸竟然不等我自己進去看電影。」

現在我的時間是早上七點四十二分，跨過一條窄道，便是母親的時區。她已端坐而起，自己削了半顆蘋果吃，剛好讓我收拾桌面。母親又度過了一個永晝日。近來她的時區產生了紊亂變動，晝比夜長，甚至常常使她處在永晝日沒有踏入睡眠。總不掀開窗簾的臨床陪病阿婆守著她三十多歲的兒子，還處在沒有盡頭的永夜日裡。外頭的陽光被窗戶玻璃削減了大量熱力，最後被厚重的簾幕吃光了。我是偶爾探頭闖入的外來者，試著在永晝與永夜相隔的溝渠中保持我的時差。

午餐時在自助餐廳瞥見了一齣警匪劇，恰好是英勇的正義主角找出恐怖份子埋藏的定時炸彈，正試圖中止電子顯示器上不斷躍動縮減的數字。把午餐便當遞給母親時，我竟然聽見了類似嘎嘎吱吱、滴滴答答的計時聲響，可是看不到任何數字。我該如何拆解或中止那一枚深藏在母親身上的鐘呢？

鄰床沒起身過的男人，我從未聽過他的時鐘走動聲。後來仔細一看，他並不是一枚鐘，而是一具沙漏。可是他的沙漏內裡的沙鹽已然結晶成塊，再也不漏，靜止在他頹然倒下的那一瞬間了。他的衰老母親，總是面容枯敗沉默地為他擦拭身體、拍打筋肉、換尿布、灌牛奶。

醫院住久了，我的耳朵充斥著各種時差的時鐘運轉聲。例如鄰床越南看護照顧的老阿婆，固定在每日晚飯後叱罵看護，這種就是很吵的鬧鐘。

母親止不住地冒冷汗，她把自己窩綣在被榻裡，更是浸濕一件件病服。母親除了偶爾短暫跨進另個時區外，仍長處於永晝區。她已數天沒有好好躺入睡眠了，她閉著眼努力想睡，身軀卻搾出一床汁水，溽濕了枕套床單，反而更倦但渾身更找不到一個舒適的躺姿。母親還在一池的分秒水箱中掙扎，她的秒鐘分鐘正大規模集結成軍大舉叛離。她囑咐我去拿一套病服給她換上，她要去沖澡。我拿著潔淨病服返回，她卻頹然倒在浴室中，孱弱地勾著牆壁手把。母親終於赤裸脫逃了注滿分秒數字的水箱，肌膚上還掛著部分支離歪斜的忠誠時間。她已疲憊得無法站好鞠躬，完成最後的謝幕姿態。

她又談起了父親。

「說起你爸啊，他也真是……」母親的音量轉小，低著頭喃喃唸著。

「媽，媽，妳說爸什麼？」

「我說你爸真是守時的人。」

「守時……」

母親常處於永晝狀態的錶盤，似乎悄悄轉換到另一個時區了。

「說起來，你爸也算是很認真工作了。」

「家裡是有很多箱子。」

「不過，」母親嘴裡緩緩吐出字句，「他也該來看看我。」

母親，父親不是永遠地遲到了嗎？

母親真的跳入了另一個時區。那裡只會有泛黃的數字、歪曲的指針和倒著不規則跳躍計算時間的大名錶，以及我父親化成的鐘擺，規律地擺動著。

臨床的母子倆，能動的不會說一句話，不能動的說不出一句話，又因為老是不把窗簾和隔床帷幕拉開，導致病房昏暗的氛圍下令人很容易暫時遺忘他們的存在。多半在啪啪作響的拍打聲響起、打開髒尿布更換時傳出的糞臊味瀰漫之時，我才意會到他們還在。可是近幾天，當病房只剩母親床前小燈獨自撐起滿室漆黑的深夜，常常會聽見棉被掀起聲、尿布魔鬼粘被輕輕撕開的細碎聲音。住在永晝區的母親以極為輕巧的力道拈醒了我，示意我瞧瞧鄰床。由於背光緣故，身後小燈映照不出帷幕另一側影影綽綽的人影，我躺在行軍床上，緩緩地朝頭頂牆壁移去，試著從帷幕隙縫看過去。老母親的面孔朝下，哌在兒子的鼠蹊部，節奏規律地上下。

父親的再度出現，是我未及也不曾料想到的。

「你爸前幾天就告訴我隔壁的事了。」

「爸怎麼會……」

「怎麼不會，」母親語帶幾分慍意：「你都在睡覺當然不知道你爸來過。」

「來過？」母親似乎對我的驚訝沒有覺察。

「他要我不要叫醒你。他說年輕人要多睡一點。你也知道你爸是個很守時的人啊，我怕他這樣太辛苦了。」

「媽，妳都沒睡嗎？」

「不是都被你睡走了。」

我注意到几上多了零食和飲料，父親真的來過。

臨床的老母親，日間她總溫柔沉靜地照護著兒子；令我很難想像她在夜裡對兒子所做的舉措。但她，真的那樣做了，並且（在我偷偷窺察下）夜復一夜沒有間斷。我的內裡從初始的鄙夷嫌惡，隨著光影推移，日日夜夜觀察著阿婆的舉止，竟慢慢轉為溫煦的良善敬意，漸漸地佩服起阿婆。同時，我也疑惑起母親的狀態。她可以隔著帷幕精準無比地察覺鄰床的事，為什麼提到父親，就好似活在另一個時區裡呢？

夜裡父親的蹤跡何時來過？一覺醒來，活在永晝區的母親都說父親有來過，都在我睡覺後醒來前。幾回我強撐不眠，覷瞇著眼觀察至天光如流浪犬無聲竄入至房間提高色彩亮度，方知天明了，也從未見過父親踏足病房，母親卻總說他來過，桌上也真的又多了零食飲料。母親總是對我說：「都被你睡走了。」

「我實在袂見笑喔。」這句話宛若一記右勾重拳極兇狠地朝我臉頰砸上，我的頭顱一時震盪得擠不出一個字做為回應，頓時僵直著臉孔不知如何表情。阿婆繼續安靜地為兒子拍打筋肉、擦拭四肢軀幹，之後要我過去幫忙替他兒子翻身換新的病服。我溫馴服從地聽從阿婆指揮，她要我幫著換衣服、丟尿布，一概照做。阿婆依舊在夜半護士巡檢過去，安詳地重複那些動作，只是與母親之間的帷幕拉開了。

母親已深陷在時區與時區之間的夾角之中了，她體內的大名錶以不同速率跑動著時間，彼此錯落有致地令她可以同時與我和父親對話。母親抱怨又跟父親吵架了，都為了父親堅持要母親守時，「我才遲到三分鐘欸」，父親說，「這是不可能的，我絕對不會答應。」父親已經在另一端把母親這枚鐘緊緊地罩住了，指針無聲漫步。透過父親掩蓋齒輪撞針的滴答聲響，母親的時間再也無從窺視了。

隔壁的阿婆繼續舔吮著，試圖撥弄兒子的指針繼續勃勃前進，沙漏可以再度滲落。沒用的，當鐘錶的內裡已經完全失去了動能，即使零件尚存，依然無法感知時間。就算阿婆搖起了指針，可以撥動指針的位置，它卻再也無法存有於時間向度中，只能靠另一枚鐘來時刻校對了。

阿婆，妳兒子已經脫去了玻璃殼罩，跌成凝凍之沙了。

母親則是一枚正在剝除時光外殼的大名錶。到最後，母親只看得見作為鐘面保護罩的父親，而顛倒過來，整個剝去了時間的籠罩。

「你爸，」

「真是個守時的人。」

「他還是，」

「認真工作的人。」

「你再接一句看看。」

我住了嘴。

最近我才察覺到，從母親那邊聽見的滴答聲並非倒數計時，而是在她體內錶盤錯置替換的聲響。我只能張耳聽著母親的時鐘嘎吱作響，漫步在時間軸上，卻看不出母親現在幾點鐘。

「都被你睡走了。」

「是，都被我睡走了。」

母親最終也成了一只停滯的鐘，再也不走了。或者該說，她的鐘面已被飽滿密實的數字牢牢填滿，無法辨別什麼時間、什麼時區了。錶盤只是嘎嘎吱吱價響，提供倏乎替換的音效。當永晝區最後也成了時區交雜的狀態，光陰的推移就顯得一點意義也沒有，再不提供任何線索了。

母親，妳已經忘記在那個下午，妳說了什麼嗎？

隔壁阿婆夜夜吮吸著。那個夜晚，我確實見到兒子的指針再度雄偉地挺立了。母親這邊持續發出的滴答聲，嘰嘰喳喳響個沒停。不是都已經凝滯不前了嗎？母親躺在床上不停和父親說話，討論守不守時和遲到三分鐘，絮絮叨叨說個不完。我起身走向臨床的母子，伸出我的右手掌，開始在兒子的指針來回磨蹭，阿婆只是默默看著我的手部動作。沒過太久，兒子的軀體劇烈抽蓄起來。我見到了阿婆的歡愉笑顏，在一盞小燈的烏黑病室裡，無聲地嘹亮起來。我轉頭看見母親仍和父親以微小的音量說著話。

那個下午，母親，我以為妳說的一切只是為了離開父親；我從來沒想到，就連我，妳也會緩緩拒斥了。母親，當數字充滿妳的臟腑血管，時間會慢慢漲到妳的輪轉齒刻，磨蝕妳和父親之間的扞格，那麼，妳便可以無視時間的存在，再次與父親一起。可是母親，時間不會走丟，妳卻走進浮花浪蕊的記憶之海，再也不試著浮上岸了。

那些登陸月球的事

我從來都不願意相信人類曾經踏上過月球。

那段陪著母親的時間裡，我更加確認這一點。當然你可以反駁我說有影像紀錄、有文字記載還有圖片為證，可以精確地說出日期是西元一九六九年七月二十日，可以指出是哪兩個美國太空人踏上月球表面，甚至可以背誦那一句世界知名的太空名言，即使亮出月球現在還插著一面美國國旗的照片。這些完全都不能說服我。就像我從來都認為地球是圓的那樣，人類其實從沒有登陸過月球。何況不相信人類登陸月球，絲毫不會影響我繼續以右手刷牙，也不會讓我的憂鬱大腸突然暢通，更不會讓我的母親不死。

這一次我不會再難過了。我對著女兒說：「這一次我不會再難過了。」女兒皺著困惑的眉頭，圓胖的臉頰嘟著，像是完全沒聽懂眼前的父親對她說的話。

「你要難過什麼？爸爸？」我把她抱得更緊，宛若擁抱著當初在一起不久的女友，後來成為妻的女子。女兒沒有再說話，只是安穩地任我緊緊抱著，像是盛著一碗過滿的湯汁，再多用力一些，碗就會翻覆，滾燙的液體就會把熾熱灑進我的內裡。我說親愛的女兒啊，「我已經失去妳的奶奶了。」

「奶奶。」

「對，我的媽媽，妳的奶奶。」

「失去奶奶是什麼意思？」

「就是沒有了。」

「沒有了。」

「對，沒有了。」

「可是把拔，你很久很久以前就失去奶奶了。」

「是啊。就像很久很久以後我還沒有擁有妳一樣。」

「那，為什麼我在這裡。」

「我也不知道。」

「我知道……」

醒來之後我發現那是個久遠的夢，甚至也稱不上夢。有點像是我在疲憊的生活空檔裡自動衍生出來的想望。穿插在看顧母親的淡漠光陰裡，添加給自己一點力氣。我哪來的女兒呢，連個馬子都沒有，那整整兩個億的子弟兵還在打瞌睡咧。我跟母親說要下樓買點東西，她點點頭，我知道她這一星期總是睡不好，但不躺著休息又沒辦法。但我要買什麼東西，其實什麼什麼連自己都不曉得。總之把自己扔進那個發光的明亮空間裡，自然會知道吧。我想到小學時候，母親把那輛迷你奧斯汀開回家時，我抱著國語作業躲進後座，就著逼仄的座椅用彎曲彆扭的姿勢書寫生字，沒有開窗。過了不久就因為氣悶感到不舒服，生字也寫不太下去。年幼的我不明白那是怎樣的執拗心態，總覺得眼前這輛嶄新的小車肚腹裡不可能裝不下我，就連排檔手把和儀表版都閃著油亮光芒，在這個小小的新世界裡，不可能沒有我。於是我就逼自己待著，坐在裡頭即使頭暈窒悶寫不下作業，還是不願意搖下車窗讓空氣進來。後來母親告訴我，等到她發現找不到我時，我大概在裡頭昏睡了一個小時以上，真正找到我則是晚餐之後的事了。事實上我有點納悶，為什麼她找不到我還可以安心去做飯（只不過是一盤蛋炒飯？）當時的我完全沒想到這些，只是覺得如果不在新車睡過的話，怎麼能稱為我們家的車子呢。母親並沒有責罵我躲在車裡的事，只是輕拍車窗叫醒我，要我自己走出來。我抱著國語作業，來到冷掉的蛋炒飯前，母親說趕緊吃了吧。我不怎麼明白她為什麼不幫我熱一熱炒飯。於是我見到每一輛奧斯汀車駛過，總想起那些冰冷堅硬的飯粒，好像那些飯粒逐漸在記憶的食道裡緩緩下降到胃囊，卻怎樣也抵達不了胃的底部，無法進入一道正常的消化過程。

多年以後我在下降的電梯裡想到這件事，電梯不停下降，回憶的細節卻在漂浮，甚至讓我沒空去想要買什麼東西。便利商店裡非常安靜，外面燈光下好幾隻翻飛的蛾震動翅翼，反覆朝光源刺去，醫院對面一排店家完全靠著疾病餵養生意，但似乎沒有人願意在此久留。有個下班套著灰黑夾克的護士在飲料櫃前躊躇，最後提走一盒國民便當，她和店員沉默地結帳，只有刷條碼和發票吐出的嘎嘎聲盤旋在這塊明亮的空間裡。我感覺有點冷。這是今天第幾次進來了呢？我像是固定探望封套雜誌和熱門影片的家屬，隔著膠膜、撫著標題想像內部的鮮豔圖片和說明文字，一如撫摸著女友身軀細嫩的肌膚，想像著膣內的溫度和氣味。過於寬綽的場所，席捲商品的靜默，讓空調、冰櫃的嗚嗚聲運轉得更響亮集中，直直鑽進那些失喻的念頭。我並沒有找到想買的物件，畢竟下午吃過一顆布丁，晚上也喝過一瓶咖啡了，何況肚子也沒發出飢餓的訊號。再度踏出門口的叮咚聲，高掛在上的路燈依然吸引著不停碰撞傾軋的拍翅聲，對面的整排大樓看起來就像個癌症病人，什麼維持生命的裝備都齊全了，甚至能欺騙痛苦，欺騙絕望。

邁向那幢壓低聲量般壓低光明的急診室入口，我想起女友跟我提過養寵物的事。她說小學時候開始養的西施犬，差不多到了高二時就快不行了。

「你知道，我們那裡是鄉下，根本也沒辦法常常帶牠去看醫生。何況醫生說牠是老了，器官出現衰竭現象，已經不能回復到年輕時的活力了。」

「那狗後來呢？」

「我和姊姊每天放學後就跑回家檢查牠是不是還活著。某天回家發現牠不在狗屋裡，找了很久發現牠原來倒在我姊姊房間床底下，死了。我不知道怎麼形容那種感覺，只覺得好不真實。早上出門前還睜著眼看我們離開，傍晚卻像具壞掉的絨毛娃娃，還發出腐爛的屍臭味。」

「妳們最後怎麼處理狗？」

「姊姊看到牠死在自己床底下，絲毫沒有露出驚訝表情，彷彿那真的只是隻又髒又臭的絨毛娃娃。她要我找來兩層垃圾袋，真的像是捏起絨毛娃娃那樣扔進垃圾袋裡。姊姊說什麼死狗放水流，所以要丟到村子外圍的大排水溝裡，我就在後頭跟著。整個過程，我看著姊姊覺得她真的是成熟大人了。」

我只是聽著女友絮絮叨叨講述這個故事，沒有提出任何意見。那個時候我們正躺在租賃住處的床墊上，一個悠長得應該要說點不相干故事來浪費它的夏日午後。我盯著天花板，耳邊響著嗡嗡旋轉的扇葉，女友說出來的字詞總有幾個被攪糊。這也不太要緊，我並沒有表現出不耐傾聽就好。我的雙臂反摺在後頸，微微滲出的汗水正在侵蝕乾燥的肌膚，老感到我的內裡有一小具烤爐在悶悶烘烤著，僅只夏天才有。簡直是不切實用的太陽能手電筒，冬天時候這具小烤爐從來沒自動點起火來。

「你有沒有在聽？」

我沒有回答。本來想跟女友談點嚴肅話題，例如談談該不該給那隻可憐的西施犬安樂死之類的。不過我們當時已經進行到過於疲倦的狀態，夏日的午後聽不到一隻蟬鳴，只有風扇緩緩把濕度過高的沉默捲進扇葉裡切割，那使我昏倦。迷迷糊糊地進入了傍晚，我們躺在床上錯過了河堤視野正好的魔術時刻。

總有這些那些思緒在旋轉，在發亮的超商外，前往發亮的急診室途中，我像是一意要走到那些光芒背後的漆黑裡。路過急診室，總能看見過度曝光的折射光線掩蓋著塑膠椅，那些家屬被掩蓋在帷幕後執行等待。過道安靜而明亮，把我銜接到逐漸微弱的電梯穿堂前。等待電梯抵達門開前，內心較隱密的位置止不住地悄悄懼怕著。門開之後當然不會有一群跑錯場子的拖堵兄弟拿著刀槍棍棒奔洩而出，也不會有渾身酷黑勁裝的調查局幹員拿槍指著你，門開之後，只有無表情的虛空在電梯裡上前迎接。到底是怎麼回事？電梯上升時刻，我的思緒飄到另一處虛掩的記憶裡，有個畫面突然跑出來像張病床填滿電梯狹窄的空間。為什麼我總是帶著距離觀看周圍正在發生的事？還想著，身體已經回到這間安靜的病室了。母親微微睜開眼，眨眨眼，再度把眼睛閉上。

我那時突然想到，怎麼沒跟女友說「妳該把那隻狗處死。」

母親也許該死。

望著隔音玻璃的倒影，那個影中世界夾雜著十三樓沉默的夜景，與玻璃這端的世界同樣安然。我躺在母親身邊的行軍床，繼續思考關於處死那隻狗的事。既然死亡是必然發生的終局，早與晚的區別就在於牠是否痛苦。如果能確定牠很痛苦、因此牠不想活，那麼早點處死會比讓牠屢受折磨來得輕鬆吧。問題是，要是牠的確活得很痛苦卻又想繼續活著，我們能擁有決定牠生命延續與否的權力嗎？所以得把那隻會跟我們撒嬌，翹起前肢吐舌舔舐我們臉頰的小狗扼死。我們得先拋開牠就是那隻狗的形象，把牠當成一個沒有感情基礎的物體，把「牠」當成「它」。另一個問題將會是，怎樣的方式比較不痛苦。當然牠會喊叫，動物只要是活的都會喊叫，所以得掛掉牠，牠就不會感到疼痛也不會喊叫了。這是唯一使牠不痛苦的方式。

好像一個觀察者，正在對我自己的夢境進行採樣。那個夢裡有女兒，有母親，有個面目模糊的女人在遠處陰陰笑著。女兒要我注視著她，我看著她的笑臉，笑得眼睛瞇了起來，露出城垛般的牙齒，把我摟得緊緊。那觸感太過真實，即使明知自己是在夢裡，忍不住要問「這是夢吧？」女兒卻笑嘻嘻地回答「這是夢啊！把拔你在做夢！」我輕撫女兒柔順的髮絲，想著這一切都是夢，發生過了的夢。我甚至想跟女兒說說她的奶奶，她那死去已久連她媽媽都不識得的奶奶。可時候還不到，這個夢還沒醒來，我必得在醒來之後才能訴說這個夢外之夢。

我甚至覺得該起身，拔掉替代母親報廢的肺葉提供氧氣的管線，這樣就不會再有輕細如貓的氣體交換座位的聲音。不要再讓她痛苦，也不要給她可能存活的機會百分比，直接讓她遁入那個倒影世界的床鋪躺著。我試著找出無法這樣做的理由，可能不外乎膽怯、犯罪、大逆倫常之類的正常考量，完全理性地計算之下，沒必要為了一個將死之人送上自己的年韶光陰。最終我只得到其實我不夠愛她的結論。我要是夠愛她，怎麼會忍心看她虛弱躺在病床，就連上個廁所都要尊嚴盡失？我要是夠愛她，我怎麼能忍受她看著自己的軀體逐漸分離到另個光明漸弱，一階一階層次加深的暗影裡？而且沒有一丁點所謂的希望在盡頭等著她。我怎麼能夠忍受？所以，我必定是不夠愛她。

「妳不夠愛那隻狗。」我是不是跟當時的女友說了這句話？那個本該揮霍的漫長夏日午後像延長賽一樣，不停延伸到落日的餘暉被河堤吞沒在的向晚，後退再後退，絲線般緩緩拉扯出一道軌跡，步履平穩地更換了明朗的月亮。沒開燈的房間闃暗沉默，像無數個不開燈卻看著電視的螢光畫面，閃映在臉龐的表面積大到足以掩蓋語言。

「欸，妳信不信人類登上過月球？」

「這是常識吧。」

「我的意思是妳真的相信這件事嗎？」我刻意加重語氣強調。

「不然呢，不然有什麼證據說沒有？」

「重點就是這個啦。也沒有證據說一定有。」

「真不知怎麼跟你說話欸。」

我們並排躺在熱氣逐漸奔散的床墊上，風扇在轉，吹送微涼的夜晚覆蓋整個房間、整棟公寓和整塊社區。河堤上想必有人牽著家犬在散步或慢跑，間或一兩輛腳踏車穿梭而過，幾個佝僂的身影緩緩走在堤岸道路，一派悠然極了的日常。他們也都相信美國人登陸過月球嗎？就在他們從事日常生活的頭頂上方的上方，那顆千年來不斷被世界人類朗誦，有時瘦得跟詩句一樣的月球？我可以想像他們完全不會關心這件事。

「你到底想說什麼？」
「我只是想知道妳相不相信而已。」
「然後呢？」
「我不相信。」
我說，我不相信。我說，妳真該處死那隻西施犬。妳不該放任妳姊姊去做那些事，她把妳長大的機會完全剝奪了，那本該是妳瞬間變成大人的契機，妳卻眼睜睜看著她代替妳成為大人。我說，我希望她死。我沒真的說出口，繼續述說月球。
「人類登陸月球這件事已經超過四十年，可是月球依然距離遙遠。妳不覺得很怪嗎？任何一件發生超過四十年的重大事件都應該會有後續影響才對。」
「『我的一小步就是人類的一大步』聽過沒？」
「聽過。」
「這不就得了。很多人很多事發生超過幾十上百年，連一句話都留不下來。」
母親曾經對我說過類似保存期限超過四十年的話嗎？我守在她的病房裡陪伴的時間，幾度看見月亮的銀白中微有暗影，直到某一天夜裡，我帶著母親一起回到了家。那個深夜月球逼近地球，特寫鏡頭般異常靠近我家屋頂。據說月球以每年三公分的速度遠離地球，而月球和地球之間的最近距離是三十六萬三千多公里，那個和母親回家的夜晚，月球大約是反常地逆向靠近地球三公分吧。似乎有人說過，月球是從地球分裂出去的衛星。這是很溫情的說法，好像嫦娥奔月的傳說，一切的輕盈都要浮昇到半空進入外太空，恰好落在肉眼可以看見的範圍，告訴人們還在還在，只是再也回不來了。於是月球像是一個每天上演展示的大標本，固著在點點環形山脈和寧靜海的一面，反射著遠古時代的光芒。至於另一面，陷入無盡的闇啞之中，伴隨偶爾來訪的慧星與隕石碰撞，發出微弱的震盪和搖晃，最終都要歸於漫長的靜謐褶曲裡。

「妳猜有多少人踏上過月球？」

「不知道。喏，總有十幾二十個吧？」

「只有十二個。而且最後一個登陸者是三十八年前的事了。」

「所以你要說什麼？」

「我只是要強調我並不相信人類登陸過月球。」

「好，那就不要相信。要出門吃飯嗎？」

對話斷掉。風扇仍在旋轉，規律地左右擺動吹出扇形面積的涼風，把整個夜晚吹送到我們皮膚和意識裡。我想著眼前的女友究竟在什麼時候變成了一個大人？可以想像那隻她家豢養多年的西施犬成為一具袖珍屍骸被扔進村外的大排漂走，腐爛成零食餵養逡游水中的魚類。女友說，她看著姊姊的動作和背影，真覺得她是個成熟大人了。據說月球和地球自轉的速度一致，因此人們永遠只能看見月球的同一面，誰也沒見過月球暗面。我一邊動作準備出門，一邊在心裡說：女兒嘿，看看妳媽，她已經是個大人，足夠當一個稱職母親，也足以把妳降生到這個世界上來了。

從餐館回家的路上，我們彎上河堤步道散步。附近居民三三兩兩地在步道牽狗閒步、騎單車，沿道的路燈開得燦亮，延伸到視線的極限處隱沒。女友問起母親近況。

「老樣子啊。」

「老樣子是怎樣？你永遠說些不清不楚的話。」

「老樣子就是說她已經死了。」

我試著以平靜如講述剛才點了什麼晚餐內容的語氣說出來。似乎瞬間一股緊縮的寧謐綁住我們，周圍其他居民喊著寵物暱稱或單車呼嘯劃過空氣的聲音變得非常靠近。那一剎那我望見月亮的臉頰貼了上來。女友不再說話，我也不再說話，我們踩著彼此的腳步聲回到住處。進門之後，女友逕自到房間裡收拾整理雜物衣物，折疊妥當收入行李箱中，不時起身檢查思索什麼東西落掉沒想到要收。她很快打包好行李，迅速確實得像個軍人，然後轉身對我說：「要回去囉！」我點點頭，走到她身旁試著索取一個擁抱。她的身體遲疑了一下，仍抱住我拍了拍背部，接著以明快俐落的聲音說：「嗯，回去了。」彷彿她真是個即將收假歸營的軍人。

關門聲把我推落登月小艇，據說阿姆斯壯從梯子下來，距離地面還有一公尺，因此他是跳出了一大步登陸月球，而不是閒情逸致地走一小步。接著是艾德林成為第二個登陸月球的人類。而其實我是那個沒有跟兩個伙伴一起踏上月球的科林斯。我看著他們兩個忙碌且艱難地在月面移動，艱辛地試圖插上那面愚蠢的旗幟，略帶跑跳地在我的視線範圍來回遊蕩。然後我們完成任務要一起回地球，但我是那個唯一最接近月球卻沒有登陸的人。

接續到那個有女兒的夢裡，我跟女兒說：「看見那個又大又圓的月亮嗎？爸爸曾經很接近很接近那裡喔。」女兒問：「把拔為什麼不上去？」我回說：「因為我從來不相信人類曾經登陸月球。」女兒說：「那也我不相信！」說完女兒呵呵笑起來，尖銳的笑聲穿刺整個夢境。夢境之外的現實我沒有一個不存在的女兒，剛剛目送女友離去，過了許久之後才告訴她母親已經死去。

我仍然不相信人類曾經登陸月球。

離開了海，海盜就不是海盜了，你說，自己高大的身軀，
就是當初先祖上岸前看到那批精壯肉體的遺骸。

你將手放至我的肩膀上，顫抖。

我不知道你到底要說什麼，只好問你，什麼是雙重閹割？你說，這就是雙重閹割，
父系祖先失去自己的性別，母系祖先喪失自己的土地。

我仍困惑著。

後來，你離開了。

於飛機上的此刻，我才知道你的陰謀。

海盜・白浪・契

紅蜻蜓

賴志穎

西元一九八一年生，台大微生物與生化學研究所碩士。現就讀於加拿大McGill University自然資源科學系博士班。小說作品曾獲林榮三小說獎首獎，寶島文學獎首獎，吳濁流文學獎佳作，全國台灣文學營創作獎佳作。著有小說集《匿逃者》。

第二人稱複數
——賴志穎論

黃崇凱　撰

七年級世代中，成名甚早的賴志穎很可能是七年級小說家中最常被提起的前三位。當年他以這篇一氣呵成不分段的〈紅蜻蜓〉擒下寶島文學獎短篇小說首獎，並隨即以此篇入選年度小說選，成為頗受矚目的新星。隔年再以〈獼猴桃〉拿下林榮三文學獎短篇小說首獎，稍後出版個人第一本小說集《匿逃者》。

在同一世代的小說家中，賴志穎的小說聲音辨識度極高。他慣常使用叨絮式的口吻進行敘事，情節的發展與翻轉常不在當下，也不跟隨一根隱形的小說時間軸前行，而是以回憶式的反思筆法，透過重新講述故事虛設一個小世界。賴志穎的小說書寫使用最多也最為圓熟的，即是第二人稱：「你」。這裡收錄的〈紅蜻蜓〉與〈海盜・白浪・契〉不約而同以「你」作為預設聽眾，彷彿將讀者拉到一起訴說這些幽深故事的軌跡，又同時是對小說人物的傾訴。大多數小說常在第一人稱的有限視角或第三人稱的全知觀點開展，第二人稱的敘述使用則最常出現在書信體當中。粗略地說，第一人稱容易使讀者快速產生對敘事者的認同，第三人稱則使讀者有全景視野觀看故事的起落轉折。第二人稱雖然有拉近讀者的效果，卻比較不容易產生第一人稱引起的神入效果和移情作用，也沒有第三人稱那麼緊湊的敘事節奏。因此賴志穎的小說風格必然會是娓娓述說且不疾不徐的。翻讀他的小說集《匿逃者》，幾乎沒有任何大哭或大笑的暴烈語境，有的只是冷靜而內斂的叨絮。儘管那些故事情節有時是多麼地扭曲而變態。

另外，賴志穎小說中的歷史元素也相當特出。〈紅蜻蜓〉以已故的才子呂赫若為引，描述台灣日據時期鼎革為國民政府時代，一對表兄弟隱晦的亂倫同性愛。此篇文字手術刀般俐落劃開小說骨肉肌理，直直曝現敘事者的內在憂傷與痛惜。論者或可以將之解釋為作者有意營造的雙重控訴——控訴亂倫同性愛之隱密不可告人，也控訴政權轉移的歷史過渡，活體變為屍體的悲劇。在〈海盜・白浪・契〉，賴志穎復往上追尋，以一名遷徙漢人落居台灣荒土，繼而與原住民女子結褵且開枝散葉的故事為本，叩問自我認同與身分認證的游移不定。小說作為一種虛構的技藝美學，時常在虛構之上假造真實，進而真誠地打動讀者。賴志穎的小說則在歷史的縫罅中，找到一種述說的切入可能，欲在真實的歷史主脈中架設虛構支線。他的嘗試不免也讓人聯想到歷史學在後現代浪潮的衝擊下，常常被解體為虛幻不真，故而所有的「歷史」再也不可能是單一聲道的發聲肯認，而是多重聲道的複合聲響所共構組成。因此賴志穎的小說技藝，很可能徘徊在歷史與虛構之間，嘗試鎔鑄虛實掩映的質地。

海盜・白浪・契

當時，你如是描述你的家族。

島嶼的尾端刺入橢圓形機窗時，我猛然想起你給我看的那本古地圖。

《康熙台灣輿圖》，陰謀的開端，我竟然毫不知曉。

你說，當時，島嶼的尾端尚未伸出，是一座陰性之島，母系之島。

是啊，我們已經聽到多少次耳朵發毛的女性主義言論，多少社會在遠古時期或尚未被現代文明污染之前，都是母系社會呢？我們互相扳手指計數著：摩梭人、羌族、排灣族、阿美族、許多的平埔族，我們差點忘了，漢民族在古早還不都是母系社會，看那些古老的姓氏（姬嬴嬀姒姜）就知道，都從女字邊，另外，你說耳朵發毛不對，太雄性化了，生物學課本得知，耳朵有毛，根植於父係Y染色體，顯微鏡下，Y染色體在四十五條X狀雙倍染色體環伺下，猶如一只皺縮的孤島，你說，恍若倒立的美麗之島。

不記得生物課本有提到此，遂眼睛一徧，從你耳朵內伸出的黑汗毛數根。原來如此。

攤開五折購置的輿圖，你細心訴說，從南到北，所有可能的遷徙路線，我注意到了，島嶼南端北端同我印象中的輪廓大異其趣，北端我知道，康熙時代的湖，後來乾涸，徒留水道，名曰淡水，而南端，幾座大山橫陳環抱，無一空隙，其中一座山頭寫道「沙馬歧頭　至大崑洛捌里」，今人註解，沙馬歧頭，今貓鼻頭，而大崑洛，今何處待考，我笑道，這叫沙馬歧頭的大山，比圖中諸羅山還高峻，沙馬歧頭之後，便空餘海峽，怎會是今天的貓鼻頭呢！

就在此時，你說，因此，當時島嶼，是一座陰性之島。

當島嶼的尾端刺入橢圓機窗時，我這才想到，鵝鑾鼻，也不見了。你說，雙重閹割。

那些不是你想說的如同你不想聽的：詩禮傳家從不失禮，耕讀積善慶有餘之後還有人中舉，經商致富造福鄉里。你不滿於族譜所載二十餘代祖先之安穩，從小即愛追本溯源，知道開基祖從莆田橫渡黑水溝，疑惑離開媽祖的故鄉如何求得安穩即使在此打拼後為何不回去。

你用居於城市從小學接受國語教育後便慢慢失效的閩南語詢問親族長輩，間雜流利國語，欲打聽出家族中所有的不尋常，聽到的便是這些，長輩們被你輪番訊問到煩死，便用原住民長輩教訓不懂族語的都市化年輕人為白浪般罵你為外省囝仔。你沉默了，開始編織自己的家族史。

我從機窗望下海岸線，一層薄薄的白浪鑲在島嶼邊緣，若你在旁，一定會再次告訴我那段反覆增刪的祖先渡海過程。

你曾經給自己出過一道簡單的選擇題，題目像是這樣：我的開基祖先，是由於什麼原因來到島嶼的呢？選擇Ａ：經商。深思熟慮後，你認為可能性低，因為二十幾代怎麼推都是明朝末年，當時島嶼市場並不健全，如何在此經商，還長住於此？選擇Ｂ：如同鄉媽祖之父，出海捕魚未歸，被海潮送過來，於是常住於此。不可能，你觀測莆田位置加上洋流方向，若漁船失去控制，可能就一路北送到韓國日本了，不應該擱淺至島。選擇Ｃ：兄弟分家產，耕地不夠，遂到島嶼開發新田地。很有可能，但是太安逸，太有生涯規劃，太沒有挑戰性了。選擇Ｄ：海盜。

我聽到的，就是這個結論了，海盜，你查遍了歷史，只有海盜，能包辦上述全部的選擇，無一遺漏，還增加了浪漫冒險的情趣，我白你一眼，當時航海技術不可能多先進，那不是浪漫冒險，那是危險，是玩命。

耐心解釋，你說，當時海禁緣故，許多和東亞的貿易，就靠著海盜，遊走於法律邊緣，冒著被官府抓的風險，才可能脫離耕地不夠的家鄉，闖蕩出一番自己的事業。

圖像在你腦海成形，你的開基祖，望著拍岸的白浪，滿心惆悵，未知的世界在眼前展開，靠近岸上，你說，他們會看到一整排停下手邊事情，引頸張望的高壯的西拉雅人，他不知道日後原來和這些人，會有那麼多牽扯，另外，紅毛番所見的城寨歷歷，在那之前，他已經看過佛朗機人，但是髮色偏紅的紅毛番，只聽老水手說過。他的契父主要航行於日本和中國沿岸，契父到哪，他就到哪。他那艘船隊的主人，可能是王直、李旦或是鄭芝龍，可是他從來沒有看過這些傳說中的主子，他和自己的契父說好，在看過那麼多港灣後，想上岸了。

島嶼的尾端，慢慢抽長……

你故作悲哀地說著，開基祖的身世也頗令人同情，或許剛滿十歲左右，就被倭寇擄走當童工，在回日本的途中，又被那幾名海盜頭子的船隊撞上，或許有交情或許有交易，兩船互通有無，有個水手見他年幼可憐，心生不忍，加上私心作祟，遂收他為契兒。契兒在船上雖然不需要幹太粗重的活兒，卻往往成為眾人揶揄侵犯的對象，所幸船上生活再怎麼苦，契父的臂彎總是他的避風港，即使他從其他水手的口中得知，他是契父第三個或第四個契兒，這都無所謂，眼下幸福，即永恆美好。因為，他在家裡可能排行第九或第十，下面還有兩三個弟妹，家中環境一直處於赤貧，他從沒得過任何溫暖，或許他的失蹤，家計還可因此稍微喘一口氣……幾年後，熬過幾次惡劣的海象、嚴重的疫病，契兒終於成年，契父才帶他上岸。那時，家鄉的風景在他心中已經漸漸淡去，他被海盜們調教，也逐漸接受了浪裡來去的價值觀，可是他在船上的角色讓他難以伸展，既然成年了，也該要有所作為才行。

最後，他和契父搭上了另外一艘開往島嶼的補給船隊，那裡是海盜們的穀倉。當他看見海岸線時，知道和契父相處的時日已所剩無多。

你告訴我，當時的迷信，船上不能有女人，你的開基祖，正是女人的代替品，當年的美學觀和同情心是互不衝突的，契父在讓他上船之初，就玩笑似地用各種粗麻繩和廢布料將他的雙足纏繞，起初，沒穿過鞋子的他以為這是為了新做的布鞋所經必要之惡，帶著滿心歡喜的纏繞之下才猛然驚覺並非如此，他的哀號是契父的喜悅，最初的疼痛，因為殘忍過後的關心而軟化，下船前，契父似乎有意將他束縛的布幔解開，他卻滿心憐惜地思及，契父為他從岸上帶來的那一雙雙小巧精美的鞋子，以後將沒有任何用處，便泫然欲泣，那是他貧困的生命中唯一擁有過的美好。船行看天，這次離別卻順風忒快。契父長年在海上被曬到血絲遍布的一雙潰爛眼睛，眨呀眨的，他看他，他就別過頭，他說，海風從來沒有那麼刺眼過。

他被帶至宛若纏起之足的陰性之島，實至名歸，而且，當時他並不知道，他即將成為他所看見的那道白浪。

歷史有那麼多種可能，我不知你何故獨挑不被正史所載的這段風俗，為你先祖繪製圖像。你接著說，他們安排了一樁婚事，一名西拉雅婦女，契父和你先祖的打算如同其他漢人，西拉雅人由女子繼承土地，所以他成親後，便可佔據那些良田美地，以後契父若上岸，也有人可依靠，或許，在那名契父心中有著更深沉私密的打算：言語不通的兩人，是不會產生任何情感的。

於是，你的先祖成為了原住民口中的白浪，或他也是讓原住民們誤稱漢人為白浪的一員，只因他的私心作祟，告訴那些已經打好關係的原住民說：往後來的那些人是「壞人」，原住民們從此認為「白浪」是漢人的通稱。

也有一種可能，永不饜足豪奪那片廣大土地只因為契父的回航，他希望契父看到這些良田美地，能深深引以為傲。

那段孤島般的Y染色體，從此散佈島嶼之上，因為白浪的增加，原本的母系社會也產生了變化。你說，他凝望海面時，偶爾會用手指拔下一根根耳朵內的黑毛，那是契父臨走時唯一從他身上取走留為紀念之物，那時，契父攜走了其中一只繡花鞋，將那撮耳毛，小心翼翼塞入，並用針線密密縫好。可是春去冬來，耳毛霜白，兒女成群的他，契父的輪廓，如同老家的父母，已經模糊了，因為農事而註定解放的小腳，現在只殘存大拇趾和腳食指稍微重疊的遺跡，那些褪色的繡花鞋恍若前世的廢墟，沒有一個女兒在母親的羽翼下願意繼承，更別提兒子了，這是他晚年在鴉片煙霧瀰漫的床榻上，心底最後的秘密，因此他的子孫所知的就是，他從莆田來，如此而已。

我已經過了島嶼的南端，整片翠綠的土地如同輿圖攤開，憶及你將輿圖慢慢給我看的情景，我彷彿康熙皇帝，由服侍在側的太監，說明輿圖的細節，圖窮匕首未見，後來我知道，你放棄那把可能會刺傷我的匕首，時機未顯，一切風平浪靜，這是刺客的最終命運，不是壯烈成仁，就是放逐自己。刃未開光，卻已鏽蝕，因此，這成為你的選擇。

或許是洋流風向或海岸地貌的因素，也或許，夏日南風拂浪，不及北部，那道鑲在岸邊的白色浪花，竟然慢慢地消失不見。我彷彿聽見你喃喃自語的故事，可是當時，我仍困惑於你為何告訴我這些。

離開了海，海盜就不是海盜了，你說，自己高大的身軀，就是當初先祖上岸前看到那批精壯肉體的遺骸。

你將手放至我的肩膀上，顫抖。

我不知道你到底要說什麼，只好問你，什麼是雙重閹割？你說，這就是雙重閹割，父系祖先失去自己的性別，母系祖先喪失自己的土地。

我仍困惑著。

後來，你離開了。

於飛機上的此刻，我才知道你的陰謀。

我剛從歐洲的郵輪返回島嶼，我工作存了好久的錢，才略微心痛地接受了你的邀請，登上你所工作的那艘航行於地中海的郵輪上遊覽。

你特別交代，要隻身赴約，這些年來我結束了數段感情，無家累情人，整個人除了工作還是工作，更何況上船還有你，我當然就一個人去了。

到了船上，我和那些也是落單或是兩人同行的旅客，成為了一組餐桌伴侶，你則是我們那桌的侍者，多年來只見過幾次面的你，終於重返你所謂的祖先的工作，雖然郵輪不是海盜，但在海上工作，除了貨輪，沒有比這個更接近的了。你並沒有因為南歐熱烈的陽光而益發黝黑，許久未見，你的面容卻如失血更加慘白。

我們經過了義大利、西西里、突尼西亞、馬約卡、西班牙、法國，最後又回到了義大利，除了名勝古蹟著名觀光景點，海上風光以及船上取之不盡的美食、舞會，也占據了我不少時間，即使獨自一個人下船，我還是玩瘋了。你總在我回船後淡淡問我是否看到他所說的著名景點，尤其是突尼斯，古名迦太基，你和我說，這曾是一個由海上民族腓尼基人建立的國家，接著，便是一樁樁布匿戰爭、漢尼拔遠征羅馬的歷史故事，迦太基雖然曾經戰勝過，最後，還是逃不過被羅馬焚城的命運，下場就是，男丁被殺，女人小孩被擄到羅馬當奴隸，並灑鹽於其土地，令其五穀不生，真是心狠手辣。

人本來就不是水生動物，在海上待久了，原本的恐懼會轉化成對他者的殘忍，不論是迦太基對於土著，或是羅馬人之於迦太基，所顯現的美學觀，也是血腥暴力的，舉世皆然，你這麼分析著。

現代的突尼斯，就是一座充滿悲情歷史的阿拉伯風格城市了，然而悲劇太過古老，反而帶有喜劇的質地。我到了其中一座號稱世界上最大的馬賽克博物館參觀，裡面除了古老的馬賽克拼貼之外還有雕像，奇的是，所有希臘羅馬風格的男性裸體雕像，都被去了勢。

我和你提到這點，你笑了笑，我還有照片為證。你淡淡地說了一句，這樣乾脆，就不會有子嗣了，沒有子嗣，就沒有人為你哭、為你笑了，你的生你的死，即使是橫死，只和自己有關係，沒有人會拿你做為要脅別人的藉口，要走的時候，多乾淨！

我沒聽懂，或，假裝聽不懂。

你將我們這桌人服侍的很好，同桌的人都和你交上了朋友，臨走時，洋式禮節，每人逐一擁抱，我入鄉隨俗，也同你相擁。後來才發現，你在我的西裝口袋，塞進了一只，不知道從哪裡拿來的、褪色的繡花鞋，像一條小船。

一只，不是一雙，我有些惱怒，不願想像另一只的下落。

你幾乎不想放開我，你的眼淚在我的臉頰化開，你耳內叢生的黑毛，荊棘般糾纏。圍觀的其他旅客還開玩笑似地替我們拍起照來。

飛機上，我從廁所的鏡中發現，你的眼淚徒留印痕，兩道乾涸白色的鹽浪。迦太基的女人們，在淪為奴隸和妓女前，落入土裡的眼淚，竟也成為寸草不生的幫兇。

我一直都不願面對，你向我虛構的祖先歷史，那流竄在你血液內的秘密，在你腦海沸騰，那段Y染色體，是船，是島嶼，是浮木，你的先祖在每位男性祖先的血液中飄流至今，你想做個了斷。

你破解了祖先流傳給你家族的基因密碼，族人開枝散葉，飄泊全島。或許我在海上待了一段時間了吧，被海水包圍的我們的島如船似舟，漂浮海上的危機感如此的根深柢固，因此我也永遠不願成全你更想成就的、你先祖心底最深處的期待：

航行，何時才能終止呢。

紅蜻蜓

「自己無法忍受一抹寂寞之感的根源何在?……是感傷於無法填滿的青春嗎?……心靈的空虛到底是為了什麼?感覺放在窗邊的手極為無力,視野逐漸朦朧……」

呂赫若《清秋》

我劃開你的手臂,你的皮膚像紙張一樣脆,還有一些淡紫色的斑點,手腕深褐的胎記非常明顯,你要我如何不認出你。我沿肱靜脈順流而下,愈接近手掌,神經血管交織的網路便愈見複雜。記得你常和我抱怨,自己的手是不是少了幾條筋,為何每次向呂桑學的鋼琴都彈得笨拙。那些日子的黃昏,我們常在太陽下山前到女中,呂桑會在門口等,帶我們到音樂教室去同他學琴。你和呂桑是在我還沒上台北唸高校時認識的,他曾經是你高校的音樂老師,和你問起為什麼和他熟識,你只模糊地說他帶你去參加了一個聚會,等時機成熟會告訴我詳情,現在先好好唸書才是。陪你練過幾次琴後,我就開始期盼夏天的來臨,因為愈接近夏天,黑夜來臨的時間就延後,你們練琴的時間就可以久些,那是我少數可以靜靜看著你而不會尷尬的時候。音樂教室長長的窗在夕陽斜射下拖得更長，有時還會照到你背向窗戶的背脊上，你和呂桑往往埋頭苦幹，和樂譜上的豆芽菜奮戰，我則什麼都不做，盡對著夕陽吃醋，吃醋它偷偷地、無聲息地撫摸著你的臂、你的背、你的手肘，你發汗的額頭。有時你一首曲子練很久，最後雙方都放棄，呂桑就教你唱歌，他曾留學日本且在公會堂開過獨唱音樂會，我常偷偷跟著哼，呂桑說你音質好，可惜你就是想學鋼琴，唱歌只是玩玩。我其實不在乎你鋼琴彈得好不好，我只在乎那些美好的黃昏，那種我一個人在教室一隅發楞、聽著你們零落的琴聲與對話的感覺，彈錯時破碎的音樂也是一種美，如同窗外掉下的葉片。在切開手掌前，我偷偷地、偷偷地握了一下你的手，再也沒有回握的力道從你掌中流出。福馬林幫我遮掩淚水，同學們的眼眶鼻子也都熏得紅紅的。那股力道在光復後兩年的三月初曾經灌入我的手心，那段日子，我們在台北街頭躲躲藏藏，從古亭町的賃居處到學校那麼近的距離，我們必須穿小巷、躲閉軍警，甚至躲到溝渠裡，有幾天竟然花了一個多小時才到，最後一段路你抓著我狂奔，總督府在遠處睥睨他腳下的一切紛亂，我們半閉著眼睛，不希望看到任何血腥，然而路上的行人不是面容恐懼，就是充滿憤怒，我只信仰你的手，你帶我奔向哪裡就是哪裡，最後我意識到學校的門房要我們趕快進去，眼前一暗，大門轟然關上，對外面的喧鬧畫下一個大大的句點。你背靠著門喘氣，用日文謝謝門房先生，將我的手握得好濕好緊，而且燙。我不好意思掙脫，看著你起伏的胸膛被汗濕的前襟繪出了一幅潑墨山水。我記得，呂桑有次拍拍你圓潤寬闊的胸膛說，你這裡面埋藏了很好的歌聲，我實在很想像礦工般將他們挖出來。我現在代替了呂桑的夢想，割開了你胸骨骨節歷歷可見、變得嶙峋的胸膛，小心地翻開胸大肌，剖開了你的肋骨，這裡沒有「紅蜻蜓」的樂音飄出飛舞，沒有「櫻花」的花瓣片片，這裡只有福馬林未滲進的腐臭味沖天，我們深鎖眉頭，像在礦坑災變現場拖出一條條變形扭曲的屍體，只是這次拖出的，是你的心臟，你應該萎縮的五辦肺片卻裝滿了水，我拿解剖針輕輕戳入，腥臭的液體從那個小洞汩汩流出。礦坑的廢墟還有回音，而你的胸腔，現在只是一汪細菌的池塘。突然我悟出了某件事，彷彿聽見你的掙扎，我無法抑制眼淚包圍我的視線，反正一切都可以推託給福馬林。我記得剛到台北時，你帶我四處逛逛，在新公園池塘邊的長椅上休息，那時有好多紅蜻蜓在水面飛舞，而天空又十分晴朗，你一時興起，便哼起日本民謠紅蜻蜓的旋律。「如火燒的晚霞中，紅蜻蜓唷，最後一次看到你是哪一天呢……」那細微共鳴的震動，通過你的胸腔傳到背脊沿著椅背再傳到我身上，當下我如同觸電，在你的繚繞歌聲中，我是順服的臣民，月光下黯淡的星子。然而這一切如夢似幻的感覺卻被一個路過衣冠畢挺阿山仔的一口痰啐掉了。「呸，日本狗！」我們當下被他猙獰的面容嚇醒，他濃厚的鄉音讓我們想了好久才大略知道他是說這句話。在之後恐怖的三月初，我見到一個慌張的臉龐在公園附近尋求援助，滿臉是血，那個慌亂的時刻我沒辦法投以任何人溫情，後來才想到好像是那個阿山仔，我很懊惱沒有把他帶到醫院。我解開你的腸子，腸繫膜已經變得堅韌，上面還附著一小灘澄黃刺眼的脂肪，我劃開你的胃，裡面殘餘的食物依稀可辨，有幾條變黑的菜葉，還有一團糊渣渣的，大概是稀飯吧？昨天我回到古亭町時，照例繞行以避免經過巷口的麵攤，以往那是我們的廚房，只要待在家裡，吃飯的時間一到，在沒太多選擇的情況下總是想起這一攤，現在，我無法忍受在那裡面對桌子另一角的空蕩，而客氣的老闆娘每次都只會禮貌地詢問一聲，你表哥呢？怎麼還沒回來啊？開始我都虛以委蛇，推說你回鄉下照顧你生病的母親了，而每當我試著遺忘你時，她的問題總是硬生生地要我面對不存在的你。最後我選擇繞道，就算飢餓我也要避免四目陌然的交會，我想她會猜出是什麼事吧？最近人心惶惶，許多人的心都牽掛那些在夜晚中突然消失的人。冬夜裡，透過和式房間裡的窗戶，可以看到麵攤裊裊的白色炊煙，我常常對著那溫暖的意象獨自落淚。而你卡桑，我的阿姨，是真的病了，自從你失去音訊後，就每天跪在神龕前求佛菩薩求祖先，常常跪著跪著就倒向一旁睡著了，家人叫醒她又繼續拜，最後大家還是覺得她睡著就給她蓋個被毯不要叫好了，沒想到一次竟然不是睡著是中風了，家人聞到失禁的臭味才發現，上次我回家看她，只能從眼中用淚水溝通。我只能要她放心，我還能如何？你被帶走的前一段日子，我已進入醫學院，課業也開始加重，不能常常陪你到女中找呂桑，然而回到家中，你就會呂桑說這呂桑說那的，我們練習說國語的時間經常在你亢奮的情緒中用日語流失了，你給了我幾篇他寫的小說的複本，說可以一起翻譯成中文當作練習，你告訴我呂桑和內地一些作家，像魯迅和郭沫若，都是屬於一流的，我們要在那天來臨前幫他把以前寫的日文小說翻譯好，讓祖國的人都認識他。你說得口沫橫飛，還要我像「清秋」中的醫師學習悲天憫人的精神。我不願掃興，祖國那些作家我都只略聞，可是你昂揚的神情中透漏一種莫名的期待，我不太懂你說的那一天是什麼，只記得夜燈下，你的喉結是一幅美麗的剪影，隨著說話的節奏上下跳動，這是一種喉結的舞蹈，聲控的皮影戲。是的，我開始剪開你的頸子，脖子裡面的血管空空洞洞，死灰色，我特別剪開你的氣管，找尋著聲帶，曾經讓我蕩漾的源頭靜靜地鑲在氣管上，像兩瓣凋萎的新芽。你的鬍根刺著我的手背，不知道你多久沒有修面了。從你離開我那個深夜吧？睡夢中我們被朦朧的敲門聲吵醒，你很快清醒，我以為是房東的事，沒想到好幾聲粗啞的嗓音卻叫著你的名字，愈來愈大，愈來愈接近，你猛然起身更衣，我被你掀起床被的風掃過臉頰，也緊張地坐起來，房門被粗暴地推開，兩個警察後面跟著睡眼惺忪的房東，他們要帶你走，問他們為什麼，他們說要和你到警察局談談，看著他們凶惡的面容，我不太相信有什麼好談的，這時你已經換好衣服，和我說不用怕，應該一下子就回來，我楞楞看你到走廊盡頭，心中突然有所感，驅使我奔向你，你聽到腳步聲回頭，掙脫他們拐住的手，我們緊緊抱住，全身緊貼在一起，我的臉頰被你緊靠的鬍渣刺得好痛，可是我不想放開，最後在警察的拉扯下才分離、分離了，我的臉因而紅腫，直到好幾個月後的夏日傍晚才突然消失，本來還蠻高興的，卻看見巷口升起的冉冉白煙，我知道，你和我道別了。後來我也被帶到警察局問話，但是面對他們的問題是一問三不知，因為真的不知道你和呂桑到底在幹什麼，那時我偷偷到女中找過呂桑，可是門房說他離職了，在台北我已經不知道你和誰還有關聯，除了我。在和你重逢的這段期間，我每天都期待著一週兩次的會面，然而返家途中孤單地經過小巷、穿越田埂、見到那些漫天飛舞的紅蜻蜓時，「如火燒的晚霞中，紅蜻蜓唷，停憩在小小的竹竿尖兒上唷……」，我會哼起這首感傷的民謠憑弔那些一起並肩走過這段路的日子。而我又害怕這一週兩次的見面，因為每次反覆翻閱你後，我都徹夜難眠，我克制自己不要睡著，不想見你東拖西落地出現在我夢中，我害怕你阻止我繼續這樣肢解下去，因為我曾經答應你，最後要將你縫合，像以前一樣完好如初，然而到後來，我明白縫合完好的機會愈來愈渺茫，我的心中懷有深深的歉疚，之前以為最能好好善待你、以為可以完整擁有你而堅持不換另一組，最後卻落得七零八落。幸好我只在夢裡見過一次你，你背對我，望著通往學校必經的那片田野，飄來的不是刺鼻的福馬林，而是你淡淡的汗水味，你沒有轉身，但我從你峭壁般聳立的肩胛骨即認出你堅挺厚實的背脊，我想到現在你原本厚實的背膀已形銷骨立了，於是對著你的背影喃喃唸著，對不起，我還是得完成學業啊。最後我告訴自己，我見到的不是你，我見到的只是你脫下的軀殼，就像羽化成蜻蜓後伏在稻桿的水蠆殼，其實真正的你已如蜻蜓悠遊在天際。於是，我拿起刀片劃過，你的腳踝。韌帶在那裡圍著一圈，像保護著什麼秘密，我見踝及小腿的青紫，還有崩落的皮膚碎片，我不願想像是怎樣沉重繡蝕的刑具曾經在你的足踝纏繞紮根，就像家鄉最熱鬧那條街底的巷弄廢棄的洋房、小孩子們口中的鬼屋，中校時你曾帶我進去探險，跨在牆外的一棵棵榕樹，竟然鬼祟地將根深進屋裡，再一點點漲大，終會將房屋撐垮。

有次你帶我去看那棟洋房天井中的小小土堆，告訴我一個秘密，那個小時候偶而在鎮上表演的走江湖賣藝人，將伴他的小猴子葬在這裡。不久前你發現他出現在小鎮，卻見他似乎不想讓人發現，帽沿低低的拐進那房子，你跟蹤他到天井，躲在矮牆後看著他的一舉一動，他先坐下，對著小土堆說話，然後再自瀆於土堆上，嚎叫的呻吟讓你以為他中邪了，於是你不小心叫喊了出來，他見是你，要你不要害怕過來，告訴你這個土堆下埋著是他從小伴隨的猴子，他和師傅的第一場演出就是在這宅子裡，後來這宅子廢了，他也獨自一人了，有次他在鎮上表演完在這廢宅借宿，一時隱忍不住就開始自瀆，卻被他的猴子模仿去，猴子不知節制，當晚便精盡猴亡，他很後悔，於是葬之於天井，每年忌日定期灑精膜拜。我聽得霧颯颯，什麼是自瀆？你玩笑似地說表哥教你並從後面抱住我，掙扎的我在我們雙頰緊靠之際被你溫暖的軀體以及刺鼻的汗味懾服了，像個蒼白安靜的傀儡，耳畔只有你的鼻息，你伸進褲檔，握緊我，搓揉我，一陣酥麻以為要灑尿了，忙叫停，你樂不可支，出來黏滑白濁的液體卻讓我好驚訝。登大人了，你說，別像那隻猴子一樣喔。這是我們之間的秘密成人禮。上次返鄉，我獨自散步到鬼屋，此時被榕樹入侵的大宅更顯妖嬈幽暗，我面對森森樹影以及土堆搓揉自己號哭鬼叫，短暫的喜悅混雜積鬱的悲傷回憶全灑在土堆上，若此時有人經過宅院，大概又繪聲繪影了。我望著你皺縮的陰莖，已經完全發黑，我切開陰囊，仔細檢查後，在同學休息的當下把睪丸放入口袋，那是你未能出世的子嗣啊，出師未捷身先死，而今只能寂寞地屬於我了。最後，我們要拆解你的頭顱，我請同學小心翼翼撥開你的臉皮，自己藉口尿遁，因為無法冷靜凝視你的面容，回來時告訴自己肌肉橫陳的臉已經不是你，我再度操刀，解開緊抿的嘴唇，觀察你口腔的構造，又掀開你的頭蓋骨，將僵硬的腦取出，見你不流血、沒有掙扎、沒有嘶吼順從我們切下你的腦袋，我終於潰堤。同學把我拉開，認為我太累了，從學期開始就一直搶著操刀，對我心生不滿於是趁機讓我休息，可是我不從，這是我的你啊，然而我真的再也動不下任何一刀。我抓起被同學棄置一旁的面皮，再仔細地端詳，是啊，那兩道眉尾有角形突起，而右眉又有一道疤，兩頰被鬍渣掩蓋的青春痘痕，這的確是你，的確是你啊可是你真的消瘦了，我可以完全見到你臉頰深陷的肌理，和你本來豐腴的雙頰相比真讓我痛心，我不斷小聲地問你願意在我身上重生嗎？願意藉我再感覺一次生命的氣息嗎？我將手指深進你口腔，你的雙唇似乎輕輕地閉上，你答應了。於是我忍著嗆鼻的福馬林，把你的臉皮覆在我的臉上，一陣刺痛，眼睛也睜不開了，卻感到同學的目光都集焦於我，教授過來賞我一巴掌，附贈一句八格也魯，助教把我拖出教室到水槽下一直沖水，我的臉頰又再度浮腫發紅，心中卻洋溢著幸福的溫暖，那股暖流送我回到了在鬼屋的那一個下午，回到了我們分離的那一夜。教授把你的臉皮從我拉開的剎那，我多希望解剖台上的會是分開我們的警察、拉開我們的教授，我會很樂意把他們肢解成碎片的。表哥啊表哥，我們都不知道紅蜻蜓的歌詞是讖言，最後一次看到你是哪一天呢？竟是在上大體解剖課、掀開裹屍布的那一瞬間！

註一：「清秋」的譯文潤飾自林至潔女士翻譯的《呂赫若小說全集》。

註二：日本民謠「紅蜻蜓」之歌詞由楊雨樵先生翻譯。

幾個女人在一處，又窩著，簡直天南地北都講，八卦更愛。

所有人一開始還稍稍帶著不確定的神色，觸探其餘人的反應與真實度。

但是，某個話題聊開了，針鋒來了，清淺的看好戲的低語也打蛇隨棍上。

如鵑私藏多年的心願，更出乎意料地，告訴了姐妹們。

當時，一片錯愕鼓成波浪，嗡嗡，嗡嗡嗡，各有意見交纏一片。

阿堂
蒂蒂

陳育萱

西元一九八二年生於彰化。台灣師範大學國文系畢。現就讀東華大學創作與英語文學研究所碩四。

曾獲時報文學獎、林榮三文學獎、宗教文學獎、教育部文藝創作獎、全國學生文學獎、磺溪文學獎、花蓮文學獎、陽明海運文學獎、竹韻清揚文學獎等。

惦念的女聲
——陳育萱論

朱宥勳　撰

營造驚濤駭浪的情節固然需要謀篇布局的能力，但用短篇小說書寫一種日常生活中的平淡、重複亦非易事。寥寥數筆，在眾多技術限制之下（敘事觀點的固定、結構的平衡……），對日常生活有興趣的短篇小說作者，必須找到方法讓讀者快速浸入角色的例行公事，彷彿和已經角色平淡無語地一起度過了很多年那樣。它依賴一種精準點染、氣氛氤氳的文字（而不是直截說明的），引導讀者陷入。

陳育萱的小說往往由此出發，先讓讀者認同了角色的平淡生活，然後再從此一淡色之中，翻找出情感上令人惦記不已之處。獲得全國學生文學獎的〈回家〉一篇，書寫一名有感官疾病的女子，經歷家庭經濟困難、父母亡故離開等生活危機，她只能用不熟練的手藝開著母親留下的麵攤。小說的文字隨著意念快速流動，很多細節並未明說，一沾即走，卻反而讓讀者輕易和敘事者的心情同步。生活艱難，不在大災大難，而在於瑣碎的磨損，但希望也總是在小小的生活事件中萌生，〈回家〉結尾與一陌生登山客的短暫相處，便能讓接下來的日子變成「迴然不同的一個午后」。發表於二〇一〇年八月號《文訊》的小說創作觀裡，陳育萱談到寫小說「有助心靈從凝滯的『成人趕場』抽離」，她的小說便可作如是觀。

從〈阿堂〉和〈蒂蒂〉兩篇中，我們也可以讀到類似的影子。雖然兩篇章皆不能算是光明的結尾，但〈阿堂〉寫童年一次受傷經驗，無意間聽到的名字「阿堂」竟然成為一生情感的線索，而〈蒂蒂〉寫女工們在粗劣的工廠伙食之中，互相交換家鄉的小小配料，或者在夜晚彷彿天真地討論不存在的「多明尼哥」，俱可見出陳育萱對瑣碎小事所投注的惦念。〈阿堂〉裡的愛情不令人那麼滿意，〈蒂蒂〉們的生活也沒有什麼出口，但作者畢竟不忍，還是留下了一點點聊可安慰的微光。其中〈蒂蒂〉節奏與轉折板眼分明，結構嚴謹，但在流轉順暢的文字推動之下，讀者不知不覺便被情節情緒推走。寫女工這一同時涉及階級、性別兩大傳統的典型角色，雖然在意念上未必有什麼創新，但如此小說技藝已是不同凡響，如果我們不要侷限在以內容論定小說，〈蒂蒂〉對此一老題材的新重寫，不但是致敬也同時是新境。陳育萱慣用女聲敘述，取其委婉曲折，但她同時關心極大與極小的題材，惦念著的是生活，而生活本來就大大小小，紛至沓來。

阿堂

阿堂。

如鵠第一次聽到這名字時，便下了一個決定。

她要嫁給這個男人。

聽起來是多麼放鬆的音聲，堂，ㄤ聲在喉間腔內圈繞，越是繞越大，好像把整個腦門兒都兜在一起共鳴了。接近鼻腔的地方，還微微顫抖了一下，在個說不準確的地方搔癢，呵，該是多麼癢，她每當這麼想著，就活像個十七歲的少女，笑了。如鵠慣用的鼻音，隔著陌生的想像，顫抖在一處，但分說不由人，想盡情沉浸在呼喚名字的快悅中時，時間已又拖著誘人的尾巴，溜到不知去向。

既然如此，她肯定已經遠遠被歲月侵蝕，擱置往幽暗的角落去了。

於是，在她的志向還未開花結果前，她便老咯。然而亦怪特得很，實際說來如鵠今年才剛大學畢業，但歲月刨出的神態教誰都無法忽視，雙眼不再挽星挽月，反倒像買錯了魚，放在砧板上，直凸凸地訴怨。五官成為一張浮雕，遠看還認得出一二，近看則有說不出的不安感。

稱得上優點的雙腿，曲線猶在，跟街頭的高中生辣妹比起來並不遜色。只是，從小摔到大的如鵑，其中膝蓋有個傷疤，很年幼時候摔的，不過如鵑視之非凡。即便如此，腿上的深淺疤痕大大破壞了整體的觀感，或許本該露出該有樣貌的腿，又被半遮半掩地藏了起來。偶爾穿黑長襪配短裙可趕趕流行，否則一般時候如鵑都選擇了長褲。

在活到一定歲數，人生又缺乏選擇的狀況下，像隔了層模子，如鵑走向與其他同班同學截然不同的道路。穿整好套裝，她做起各式各種，**像樣或不像樣的工作**。

這話，又是從她的男友口中傳遞開的。一次在年末尾牙，甫入公司的大男人召了幾個同事，在一盤九十九元的熱炒店裡，邊伸手快夾，邊把這話一同參混在炒雪螺裡。其它熱炒牛或是更像樣的菜，約莫一掃而空。桌畔剩下的是幾個吃得滿面通紅，酒瓶倒了幾支的男人們。

「揀來揀去，沒什麼好料。」聽得筷子搓搓作響。

「方哥，我懂。」一臉菜意的業務，要拿酒瓶幫著斟酒。他以為這該是男人間交心的時刻。

「懂懂懂，懂什麼懂啊？」

這夥人口中的方哥，剎時不含糊地吼了起來，搞得方才要斟酒的畫面，被迫尷尬定格。此際，幾乎所有人一併放軟了話，好說歹說，既有勸慰，又不乏惺惺相惜。這讓方哥頓時消了平素焰氣。

接下來究竟方哥說了什麼，這群男人在隔日紛紛醒來後，並不記得。可是，他們都隱約產生個印象，關於方哥女友如鵑的種種不是。

印象與印象交織成拓染的畫面，不是中式而是西方的，用松節油和油彩調和成的層疊感，模糊背景和主角的輪廓。這樣的一幅畫，讓這群人想像這便是如鵑了。

等到大夥過完年，重回職場時，那夜已經翻飛為過去，方哥沒提，其他人亦噤口未語。不過，人是可愛的，事後男人偶爾見到如鵑，他們仍一派紳士好意，關切地時而隱匿時而張揚這對如膠似漆的愛侶——他們之間不忍傷害對方的體貼與退讓。

這則是後話了。

而正當如鵑被自家男人大吐苦水時，她還在收點夜間進貨的數量。除了正職之外，她向來都在便利商店打工。

對於一般人來說是辛苦又薪水不佳的工作，如鵑卻相當喜歡，甚至比尚稱悠閒的正職工作還喜歡。她享受著每天交班時，從上個店員口中確認好每件事項，然後經由她，再對下個店員做出明確的指令。隨時確認商品在架上的供貨，客人需要的便當微波或最近添加的咖啡服務。雖然一次排班以兩人為主，但如鵑置身在這亮白透明的空間裡，不停歇的結帳動作，還得邊說著歡迎光臨、謝謝光臨。因為規律所產生的安全感，令她感覺彷彿只有她全權負責著這間店，而這就是一間滿足所有客人需求的全能便利商店。

還沒上小學的某個暑假，一塊兒出外遊玩的媽媽牽著她來到一間明亮的便利商店。這是習慣漆黑鄉間的兩人，都不甚習慣的地方。

「請問……能借個廁所嗎？」

媽媽因為如鵑尿急，忍不住問了店員。那地方方圓百里都找不到廁所，如鵑記得走了好多路，直到眼中的刺眼路燈一路指向這家便利商店時，她才放聲大哭說要去廁所。

雖在鄉下，如鵑從小就沒在野外上過廁所，這是她自幼便有的習性。

「您等等，我問一下。」

店員的聲音由頭頂上方傳來，如鵑感覺自己快要洩氣了。彷彿走上這麼長段路，刻意隱忍超出自己年紀範圍的限度，就快爆發了。快到終點時，她忽然不想前進，反而內心不踏實，便慢了下來。

即使這是借廁所的小事。但她確實和媽媽努力過，也任憑著耗費一次旅行僅有的寶貴時間，只為解決她的尿急。通過秋芒堆時，幾支斜倒的芒花搔過小腿，甚至是讓路旁的癩蝦蟆忽地蹦出，她都忍著了，神乎其技地，如鵑想找個乾淨的地方。

在這極度隱忍的時刻，每個分秒被無限拉長，甚至比之前在荒路上行過一株又一株鬼氣森森的樹木，更來得不可把握。

阿堂。

飄在上空的聲音，反覆傳遞著這個名字。

聽不真切究竟說了什麼，也搞不清誰是阿堂，但那是個女人的聲音。在未上小學時，附近鄰居有個姐姐，老愛搶她東西，大人卻從不斥責。姐姐總是用奇異的威嚇語氣向如鵑半撒嬌著。

「妳不會說的，對不對？先借我吃嘛，下次還妳，哦？」

傻張著嘴，嚥下口水，如鵑想，下次要跟姐姐拿更好吃的零食。她看過姐姐的書包，偶然間的，姐姐坐在一台腳踏車後座，書包吹掀起來，露出瞧都沒瞧過的零嘴包裝。

下次，下次，下次啦。

下次來得太久，以致於後來那個姐姐要搬走了，如鵑愣著追去，不是為送行，而是要討回零食。對她來說，強迫自己忍耐孤單而和姐姐在一起，抑或強迫自己不吃零食，都是莫大的折磨。

現在，起碼要討一樣回來。

步趨跟在隔壁開出的車子旁，那姐姐搖下車窗，扔給了她一包東西。她欣喜地，還來不及回應，期待高級零食的眼睛便閃了起來。可等定睛看後，赫然發現那就是她自己長期被搜括的零食。

它們被扔在地上，隨著揚長而去的轎車，翻了兩下，便不再動。

曾經捨不得吃的零食，全擠在皺巴巴的紅白塑膠袋內，遠看著，像極負傷的不知名的小動物。

如鵠把它揣在懷中。

那時，茜色的光束從她後腦杓開始分岔，注入她精心綁好的兩條辮子，又各自流溢消逝。這道光，一直透不過她，也映射不見如鵠的表情。

她的面容，連她自己都不曉得的二十年後，已經隱隱顯透出另外一具陌生的臉譜。

這麼想的時候，如鵠已經跟媽媽開始走向廁所。為她們而開啟的門，就在眼前。但這時，如鵠左腳踢到因未上架而放在地上的飲料箱，嘩地一聲，她的身體撲倒，先倒在飲料箱上，再咕嚕一聲摔在地上。

經過長時間等候的尿意，淅瀝地遺落在安靜明亮的便利商店裡。

她聽見許多聲響來去，忙著道歉，忙著開門關門。她感到左腳十分疼痛，感覺身邊許多多來回忙碌的腳步，阿堂，阿堂的聲音跟進跟出了幾次。沒多久她被抱起來，媽媽替她換了乾淨衣服。

這時，有雙手細心地把她的左膝蓋包紮了起來。包得十分漂亮，最後還有蝴蝶結。可是，沒多久讓繃帶包裹的雙腳又開始滲血，形成一個怪異的圖案。而不知道是血還是尿的關係，店內的空氣變得十分濃重。

被這空氣團團包圍，如鵑有點想吐。而在店員一再道歉之下，媽媽牽著她離開了。

電動門開啟前，聽到店裡的聲音。

拜託囉，阿堂。

隨即是一陣東西碰撞聲。

因聲轉頭，如鵑看著那道拿著清掃用具的背影，似乎用著很大的力道在拭淨地面。

應該說聲謝謝的，可是左膝很痛，她還記得母親全身感到焦急地，帶著她坐上前往醫院的計程車。

她得到了一個傷口，也意外得到一個好名字。不確定對象，也不明長相。不過，肯定是個值得相信的人。

那麼，就嫁給他吧！如鵑內心忽然冒出這個念頭，她嚇了一跳。

嫁給他。前夜住的旅館，電視機裡的女人是這麼說的。

如鵑差點算錯了金額，不過眼前的客人並沒有發現。普遍這一帶來買東西的人，多半眼底壓著厚厚的疲倦。疲倦已經太多，這些人便把疲憊再壓縮，好裝入更多的疲憊。或許是因為如此，他們也似乎並不在意偶爾會出神，或眼神已經漸形僵滯的店員。只要夠快，把金額找還，並且能讓他們迅速吃到午餐或宵夜便行。

所以，已經練就反射刷價目、找錢的如鵑，也不因腦中的幻想而耽擱工作。反而因為這樣，她大可以不必在意老闆的目光。她就是這家便利商店，這個時段的老闆。只要將該做的做好，其它她便能肆無忌憚地流連於過去那個未竟的夢。

如鵑總是想著，以致表達關切的電話幾乎忘了打。

方哥這刻醒了，比前幾次大醉都來得快。他警醒，因為怕剛才幾杯黃湯下肚，這些話要沸沸揚揚。

像是感到抱歉一樣，他身子彎成く型再起身。車禍過後，醫生反覆叮囑他必須如此。起身的姿勢，讓方哥乍時發現床的一角沉甸甸地。

躺在床上，還不想起身。他想起認識如鵑一個月後，她便成了這個小房間的常客。

「怎麼了唷？昨天太high呀？」

如鵑老是愛挑假日的第一天早上來，因此看到的總是不修邊幅的樣子。

這樣調侃的話，大概沒多久就這麼講了。

自顧自地，如鵑打開他擺在床頭的零食。這是房間最顯眼惹目之處，男人的房間或許雜亂無章亂中有序，或者一盞檯燈照耀著炫目的科技產品，又甚至有愛書成癡者讓房間成了書齋。

不過，這些都是以方哥以外的情形而言。

方哥在公司一派老大作風，海派得讓新人七分敬重，三分羨慕；而老鳥恰恰感受相反。他不是刻意，只是天生不兜事情做，便難受得緊。

作風颯爽，手頭又寬裕，這樣一個堪稱難得的男人，他的臥室裡則擺滿了垃圾食物。沒吃完的用夾袋封得密實，未開封的則閃著滑稽的卡通人偶，成堆而次序井然地蹲踞在各自的位置上。幾乎是按年代分的，連酒瓶狀的橡皮糖也有。

「可能吧。」腦袋還處在愣不溜丟的階段，於是沿路跌晃地進浴室去。

梳洗一番，如鵑便在外頭磨起咖啡豆，用的是砍豆機，沒幾秒機器運轉聲停了後，接著砰地一聲，料又是把哪包零食來吃了吧。方哥牽了下嘴角，把嘴中最後一口水吐掉，擦淨。

習慣在週五深夜小飲幾杯，換來週六早晨腸胃的不適感，方哥老覺得嘴中氣味不祥。

尋聲到客廳，如鵑正以細長水柱沖煮咖啡，兩杯剛好，各三百六十CC。

「尼加拉瓜Maragogype大象豆。」

她搖了搖密封罐內的咖啡豆，嚇！足足比一般豆子大上一倍，都快跟食指指甲那般大了。

「喝、喝，它就像大象一樣，溫和，細膩，清香。」如鵑兀自陶醉在香氣裡，臉上罕見地蹙了眉。

宿醉加上咖啡因，胃壁一陣翻攪，他不覺得哪裏溫和。但是，這樣的時光，卻靜緩地讓他攀附到了藉口。

一個不想戒掉週五喝酒習慣的小藉口。

從便利商店回來躺在床上淺眠幾小時的如鵠，自床上虎地迅速支起上半身，她乾嘔一聲，覺得奇怪。

她夢見自己正跟陌生男子纏綿得火熱，卻忽然背後灼熱。被熱醒的如鵠，察覺接近中午的日光，毫不容情地閃刺背脊，怪不得令她連腦門也一併覺得熱。

真怪！她起身呶呶念著。

今天碰巧是週六，否則肯定爬不起呀！牆角一排整齊的酒瓶，便是昨日朋友留下的紀念物。說要替她慶生的，於是挑在她下班時機，通通躲到她衣櫥去。待她脫得差點一絲不掛時，朋友們才吆喝著輪番出現。

直讓如鵠在心底喘上幾口大氣，像是剛追完一輛遠去來車的呼吸速度。

促使她又想起年幼那個讓人不甚愉快的，鄰家姐姐。

然而，她什麼也沒提，開開心心接受朋友們的歡慶。

幾個女人在一處，又窩著，簡直天南地北都講，八卦更愛。所有人一開始還稍稍帶著不確定的神色，觸探其餘人的反應與真實度。但是，某個話題聊開了，針鋒來了，清淺的看好戲的低語也打蛇隨棍上。

如鵑私藏多年的心願，更出乎意料地，告訴了姐妹們。

當時，一片錯愕鼓成波浪，嗡嗡，嗡嗡嗡，各有意見交纏一片。

老早預料這般景況，如鵑沉穩地，一口接一口啜飲，不忘優雅蠶食切好的比薩、蛋糕，還有幾盤滷味、零嘴。

特別是幾樣高級的零食，她更是吞得滑溜。

悶不哼聲地啃，果然，果然，果然！大家快搶吃的啦！

其中某個大姐眼尖地笑叫，大夥才從無盡的勸告圈套裡掙出，瓜分掉這次聚會的食物——為了身材平日絕不可能這樣吃的——包括如鵑特意說出的私人願望。

起身斟水，如鵑瞥見手機，上頭沒有未接來電。

在那樣一個半夢半寐的時刻，如鵑陡地猜想，是不昨日有誰透露了什麼？

呼……。

城市分佈的兩個近端，不約而同，重重地呼出氣息。隨著將要掌管整個正中午的陽光，順勢將嘆氣的內容，緩緩蒸騰兩人。

沒有咖啡香的房間裡，方哥從醒來便這麼躺著。

除了咖啡，他也許需要一通電話。從這兒去，或從那兒來。

「哇，不會吧？要跟阿堂結婚唷！」有個如鵑懷疑她對小方有興趣的妹妹，這麼一戳得標。對於別人口口稱呼的方哥，如鵑像是刻意開玩笑一般，私下相處時，都叫小方。

「很好啊，如果如鵑從小的願望就是這樣……是不是，就快有好消息啦？」亂成幾簇小山的枕頭之間，有人蒙著臉的枕頭，打著圓場，甚至投射出一波曖昧的笑。

如鵑只覺得，這幾個朋友，果真是什麼立場都沒有啊。然而，這些人平時正是這麼看她的罷？

在立志嫁給某個人，想嫁給某個人的過程中，如鵑後來慢慢確知，自己一再一再地，最終偏離了噬食八卦，熱愛醜聞更甚於新聞的圈子。她感到自己正完成非得完成不可的任務。踏上幼年的那次鮮明的記憶，如鵑身體的某部份告訴自己，這是鍵連的橋樑！

在看似不幸而且丟臉的經驗中，才能擁有與他人不同的東西。

對於這點毫無察覺的朋友們，如鵑簡直不知道該怎麼面對她們。即便她們心意十足替她慶生了。

懷抱著並不被誰理解，也不被誰理解的心情，如鵑掙脫疲憊，打理好自己，特別穿上高中時期才穿的牛仔褲和棉質橘色上衣。

去晃晃吧！她再度想去一會兒便利商店。去她小時候借廁所而跌倒便存在的便利商店。搞不好能遇到呢！

不知道是第幾次如鵑這麼輕快地想著了。

另方面，方哥總算下了樓。想著咖啡和旁及的時光想了幾小時。即便是這樣想著，好喝是好喝的咖啡，竟開始讓胃感到搔刮。

該不是被傳染吧？

對於連幻想都能感到身體實際感覺，他給自己一個不解的笑。

還是去找點熱食吃。出門前，方哥望了望床頭的零食櫃，對他擠眉弄眼的彩色太空包，竟都又膨脹上一倍。

錯覺嗎？

他自語著，邊邁開步伐。

城市以北，某條轉彎處的如鵑，愉悅站在便利商店前，聽著叮咚，歡迎光臨，叮咚，謝謝光臨的聲音。

不知道過了多久，如鵑才起身。她轉去附近一家小有名氣的咖啡店，準備買最新進口的咖啡豆。那次，興致高昂的小方入了會員，炫寶似地帶她去的。

準備離去之前，她期待地轉頭看了位在底端的員工專用的小門。

一瞬間，她凝視了存在於幻想，惦念的臉。此際夏季尾巴宛若颳了個颱風似，讓她的體腔內共鳴了一陣。感到莫名驚喜，她再睜眼定睛，卻實際發現那門似乎從未開過。

這時間，他應該醒了吧？

如鵑喑啞著幾個微小的念頭，在逐漸遠離的門開門關之間，忽閃忽現。同時，卻又好似橫生一地，接在夏季尾巴，將在秋季茂盛開來的芒花，預示著徹底綻放的好消息。

「再次確認您的姓名？」

咖啡店員問了會員名字，她眼神盈滿勃勃生氣，準備接下這包來自非洲的Aricha，強烈的水果香氣想必很搭那一屋子的零食。

「方又堂。」

一共到現在，這是如鵑交往過的第五個名叫阿堂的男朋友。

蒂蒂

天花板吊下慘白晃盪的燈，桌板上紡織機是不斷齜齜像張口的獸要吞噬手指，每一回輕巧閃過，伸入，閃過，伸入。獸點頭如搗蒜。

這家紡織成衣廠馴養著許多獸，牠們跟紡織女工蒂蒂一起奮鬥。

當然蒂蒂不只一人。只是領班每次叫著：「明天有誰願意留下來加班？」戴髮箍的蒂蒂便羞怯舉了手：「蒂蒂ＯＫ。」於是這家紡織成衣廠像是一群蒂蒂在工作。領班樂得不需要多加注意其他人的名字，就算發薪水，也是喊著一台台紡織機的編號，一共九百三十五台，第一台，第五百零四台，第九百三十五台，這樣一台台叫著，然後蒂蒂們魚貫由右邊門口進入領班辦公室，領了當月薪水，沉甸甸牛皮紙袋，沉著美好的希望。待真正打開時，卻是令人沮喪的數字。

這惱人數字不影響戴髮箍的蒂蒂是顆果實的存在事實。

她年節時從包裹小心翼翼捧出的破布子，是遙遠的老媽媽寄來的。甘味似眼淚。戴髮箍的蒂蒂在工廠放飯時，對著有糠的雜糧飯偷偷撒些破布子，頓時盤中大把澀氣沖鼻的野菜，也變得可愛了。她以舌尖撓破浸潤醬汁的破布子，將淡薄的肉吃去，吐出一粒子來。此時，她不免會幻想她正吃著魚眼。明目，老媽媽叨叨說著。幼年她經常被逼著吞落河澗中捕來小魚的眼，飽障著潮濕的腥味。那股黏稠的凝固感，每每使她懷著不安的戒懼，彷彿自己也將拆吞一尾魚牠一生所見，轉化為自己的；又彷彿認識那些魚許久，牠們甘願被釣起抓起，因牠們相信蒂蒂會好好收存牠們的身世。牠們的靈魂。

不過，通常蒂蒂並沒有繼續思索下去，她僅是享受那粒粒不斷反哺給她家鄉面貌的破布子。微乎其微的片刻，當戴髮箍的蒂蒂累得靠在椅背時，望著天花板刺亮的日光燈，她才會幻覺式憶起家鄉成片的破布子林，在夏日炎風中一面叮咚搖擺的綠色破布子，又同時像一雙雙未開的魚眼。

「大家要體諒、體諒，吃野菜不但省錢，也是為健康！我擔心妳們的健康啊！」領班說著，他轉身啣了一口魚。這是每逢晚餐，蒂蒂們饑腸轆轆的時刻，領班無關痛癢的宣告。

被這類話語麻痺後，蒂蒂們開始自求多福。

戴髮箍的蒂蒂，她那罐破布子很受歡迎，就像其他蒂蒂的一報紙老油條、一罈醃梅子、一盒醬瓜，她們巴巴盼著能吃上一口，來自別個鄉鎮的滋味。

於是，她們在晚餐前休息的小段時間，開始互相交換扳得碎呼呼的油條、幾粒破布子或是數條發育不良的醬瓜。說是休息，但蒂蒂們手上沒空檔過，她們在這時間是得將一整日的衣服按照顏色、材質、樣式疊好，套上塑膠袋防塵，再放進工廠那牆衣櫃裡。衣櫃是活動的，待衣服全數擺好；這聳高得快觸到屋頂的白衣櫃，因嫣紅的墨綠的橙橘的補滿了空白，遠視起來，像個大型的遊樂設施。

蒂蒂們沒人去過遊樂場，只是她們總想著，嘩，這就是——後面有人接著「摩天輪」，也有人嚷著「跳格子」，可是當說到「旋轉木馬」時，所有的蒂蒂噴了一聲，又開始俐落的裝衣、封袋。在這駭人難耐的空盪中，戴髮箍的蒂蒂想著，等會去找童嬤嬤。

戴髮箍的蒂蒂跟廚房的童嬤嬤最熟識，她也說不出個原因。

童嬤嬤是母夜叉！有回領班氣得噴煙，但依舊不敢開除童嬤嬤。

童嬤嬤掌廚多年，習慣將較粗糙的筍子根部、豆腐渣等收好，偶爾替自己加個菜。童嬤嬤見著蒂蒂只會啜著一小粒破布子，於是有日摘了剛翻綠的破布子，擲進大灶煮。蒂蒂只見破布子果然爭先恐後紛紛迸破，水中的綠煙火。童嬤嬤把平日蒐集的食材倒入，手按鍋蓋。等盛上來時，靜靜躺在白塑膠盤的大塊食物，讓童嬤嬤挪刀一剖，豆腐筍片之鮮，混合咬下時迸竄的破布子甘鹹味衝入舌蕾，看的或放在嘴裡的一樣味美。蒂蒂開心了。她感覺童嬤嬤和她也有破裂而出的黏液，將她們親切熱絡地綰合起來。

胃底燒暖後，戴髮箍的蒂蒂回到自己位子上，又開始在這紡織成衣廠她無限滾動在機器野獸下，奪取每一件讓多明尼哥喜愛的衣服。

多明尼哥是誰？

蒂蒂們有時候利用極少的如廁時間會討論，但是隨著領班在外頭計時的鬧鈴越響越大聲，蒂蒂們不敢再浪費絲毫，連忙將工作褲一拉，手順順多日未洗的頭髮，在緊湊節奏中忍住便意，忍著溢出嘴角的話語，將盛況空前的人潮往下一輪迴的如廁時間擠去。推擠的結果，便是蒂蒂們從未了解多明尼哥。

戴髮箍的蒂蒂有時趁著睡前的片刻，思索其他蒂蒂們討論多明尼哥的事情。

睡在上舖的蒂蒂說，多明尼哥是兩個人，他們是相親相愛的雙胞胎，是奢侈浪費的雙胞胎，所以才需要我們做了這麼多衣服。

那他們父母呢？沒有人知曉。

睡在門邊的蒂蒂說，多明尼哥是一個小女孩，為了排遣寂寞，為了轉移自己對死去父母的思念，於是買下一座成衣工廠，然後換穿著不同的衣服。

可是同一款有上千件耶，那她是怎麼穿的？沒有人知曉。

睡在窗口的蒂蒂說，多明尼哥其實是一隻長得像人的鸚鵡，牠沒有羽毛，主人喜歡讓牠穿衣服，然而那些衣服，主人堅持不讓牠露面，於是向成衣工廠訂購各種款式的衣服。必須與眾不同，又必須遮掩住牠是一隻鸚鵡的事實。

有這麼大的鸚鵡啊？可是牠的尖嘴巴不會被發現嗎？沒有人知曉。

最後所有的蒂蒂都因為肩膀或腰椎的疼痛，而像是落敗倒下的戰士，一喚不醒了。無盡的鼾聲，一陣陣把磨牙聲挑起。戴髮箍的蒂蒂側睡遮住一邊耳朵，但仍清晰地感受到這些節奏和白天的一吞一吐的獸沒有兩樣。牠們吞掉許多時間，好換成多明尼哥的夢想；牠們威嚇著蒂蒂們，使得多明尼哥變得異常神秘偉大。

紡織獸可能在夜晚也峻令蒂蒂們交錯針線地縫補，聽蒂蒂們機械靈巧的鼾動，進退得多麼效率。

戴髮箍的蒂蒂睡著了。

如果認真地數算，蒂蒂們裝扮自己的，或是讓腦筋轉一轉的時間，實在就與她們身上的服裝一般，讓人無法想出第二種可能；而不互相過問彼此的來歷，是離鄉背景的蒂蒂們，節制的禮貌。

白高帽，白裙，白鞋。領班交代，白色衣服是讓妳們被紡織機扎到手時，一眼就可以看出來，提醒妳們不要弄髒衣服。蒂蒂們惶惶地攪弄裙角。

妳們不用害怕，紡織機不會吃人，領班最後補充了這句。

似乎就是如此。戴髮箍的蒂蒂平常時日很難看到她自己的髮箍。不論誰的頭髮什麼樣，一律窩在白高帽裡，因此蒂蒂們誰也不大有興趣打理頭髮，更別提替自己撩個什麼意態動人的飛髮姿勢了。雖然她們也都明瞭，誰的頭髮溜滑綿順得似水蛇，誰的枯鈍像粗劣的稻梗。

然而，受傷的事情時有所聞。只是，不一定全然是紡織獸的錯。

本來應當在袖口手腕處的血跡，時常亦會出現在裙底，甚至沿著大腿內側泌泌湧流到細踝。受傷後的蒂蒂，神情都十分怪異。她們走路的姿態不同了，衣服的顏色染著一抹輕淡的粉印。一瓣黏著了不放的花。

戴髮箍的蒂蒂瞄著，邊閃躲紡織獸隨時準備賞人血紅淚泉的盆口，內心則暗暗可憐又羨慕著那些受傷的蒂蒂，她們顯然比純白更引人側目。可是，蒂蒂們不提這事，無論是在交換家鄉食物或入睡前。

戴髮箍的蒂蒂望著工廠前門那排窗，窗前的夜茂了又凋了。她年年收著那罐貌似魚眼的破布子，直到有日不再有機會從包裹中捧出這滋味鮮嫩的家鄉味。直到有次她發現童嬤嬤已經沒辦法替她丟入成把的破布子，煮鍋解饞的拿手活。戴髮箍的蒂蒂才關掉眼前的紡織獸，舐著自己的上門牙，試圖找出逗留在口腔中的鹹味兒。

領班不知去哪了，戴髮箍的蒂蒂想。會被罵嗎？她微笑了。

看著身旁汗滴如雨墜的蒂蒂們，她開始說著她們共有的回憶。戴髮箍的蒂蒂不明白自己為什麼就吱嘎吱嘎地說了。關於摩天輪、跳格子、旋轉木馬。

哦，還有多明尼哥，他到底是誰？長大了？變老了？到遙遠的地方旅行去了？

對呀，我想問的卻一直沒問，妳們之前是怎麼受傷的？

等一會快到晚餐的時候，我們來交換一下食物好不？

戴髮箍的蒂蒂說到這，她羞窘起來，事實上她已經不曾收到破布子，當然沒東西和蒂蒂們交換。然而出自於對各地食物的好奇，她還是開口了。

蒂蒂們，所有正在應付紡織獸的蒂蒂們同時關上機器，放下衣服，轉過頭來。

妳是誰？她們問。

我是蒂蒂啊！她把白色高帽拿下，露出自己的髮箍。她牽起嘴角完美的弧度。

她們以魚般的眼掃視彼此的訊號，然後掀出白白的部份。

我們不認識妳！妳快走！快走！等一下被發現就不好了。

此時窗外的濃蔭爆聲連連，豆點大的綠色破布子，朝戴髮箍的蒂蒂裂空而來。她從未發現過，成排的破布子在工廠外批批開與落。

蒂蒂們說，快走。她們又開啟了紡織獸，繼續工作。

戴髮箍的蒂蒂拋下白高帽，在奔跑中她跑落了一只鞋，她腳掌因踢到廢棄的紡織獸而破脹出平生第一回的血脈，含淚脈脈。

從今以後，沒有人知道戴髮箍的蒂蒂，最後去了哪裡。

她關上窗子，轉頭向仲介低聲交代房屋文件等等安排，並商量好簽約時間。沒等仲介再多做詢問便自行下了樓梯，外面天色已漸漸暗去，她抬頭往公寓望去，看見自己那間屋竟反映著夕陽的光亮著，那會是她的房子她的世界，只要將門關上便能真正楚河漢界，任憑她高興隨性擺弄，輕易把三坪大的空間變為自己熟悉國度。從此無人能進入。

愛情公寓

上鎖的箱子

神小風

本名許俐葳，西元一九八四年生，文化大學文藝組畢業，目前就讀東華大學創英所。曾獲全國學生文學獎，時報文學獎，教育部文藝創作獎，已出版小說集《少女核》。

傷害的微物觀點

——神小風論

朱宥勳　撰

七年級世代深受前代作家影響，寫作題材的選擇上有越寫越微小的趨勢。無須諱言，離開了感時憂國的「大時代」，這一代確實是大敘事崩解的時代，寫作者將眼光從國族鄉土一類大題目之中移走，轉而注視個人情感的微小傷害。然而此「微物」之難處正在於，它總從自身經驗出發，似乎人人能寫，但除非有異於常人的敏銳感受，便容易落入蒼白呻吟的俗套之中。

神小風便是堪稱此類寫作者中，「奈米」級的好手。神小風已出版《背對背活下去》、《少女核》兩本中、長篇小說，兩本均小題大作，不與任何宏大敘述掛勾，而以情感的精細取勝。她慣用封閉、自溺的敘事觀點，推展情節彷彿運筆刀在自身膚表鏤鏤刻畫，血紋蔓延，感覺到痛的同時卻又著迷於創傷造成的奇詭圖景。「公民與道德」所灌輸給我們的正面價值是「忍人所不能忍」，神小風的小說偏要反寫這則律令，力圖「痛別人所不能痛」，去為那些說來丟臉尷尬、微不足道但真切存在的情感傷害找到一個說法。

從個人出發，我們可以看見神小風小說常以私人空間的失守隱喻傷害的步步進逼。〈愛情公寓〉的女主角因為原生家庭的破碎，自己的房門擋不住父親失敗者的暴躁。她想盡辦法結婚，為的便是能有一個「自己的家」，不料公婆迅即搬到隔鄰，並且任意出入家裏的所有房間，「在我們家門都是不鎖的，下次要記住。」故事一開始，罹患了癌症的她終於決定不再忍耐，用盡方法去買一座「自己的房間」。然而看似快意的報復與豪邁，竟必須用自己被疾病掏空的身體去換，生命和自在的空間不能共存，小說的主角未曾流浪，卻沒有一個遮避傷害風雨的家。而在〈上鎖的箱子〉裡，敘事者的外婆瘋狂地將所有東西囤積到冰箱和箱子裡面去，這本來是描寫外省流散族群「逃難心態」的常見細節，但神小風並不以此為滿足，更往下敘寫敘事者的母親如何傾倒了整間房子的雜物。被倒掉的不只是雜物所象徵的數十年記憶，母親的登堂入室和外婆的毫無抵禦能力才是一切的重點。傷害襲來，連長久居住的房子都無能守護，「無用」的外婆只能把自己鎖在箱子裡面瑟瑟發抖。

因此，神小風書寫的傷害場景總是「微」「物」的，既是微小得難以察覺，又依附在象徵的空間物件上。那些物件我們如此熟悉，那些情感與家庭劇的場景也並不真的出人意表，但我們以前從未感覺到痛，直到小說被寫出來，才赫然驚覺傷口已經在那裡了。

愛情公寓

「戴洛維夫人說，她要自己去買花。」

——Virginia Woolf, Mrs. Dalloway

1

這是她這個月看的第三十棟房子。

一開始她還不敢大肆聲張，連看房也不敢選在住家或公司附近，怕被熟人撞見就麻煩了，這年頭大家都無聊碎嘴時間特多，更別說經濟不景氣的現在，買個車子都被質疑是否中了樂透彩，因此她只得遮遮掩掩，穿梭在巷子裡專看電線杆上那些賣屋廣告打電話，私人自賣的當然都是些高齡二手屋，二手屋便宜但麻煩特多，不是漏水就是牆壁龜裂，再不然連壁癌都出來了，整個屋子黑黑暗暗沒有一絲色彩，而每次當她提出這點向屋主質疑時總會得到相同的回答，壞的都是些小地方嘛自己補一補就好了，屋主一副無關的表情說著風涼話，她知道他們看她一個女人穿得窮酸就不太想搭理，買不起的人是不用多費唇舌的，但為什麼連買個房子都還要自己東補西補？她平常補的洞還不夠多嗎？

這些不是她要的，她要的是一棟全新房子只屬於自己，牆壁漆上飽滿顏色家具器皿擦得晶亮，一切都像五星級旅館般透著清潔氣味，還有大大落地窗裝上厚重窗簾，她可以趴下來躺在屋子裡安靜睡覺，棉被枕頭攤了一地也沒人管她。

她站在十字路口張望，街角一家新開的房屋仲介所就立在那邊，常常經過那裡故意來來回回幾次窺探，外面的佈告欄看到好幾間中意的卻又不敢走進去問，這次她倒是準備週到，以前面試的ＯＬ套裝穿上身把自己打扮得體，仲介所外的玻璃一片光亮映出自己倒影，瘦削的身形撐起襯衫短裙絲襪，塗了口紅的唇卻異常蒼白對應內凹枯萎的雙頰，她像是不認識眼前這個人是誰一般站在門前呆愣著，卻更確定自己已經沒有時間了。

她已經沒有時間了，她在心中再次用力默念，伸手推開房屋仲介大門，讓冷氣迎面而來。

2

就像那天一樣，她清楚知道她已經沒有時間了。

下午外面陽光灑落，多麼好的一個天氣，原本以為只是個小檢查卻折騰半天，她從病房出來坐回候診室原先座椅，椅身已被旁人坐熱一陣暖烘烘，但她卻感覺極寒，好像坐在雪地上，雪花從心臟底層緩緩墜落，化成千根刺迅速穿透皮膚，她打了個寒顫，連眼淚都哭不出來只是感覺麻木。

怎麼會沒有時間？生命這麼長她才不過幾歲，連更年期都還沒到！她回想起學生時代曾好玩在網路上填了一份「死之前必定要做的十件大事」問卷，她早就不記得自己寫了什麼上去，此時腦海卻不斷浮現這件事情來，身體裡像藏了一個鬧鐘般滴滴答答的響，倒數她還剩下的時間與過往浪費掉的生命。

已經到末期了，癌症。醫生輕聲細語像在說「天氣很好」一般的音調，低著頭將檢查報告塞進牛皮紙袋裡，像是怕眼前的她會哭出來般不敢瞧她，好笑，她又怎麼會為這點小事哭？她早就練就了即使在悲傷也不在他人面前哭泣的本事，醫生把紙袋遞給她，再補了幾句記得來回診之類的話。

「回診這病會好嗎？」她冷冷的說。沒等醫生回答便轉身往外走去，她怎麼會不清楚癌症？父親就是得肺癌走的，進入末期後只勉強拖了一個月便離開，她閉緊了嘴巴不准自己回頭去問醫生自己還剩下多久可活，怕問出口時間便開始轉動，每分每秒不斷暗自倒數餘下時光。

口袋裡手機無聲震動起來，她仍舊坐在椅子上恍神不想接起，早就習慣隨時把手機開無聲以方便自己假裝聽不到電話聲，但震動一直沒有停止，她望望來電號碼嘆口氣閉上眼睛，這是她第一次為了自己而翹班，他們竟連這麼一點時間也不施捨給她。

「喂？」她終究接起手機。

「妳在哪裡？」耳邊傳來又急又快的講話聲，她把手機拿離耳邊依然聽得見，在安靜的候診室裡顯得更加刺耳。

「我……」

「總之妳快點來就是了！」語畢手機被掛斷，她還未說完的話懸吊在嘴邊，甚至沒有問她方不方便，而她究竟還能說什麼呢？說她其實人不在公司，她在另一家更遠的醫院，為了避免碰到不想碰到的人引起話題等等，她總是想的如此周密，但又有誰會問她去醫院做什麼呢？

收拾隨身物品，醫院檢查報告塞進包包，準備前往下一個醫院接受同樣刺鼻藥水味，她已可以預知接下來的景象，婆婆倉皇自醫院走廊那端跑來跟隨一大票親戚，每個人都張著嘴巴要跟她講話，她明明不是最後一個卻老有做錯事的感覺，好像沒在第一時間到達就不對，接著被拉往病房打開門看見公公躺在床上，散發均勻鼻息。她早該看習慣公公這日漸消瘦的臉孔，哪個人在醫院躺了三個月會還紅光滿面神清氣爽的？但此刻包包裡的檢查報告竟如烙鐵般灼燙的提醒她，她下意識的往後退一步，避免在公公的臉上看到未來的自己。

「……怎麼回事？」她問，整個身體攤坐在一旁沙發上，這間單人病房算是很高級的了，有第四台有沙發，每天都還有人定期打掃清理，多麼豪華的牢獄。

「剛剛忽然醒了，吵鬧著要吃家裡附近的廣東粥。」是婆婆的聲音。

她明白婆婆的意思，點點頭，抓起放在地上的安全帽與鑰匙準備跑一趟，婆婆跟她走到電梯口，還在不停叮嚀著廣東粥該是買哪種口味，不要蔥蒜太刺激還有鹽得加少些。她聽著聽著卻有些開口打斷的衝動，想用力翻開包包，掏出那份醫院檢查報告在婆婆面前晃，大吼大叫喊著不要再說了，你家的人你自己照顧，我快要沒有時間了……

「媽。」

「以後老頭子想吃的東西還是先買來好，免得要吃沒得吃又會發脾氣。」

「媽我今天去了醫院。」

「妳現在不就在醫院？」

「不是，我……」

電梯門恰巧開啟阻斷她的話，丈夫穿著一身筆挺西裝出現在他們面前，她冷眼望著這個無論什麼時候都會遲到的丈夫接受母親的擁抱，母子親密如一家人將她屏除在畫面之外，知道自己今天是別想跟丈夫說到話，也不必再說下去了，踏入電梯重重按了關門鍵，把丈夫和母親全關在視線之外。

她知道晚到的丈夫正準備走入病房，在所有親戚面前當個孝順好兒子，待個十五分鐘便以工作忙等等理由安然自親情劇碼中退場，或去樓下咖啡廳喝杯飲料，而她這個媳婦卻得帶回廣東粥之後繼續待在病房裡，直到天亮再回家草草梳洗後去上班。

五六點的下班車潮特多，她在新生南路上左鑽右鑽卻始終前進不了，索性騎上人行道想繞捷徑，卻閃不過跟她一樣搶快的其他機車狼狽摔倒在地，掛在腳邊的包包裡東西全灑了出來，她彎腰想撿，低頭卻看見自己膝上已有鮮血滲出，像極自己小時老被同學弄壞的彩色筆漏水痕跡。她先伸手讓指頭把血跡抹乾淨了，接著用力把手指在那份醫院檢查報告上壓了壓，印出一朵殘缺的紅花。

手機錢包鑰匙記事簿散落一地，機車倒在一旁發出哀哀嗚聲，她應該把這些東西都撿起來但卻仍舊坐在地上不動，沒有時間了，她到底還在趕什麼呢？直到手機忽然噗嚕嚕的響了，她才像驚醒般的回過神來，她不用去看來電顯示也知道是婆婆打來的，也沒有什麼其他的人會打給她了，過往人生跑馬燈似的襲來，她總得隨時把自己安放在適當的位置，等待別人的召喚。

但現在不一樣。

她冷冷望著手機，鈴聲響過一回後精疲力竭的停止，在下一次響起前伸手過去快速拔了電池，即使剛剛腦中畫面是把手機用力扔向路口如洩洪般的車潮中，她仍選擇了溫和有禮的方式。

她一直都是這樣一個人，標準的乖乖牌長女，淺笑的嘴角不洩漏一點情緒，太習慣乖巧的結果就是不知道該如何撒潑哭鬧，字典整本翻開搜尋不到應有的辭彙，就像此刻理智告訴她不應該隨意躺在人行道上，真是髒死了有夠難看，該是趕快跳起來騎車去買公公要吃的廣東粥。但她仍是這麼做了，像被拔掉電池的手機一般，扭曲著身子躺在人行道上，輕輕閉上眼睛。

已經沒有時間了，她得趕快找一個地方把自己藏起來，使出渾身力氣助跑後飛奔跳躍，像那些無人知曉的事一般跳進樹洞裡，那麼她便成為秘密了。

沒有人能再找得到她。

3

那天晚上，她又夢見了小時候夢過的景象，自己全身赤裸的躺在大房間裡，屋子裡什麼人也沒有，於是她開門走到樓下去，整棟公寓上上下下都沒有人，她發現自己的身體安靜的發著光，透過窗戶望著對面公寓，也都是暗的，什麼也沒有。她以為她會害怕的大哭，卻聽見自己在笑，一種壓抑的笑聲從嘴巴裡發出來，總是習慣用力吸氣，壓住腹部讓聲音不至於太大，即使在夢裡，她還是笑得很小心。

然後她就醒了，汗濕的背黏在床墊上，屋子裡的空氣黏稠溼熱著難以呼吸，她摸索著想去把電扇開到最強，卻怎麼樣也摸不到按鈕。打開燈才發現身旁丈夫把電扇移往他那邊，自己這邊一點風也沒有，氣極了索性爬起來對著窗戶吹風。屋子裡成堆雜物攤的到處都是，她得移開好幾個的置物櫃才能靠近窗戶坐下，太過狹小的空間擠滿了全家人的物品。公公的丈夫的還有婆婆收集的一大箱廢棄物品，讓家裡變得更小了，她只得盡力壓縮自己物品，平日逛街連個皮包衣服都不敢亂買，除了捨不得更怕的是沒處可放，她在這個家裡是沒有任何私密空間可言的，連廚房都是婆婆的地盤。

腳下包包裡翻出今日收穫，十幾張亮滑廣告宣傳單印滿各式屋樣，全是今天從房屋仲介那邊拿過來的，底下條列式寫著全新裝潢兩房一廳一衛等廣告用語，她清楚知道這些都不算數，「看房子要跟看人一樣。」，就像母親以前老掛在嘴上的那句話，紙上寫得再美再好，永遠都還是不切實際的形容詞，什麼事情都要親眼看到才是真的。

說這句話的母親一向是個有強烈自我主張的人，買房子乾脆搬家也乾脆，她記得讀國中時，母親和父親幾次激烈爭吵後就包袱款款的瀟灑走人，連聲再見都沒跟她說，不到一年時間就快速寄來離婚證書準備和別人結婚，還寄了喜帖給父親和她，她偷偷藏起不敢給那時已身體不好的父親看見，望著喜帖上已然陌生的母親名字，她真不明白，為什麼有人可以這麼毫不在乎的自私自利。

母親離開後，她和父親就一直租住親戚家的房子，工業區附近大馬路旁的破爛公寓，白天車聲隆隆，到了半夜就是飆車族出沒的時機，幾乎沒一刻是安寧的，每次運砂石的卡車經過路口，震得家裡鐵皮屋簷嘎嘎作響時，父親總要這麼狠狠咒罵一番，連帶埋怨自己沒用賺不了錢老婆還跑掉。

大學還沒畢業，她就急著開始找工作，家教咖啡廳火鍋店她什麼都做，同學們都趁著最後當學生的時刻瘋狂去玩，出國渡假偶爾逛街血拼，只有她把所有時間拿來打工賺錢，像著了魔似的，每天把自己弄得疲憊不堪回家倒頭就睡，但越是疲憊，她竟越有一種隱隱然的勝利感，尤其是望著父親的時候。

後來她才慢慢發現，其實那只是父親的一種習慣而已，習慣對遙遠的前方編織一種未來，望著家裡不斷剝落的牆壁和漏水屋頂想像一種美好願景：等有了錢之後蓋間大房子頂樓有游泳池跟花園。有時候，她也會稍微放鬆自己的焦慮跟著父親一起幻想，但想像過了頭，父親便會開始對著現實暴怒起來。

而對她來說，噪音最大的困擾來源不是外面，而是源自家裡，父親生病一點小事都會惹得他暴躁發怒，這種時候她總是找不到地方可以躲。家裡小，連一扇可以把自己關起上鎖的門也沒有。人是這樣的，病源如果來自外力或許還可以想法子治好，像瘀傷或黑青。但如果是從內部滋生的，只會像壁癌一樣逐漸擴散到全身被侵蝕吃掉，除了逃跑只能接受，撐著搖搖欲墜的骨架生活著，稍微一點力量就會讓其崩毀，連帶旁邊的人遭殃。

要從一個家逃出來唯一的方法，就是建立另一個家。於是她開始比任何女孩都認真打扮自己，不同於那些談談戀愛的小女生心態，而是努力往結婚邁進，長裙濃妝把所有下班時間都拿來約會，對那些男人也絕口不提家裏事情怕被嚇跑，但不知是太過積極了還是哪裡出了錯，談到一半的戀愛總是會在半途煞車，最後只得回家繼續和父親大眼瞪小眼，她有時會殘酷的想，或許父親再活也沒有多久，到時就算不結婚那也無所謂，至少她終於能自由自在。卻在父親住院後接到母親的電話，她已早不是那個會撒嬌的年幼女孩，電話裡兩個人都不知該如何開口，良久才聽見母親輕快的說：真是辛苦妳了。

這話不帶任何情緒她卻覺得刺耳，憤怒起來一把掛掉電話，看著吧。她恨恨的說，我絕對不會變得跟妳一樣自私。

她老說母親自私，但此時她還真希望自己也有母親這般自私性格，三十歲終於把自己嫁出去，她第一封喜帖就寄給母親，隱隱帶著些報復的快感，結婚之始便應丈夫要求從業務助理變為專職家庭主婦。朋友們都說她幸運，丈夫雖稱不上特別英俊，但總是個溫柔老實人，一切都再平凡不過，她也以為自己將會有個美好的家。一個只屬於夫妻倆人的家，幸福快樂人生就要到來。

仍是記憶猶新，丈夫答應過她兩人結婚就另覓他處小窩，但沒想到搬進新家的第一天，婆婆便猛敲她房門，直到她來開了，才皺著眉頭擅自進房拿取丈夫衣物。她愣在門口不知作何反應，只見公公端坐在客廳喝茶，屋裡擠了一大堆親戚，指揮著工人把衣櫃家私等搬進她們的隔壁空房，她認出那是小姑的東西，正欲回頭詢問，卻看見婆婆已把丈夫上下打點好推出家門上班，轉過身露出笑容對她說：「在我們家門都是不鎖的，下次要記住。」她望著更多家具被塞入屋內角落伴著吵雜人聲，眼底卻出現過去與父親共住熟悉光景，胃忍不住一陣緊縮。

而這次，她即使把房門關上也逃不了了。

4

「看房子跟看人一樣。」

房屋仲介穿著黃背心汗涔涔的吃力爬上樓，她緩慢跟進，每一格都氣喘吁吁，忍不住開始敏感起來：不知是自己身體原本就這麼差還是發病徵兆？體力跟時間一樣都在分秒流失。醫院打過幾次電話來都被她掛掉，她知道不外是住院治療那些話，她要去住院幹什麼？她可不要跟父親或公公一樣，把餘下生命都浪費在床上，她浪費掉的東西已經夠多了。

「喜歡的看第一眼就會喜歡！不喜歡的，唉呀你看格局裝潢挑挑撿撿殺價個老半天，最後還是不會買。」

精品公寓最頂層，上個月才新蓋好連電梯都還沒通，仲介一邊擦著汗一邊將窗戶打開通風。她跟隨腳步走進偌大空曠客廳，忽然一陣沒來由激動，她已經可以在腦中浮現這棟樓的未來預想圖，這邊放沙發那邊放液晶電視，四房一廳一衛，標準的小家庭配置，高級的是這裡連冷氣都裝好了，每個房間一間。廚房乾淨流理台靜悄悄靠著，那麼主臥房裡該添個大衣櫃收藏當季衣物，化妝台上堆滿專屬個人粉底眼影盤，書桌電腦自然也不可缺，她不知道有多久沒坐在書桌前好好看完一本書了。另一間比較小的或許可以當育嬰房，婆婆老催她們生個孩子，她望著家裡那擠得滿滿的一屋子家具，她和丈夫加上公婆還有個嫁不出去的小姑，這種空間叫她怎麼能讓孩子出生？即使丈夫捱不住婆婆命令每夜欺身過來，她仍是固定躲到廁所吞服避孕藥，還得背靠著門擋住，以免公公老是不敲門就亂推一通。

她抬頭望見正對客廳的窗戶，皺了皺眉：「怎麼沒大窗簾？這種百葉窗也太不隱密了些。」仲介急忙從公事包裡抽出厚厚一疊資料翻開：「太太，這間就是設計成這樣呀，頂樓房子裝百葉窗才方便看風景，妳瞧這 view 多好，我們就主打這個，晚上跟老公兩個人甜蜜看夜景，妳看其他棟公寓都會被一〇一擋住，這裡可不會，跨年放煙火時都看得清清楚楚……」

甜蜜看夜景？她不太懂仲介在說些什麼，仲介理著小平頭，看來也不過二十幾歲的年輕模樣，從他眼睛裡看到的自己是什麼樣子的呢？是快要結婚的ＯＬ，還是尋覓新居的有錢少奶奶？不管怎樣，總該是個充滿愛的女人，正在為美好新居作準備。她走近窗戶看著自己倒影，眼前的她把最好一套衣服穿上身，還穿了絲襪，自結婚以後就沒有穿得這麼整齊過了，一貫總是ＰＯＬＯ衫配上鬆垮棉褲，頭髮轉了個大結耳後夾起，一臉歐巴桑模樣。

她伸手推開窗外，面亮晃晃的一股熱風吹進來，該是下午三點多了吧，不出幾個月，她就練就一身不用看錶也能準確知道時間的工夫，因為每一秒鐘她都有該做的事。早上得將小姑吃了一桌的牛奶麵包收拾好，為公婆熬一鍋粥，即使他們總挑剔半天但仍要意思意思做到，接著趕往菜場買菜就花去一個上午光陰，每日三餐她總如臨大敵般戰戰兢兢，唯恐哪裡不合口味。飯後小姑回房仍剩她一人收拾，婆婆老愛三不五時撿些零碎雜物回來當寶似的收藏，她不敢丟，只得蹲在那將所有物品分類疊好，一箱箱的往角落堆。再放不下，婆婆直入她和丈夫臥房自行翻找著位置擺放，她見所有私人物品都被翻亂了也不敢吭一聲。

婆家親戚多，時常接到電話說著，哪個某某的兒子沒人陪考大嫂妳幫忙一下，或誰誰誰的表妹搬新家人手不夠大嫂反正在家也沒事，大嫂大嫂的每個都叫得好親熱，尤其公公住院後她事情更多，做完家事直奔醫院足足陪完十二個小時，清晨回家還得洗全家衣物，更別說小姑老是生理期弄髒內褲又不自己洗，還得讓她跪在浴室刷上個半天。丈夫卻像個沒事人一般，偶爾出現在病房便算做個孝順兒子，回家照樣倒頭就睡還可打場魔獸。

她一開始曾小聲的對丈夫說不願去醫院照顧公公，她實在怕極了再度照顧病人，原先以為了解她以前照顧父親心酸的丈夫能明白她心情，畢竟她是嫁給他不是嫁給他全家人，總得有自己的生活吧！但丈夫什麼話也沒說，繼續坐在電腦前，她明白丈夫一向懶惰不願花力氣違背婆婆，氣起來忍不住大聲說：「你怎麼連幫老婆說句話都辦不到！」話一出她馬上聽見婆婆咳嗽聲，房門不能關，他們對話外面都清清楚楚，過了一會婆婆大聲喚丈夫小名要他出來吃水果，丈夫出房門之前伸手在她肩上拍了拍：「妳要忍耐。」客廳傳來嘻笑聲挾帶著竊竊私語，她縮在床舖上忽然連手腳都不知該怎麼擺了，刷的一下把丈夫枕內棉絮拉開灑得滿床，誰都不站在她這一邊。

丈夫要她忍耐，忍耐什麼呢？她知道自己從來就是一個敏感的人，每日的擁擠和噪音並沒有讓她變得更加適應，一種強打起精神的生存方式。她不是沒想過逃跑，當個家庭主婦每月從丈夫那領取家用買菜，通常婆婆還會再苛扣一些金額，但她總有辦法從不多的家用裡再抽些零頭出來，哪裡菜價便宜那裡打折就往哪去，即使離家太遠她仍是一步步走去，連公車錢都省了。這樣每月下來總能省個幾十塊，等零錢碎鈔一塊一塊等積存到一定數量之後，她就挑個家務空檔時間偷偷溜出門去，獨自坐半個小時的公車到市郊的ＨＯＴＥＬ去，那種商務旅館一向乾淨整齊，偏遠地方沒客人，更不會問行蹤以免推掉生意，見她一個單身女子也不會投以太多好奇眼光。而在旅館裡她什麼也不做，就只是這樣待在房間裡，望著窗外等待時間流逝，或倒在柔軟床墊上靜靜的睡著，等到櫃檯打來電話說時休息間到了，她才把自己整理好走出旅館，像是什麼事都不曾發生。

當她躺在旅館床上時，她總開始無意識的編織夢境，再忍耐一下，或許再過不久公公過世，那婆婆大概也不會活太久了，小姑如果老嫁不出去那大概也會得憂鬱症自殺吧，那麼家裡就會空曠安靜多了。她閉上眼睛滿足的想，等到那個時候或許她的幸福快樂生活才要到來，終於能有個自己的家。

她才三十五，但自覺更像四十或五十，一個還沒開花就熟爛的數字，沒有任何足以撥電話聊天的朋友，每天生活固定的像一枚指針重複繞圈，唯一的最大奢侈就是花個幾百塊上旅館，這是她生活裡的小秘密，唯有這個時候她才感受到絕對的安靜與休息並為此快樂。

但那終究不是她的，等她張開眼睛看清楚了才發現她從未替自己活過，光是期待以後以後，忍耐換來的只是永無止境的等待。

而她已經要沒有時間了。

她關上窗子，轉頭向仲介低聲交代房屋文件等等安排，並商量好簽約時間。沒等仲介再多做詢問便自行下了樓梯，外面天色已漸漸暗去，她抬頭往公寓望去，看見自己那間屋竟反映著夕陽的光亮著，那會是她的房子她的世界，只要將門關上便能真正楚河漢界，任憑她高興隨性擺弄，輕易把三坪大的空間變為自己熟悉國度。

從此無人能進入。

5

公公還是過去了，這不讓他們意外，掙扎了三個月的病痛，能在最後毫無折磨的死去還算痛快，她冷眼望著婆婆小姑哭天喊地，心裡竟有些快意，低頭望著空了的病床，想起公公最後衰老蠟黃面孔，如同預測自己未來般她打了個寒顫，下腹部像回應她的焦慮似的痛了起來，她急忙從包包裡掏出止痛藥來乾吞，把眼淚也梗在喉嚨上了。

那些七嘴八舌的親戚總在最後發揮了效益，弄文件處理後事樣樣熟練快速，想來是各家都有過這般經驗，倒也分擔了她不少壓力。

像是要彌補公公似的，小姑夥同其他親戚找來所謂的「天堂配件公司」，MADE FOR HEAVEN，多麼好聽的一個名字，她搞了半天才明白，不過就是一般的紙紮，只是以前燒紙錢跟童男童女，現在則時尚了些，能燒高級音響或豪華別墅還有目錄可供選擇，店裡擺了許多成品每一樣都幾可亂真。她坐在高級沙發上翻閱著一本本精美目錄，端咖啡過來的年輕小姐熱絡的對著婆婆小姑他們解說，她望著小姐忍不住想：你見過死亡嗎怎麼能夠把這些事情說得如此輕易？

這倒是合婆婆的胃口，一群人嘰嘰喳喳討論，倒也沖淡了少許死亡的氣味。「該給我家那老頭燒一台汽車吧！他想好久了！」婆婆張開嘴巴咯咯亂笑，即使是汽車也分品牌，ＢＭＷ或ＴＯＹＯＴＡ，連方向盤的左右都細心調配過，不知是給死去的還是留下來的人編織夢境。

她沒有興趣再聽婆婆討論公公生前種種，站起來環顧店內四週，望向玻璃展示櫃裡一棟好漂亮獨立花園別墅，做得精緻小巧，還可以從窗戶裡看到屋內擺設，這該是父親最想要那種，她似乎可以看見父親喜孜孜躺在沙發上轉電視多麼自在，不用再為嘎嘎作響的鐵皮屋簷暴躁發怒，她也不用為此逃跑了，想著想著她眼眶竟莫名濕潤了起來。是否活著做不到的事情，永遠只能用死後來彌補？

「看這兒什麼都有，等我死了叫我兒子燒一個ＬＶ給我過過癮啊！」婆婆又大聲的嚷嚷起來，一群親戚都笑了，她也跟著笑，彎下腰輕聲說她該回去把公公遺物好好整理一番，到時出殯才方便大家收藏檢視留個紀念。難得媳婦這麼主動說要做事，婆婆眼睛忙盯在紙紮ＬＶ上隨便揮手答應。她輕巧轉身離開婆婆小姑一幫親戚後才吁了口氣，暗自咒詛著：老不死的還妄想ＬＶ，要過癮，就到地底下去過吧你！

但她可沒有時間去理會自己小奸小惡心情，伸手就搭了計程車直接回家，離丈夫下班時間還有三小時，那群親戚勢必還要陪婆婆好一陣子才會把她送回來，她衝進婆婆房裡一腳踢開散亂紙箱，衣櫃最底夾層抽出存摺圖章金融卡，養老棺材本加上丈夫每月固定匯入的薪水，還有預定給小姑結婚資金嫁妝等，怕不也有幾百萬了吧，她暗暗想。

丈夫前些日子才幫婆婆新辦了卡，說是這樣外面領錢方便，的確是很方便，她走進銀行按下提款機按鍵，腦海浮現的輪廓圖更清晰了，她要一棟房子只屬於自己，不需要再待在旅館偷時光，而是不用離開的，才不要什麼紙紮的玩意，她嘴裡恨恨的唸著，要就要真的，手指用力將卡片推進機器裡。

6

直到此刻，她仍不斷想起父親瀕死前的消瘦面孔，氧氣罩上盡是空洞無神，兩顆黑眼球緩緩轉動，連自主喝口水都沒辦法。活到這地步有什麼意思？她的恐懼大於悲傷，以致於火化時一滴眼淚也沒掉，愣愣的望著盆裡剩下骨灰，她曾想過結婚後便能順理成章和丈夫搬入兩人公寓，也許有了距離，到時父親便不須再對她吼叫，父女關係也能再多改善些。但現在什麼都沒了，丈夫過來握住她的手和她一起撿拾骨灰，她轉頭望著丈夫，忽然不知自己為何要結婚了，她一點也不愛這個男人。

公公出殯日期敲定，紙紮店的ＢＭＷ也已做好送入會場，亮麗流行車身小巧逼真，連輪胎都可以轉動，似真似假像是公公真可進入開啟引擎般魔幻寫實，她可以想見眾家親戚驚嘆模樣紛紛讚賞。而婆婆必定是得意的忘了形，才會把信用卡交給她去付清時尚紙紮店剩下餘額，這台假ＢＭＷ還真有高貴的價格，如果可以，她也希望自己能站在那兒親眼望著豪華ＢＭＷ被燒化的過程，黑煙裊裊上升，似乎真能實現什麼遺憾。

但那時她正走在前往公寓路上，掏出家裡鑰匙往水溝裡丟，接著是丟錢包丟手機丟信用卡，把婆婆空了的存摺丟完，便剛好到了公寓門口，手裡是剛從房屋仲介那拿來的全新鑰匙。

她從沒想過買棟房真這麼簡單，果然有錢就沒有什麼事情做不到的，她也想過這般未來，自己辛苦點不當家庭主婦再度出去工作賺錢，或丈夫終於擺脫孝順兒子封號，願意拿個幾百萬付頭期款，但未來總是太遙遠。

她已經沒有時間了，鑰匙插入鎖孔輕輕轉動，仍是當初看到空曠景象，走路揚起一地灰塵，她將手中盒子打開，拿出一座紙紮花園別墅放置地上，連同一罐陳年骨灰。父親該是會喜歡的，精巧纖細正如他不斷夢想。

但畢竟還是紙做的，打火機伸去一點就沒。連帶房屋所有權狀幾分鐘後全部會被燒得乾乾淨淨，她望著黑煙往窗外飄去，不知道丈夫婆婆他們會不會發現呢。

他們大概沒時間注意，她知道，等丈夫婆婆回到家裡，會驚訝發現整個家像被闖空門似翻得亂七八糟，所有私藏財物全被搜括乾淨不留任何一點零碎，婆婆驚恐哭叫老淚縱橫，丈夫大概會驚恐好一陣子，才想起該打電話給妻子，怒問到底發生了什麼事。

但她不會聽見，此時已沒有什麼事情能將她吵醒的了，無視滿地灰塵，趴倒在客廳地板睡去，面前的花園別墅還沒燒完她已閉上眼，手裡緊緊抱著自行拆下的公寓門牌，這裡的地址將屬於她一個人。

她的逃亡終於完成，再沒有人能找到她，閉上眼睛她安心的沉沉睡去，不知道下一個天亮會是什麼時候，而她的幸福快樂生活，就要來了。

上鎖的箱子

外婆失蹤了一個禮拜，在所有人幾乎都忘了這件事情之後，我在那個箱子裡悄悄找到她。說是那個箱子好像也不正確。應該說，是在我翻遍了外婆家裡所有堆到天花板的箱子後，才終於在最後一個箱子裡找到她，簡直像是幼時的躲貓貓遊戲，我們小孩子最愛找個箱子躲進去，憋住氣，聽著外面的腳步聲，咚咚咚，而藏在箱子裡的傢伙往往是第一個被找到的，然後換人當鬼，週而復始。直到每一個玩遊戲的孩子都輪流躲過箱子了，才算是玩得盡興，好像沒藏過箱子，就沒玩過躲貓貓一樣。

而如今，外婆把自己捲曲一個球狀躺在裡面，雙手抱膝，像小動物一樣畏縮，眼睛張得大大的望著我，一眨一眨好像發著光。

是了，我們誰都不是躲藏的天才，外婆才是。

外婆的身上總是有一種味道，不知道是什麼東西混合而成的海洋氣味，腥鹹而強烈，從她跨出的每一個步子蔓延開來，每當外婆朝我細碎緩慢的走來時，我就開始打噴嚏，打到鼻子都紅了還是無法習慣，這股氣味每當外婆洗完澡後更益發的濃烈，不像是從皮膚裡發出，倒像是從骨頭裡溢出一樣，「因為是從海裏面活回來的！」外婆總拉長了音調，在我問她時微露驕傲般的這麼說，逃難，那個叫做逃難，她一字一句的強調著。

而每當聽見這句話時，我都會想起曾在小學社會課本上看過的那張「台灣人民逃難圖」，書頁反光著昏暗的場景，一群人攜家帶眷涉水而過臉上全是驚恐，走在最前頭無視鏡頭的那個女人臉上是一種咬牙切齒，手上抱著嬰兒高舉過頭，水花在她腳底濺開，藏在褲管下的小腿多麼粗壯。

有很多時候我是如此相信的，相信那個女人其實就是我外婆，她是靠著她兩條粗勇的腿自大陸沿岸跟著蔣介石，一路啪噠啪噠這麼跨過黑水溝，於是從海裡呼一口氣爬起來的時候，骨頭早就被海水給泡潮了，腥味像風濕一樣緊緊跟隨著她，怎麼甩都再甩不掉了。

或許是因為逃難的血液在骨子裡不時流竄，外婆一直都像是隨時做好離開的準備，習於把所有家當藏上身，在外套內裡縫進金塊，搞得全身上下沉甸甸的，像拖著一件笨重行李般，連路都快要走不動了。

外婆愛藏，當然也需要藏東西的地方，於是總是可以看到外婆不斷把空箱子往家裡塞的身影，她會走好幾公里只為了沿路跟便利商店要紙箱，甚至去翻公園裡的垃圾堆，母親不知為這件事情跟她吵過多少次，但外婆的執著超乎常人，最常用的一招就是緩慢的抬起臉，張大眼睛的說：「啊？」

母親說，外婆從以前就愛藏東西，瞞著外公東藏西藏，她們剛來台灣的時候，眷村裡誰家的日子都不好過，外婆抱著四個孩子坐在地上跟外公哭窮，脾氣不好的外公咻的一下出門就只顧自己肚子去了，四個女兒放聲大哭，外婆轉了轉眼睛，拍拍屁股從地上爬起來，母親一愣一愣的看著她拆掉袖子縫線，像變魔術似從袖子裡拉出金鏈，出門換錢買食物去了。總是這樣藏著，藏私房錢幫女兒交學費，藏食物好過年，母親口裡說著真可悲，女人或許天生就該有這種藏匿的能力，唯有這樣才能保護些什麼吧，我望著母親緊咬往事的下唇，望著望著也就沉默了。

外公走後，外婆藏東西的天分開始發揮到自己身上，她再也不出門，把自己關在家裡哪都不去，任憑母親說破了嘴也不聽，她們都有著同樣倔強的表情，緊咬下唇而皺眉，於是我們也不再去外婆家，「老歡癲！」父親總是這樣偷偷罵著外婆，在母親每一次用力的掛上電話那一刻，吐出這句口頭禪。

我聽不懂父親在罵些什麼，我從聽不懂任何的台語，為什麼聽不懂台語這件事，我自己也搞不太清楚。不知道從什麼時候開始，說台語這件事開始跟台灣人劃上了等號，剛認識的朋友聽聞我不但不會說台語，連聽都聽不懂的時候總會露出驚訝的臉，接著下一個問題必定是：「妳是外省人嗎？」

「我是台灣人啊。」
「妳在台灣出生嗎？」
「不然咧。」
「那為什麼你不會說台語。」
為什麼台灣人就一定要會說台語，這個邏輯我一直都想不通，而外省人不會說台語似乎是理所當然的事情，於是在不知被問過幾百次同樣的問句之後，我莫名的懷疑起自己的存在了，我不會講台語，但我真的不是外省人啊！但又好像不是台灣人，那我到底是個什麼來著？鬼嗎？
於是我學會變成一隻沉默的鬼，學會在一群熱鬧的台語對話裡微笑聆聽，而妹妹跟我不同，道道地地的台灣血液讓她總是在親戚面前應答如流，我最怕的家族聚會場面也可以輕鬆應付過去，我總在圍著圓桌熱鬧的吃飯場合裡，緊挨在妹妹身邊把自己藏著，假裝自己是個安靜或根本不存在的小孩，直到似乎大家再也記不住我的名字了，「那個大的……」開始變成我的代名詞，我才像是忽然驚覺似的，急忙偶爾插上幾句現學來的「ㄏㄡˋ」、「ㄉㄧㄡ！」之類的入門詞彙（但我老是把「ㄏㄡˋ」說成「ㄏㄞ」），但也許我把自己藏得太好太嚴實，不管是什麼都已經來不及了。

或許正是因為我太過安靜了，當我悄悄的溜出學校大門，搭上與家相反的公車時，沒有人注意到我已消失，當然也沒有人會知道，我在轉了三次公車之後，忍耐著想吐的腦袋與滿漲的尿意，在太陽高照的天氣裡走了不知多遠的路，彎進忠孝東路的小巷子，把自己藏進外婆家。

「妳是大的，還是小的？」這是外婆見到我時說的第一句話。

「大的。」我望了她一下，不放心的又加上一句：「是阿強的女兒喔！是第兩個女兒裡面大的！還記得嗎？」

我也搞不清楚外婆到底還記不記得，總之她熱烈的接待了我這個孫女，我肆無忌憚的翹腳坐上看起來快垮掉的沙發，等待外婆為我端來飲料，屋子裡有著比外婆身上還要濃重的鹹腥味，我小口的呼著氣，差點以為自己身在一艘遠洋的漁船上，船艙裡堆著像山一樣高的小魚屍體。

「小的啊，來。」（唉，連外婆也這樣嗎？）

「外婆，這是什麼？」我看著杯子裡的濃綠液體。

「茶啊。」

「這是茶？」我跳起來打開冰箱，迎面而來的酸臭氣息讓我忍不住倒退幾步，一盤盤不知道是什麼時候的菜飯堆疊著，一個又一個的罐子裡裝著被稱為是茶的東西，我沒勇氣打開，伸手往冰箱裡摸索著。

「外婆，這不是過年時阿姨她們送來的佛跳牆嗎？妳怎麼沒吃。」

「啊就放著……」

「這不是我們很久之前拿來的水蜜桃嗎？都爛掉了！」我看著母親不知何時送來的水果禮盒，安然的塞在冰箱底層，我稍微掀開盒子一角又急忙蓋上。

「啊就放著……」

「那這又是什麼？」我從冷凍庫裡挖出一個像是裝著調味料的罐子，濕濕冷冷的，搖一搖好像有細沙在晃動。

「那是妳外公。」外婆的聲音好像蚊子在叫。

「外公？」

「嗯。」

「為什麼……要把外公放在冰箱裡？」

「啊就放著……」外婆的話全部含在嘴裡嚼爛了，慢慢起身走開來去，影子淡去，聲音越變越小以至於我聽不清話尾了。

白天的時候屋子裡總是安靜的，外婆會坐在搖椅上看著沒有聲音的電視，氣象主撥的嘴一張一合，看起來真像金魚在吐泡，窗簾低垂的遮著陽光，外婆的屋子裡從不開窗也不開電扇，空氣飄蕩著濃濁的呼吸聲。有時我熱得受不了了想偷偷打開，卻總是被立刻關上，連插頭都給拔掉。

「外婆，不開電扇就算了，連窗戶也不開，會腐敗在裡面臭掉啦！」我沒好氣的說。

但說也奇怪的是，我漸漸聞不到外婆身上那股海洋的氣味了，剛開始的時候整個屋子都是那股味道躲也躲不掉，腥鹹得叫我想吐，而現在卻好像不管再怎麼聞，都聞不出來了。

外婆總是說，她被鎖在這個四面都是海的島上哪裡都去不得，久而久之才會骨頭酸痛，尤其是快下雨的時候痛得更厲害，「那是風濕啦。」我忍不住插嘴提醒她，但外婆好像沒聽到似的，我想她跟我一樣也不知道自己是誰，不知道自己為什麼會待在這座島上，好像怎麼做都不對勁，而很奇怪的是，她說她是迫不得已的才被鎖在這個島上，卻又把自己關在家裡哪都不去，寧可對著那些裝滿舊時衣物首飾的箱子東摸西摸。那些她撿回來的箱子裝滿東西，把整個房間填得滿滿，我從不知道外婆居然有那麼多東西可以藏，不管是舊的老的壞的什麼都留著藏著，於是她每天最大的娛樂就是堆箱子，越堆越高直至天花板，我仰頭望著搖搖欲墜的箱子塔，還真怕一個不小心碰到什麼就全倒了。

我也開始幫著外婆整理那一堆又一堆的雜物箱，外婆有著各式各樣長的方的紙盒紙箱，不管是怎麼樣怪異的東西，都有辦法找到合適的箱子裝起來，但記性越來越差的她卻又總是忘記那些是什麼，於是我拿出一張張的螢光便利貼，在外婆含糊不清的語句底下吃力的寫著：這是舊衣服。這是老首飾。我假裝沒看到那些盒子底下的霉，綠綠的一整片，怎麼擦都弄不掉，我一個個的用力幫它們蓋上蓋子，是啊，蓋起來就看不到了。

於是寫滿了字的便利貼越來越多，黃黃的貼了一大片密密麻麻，順著那些高高的箱子搖來搖去，倒像極了冥紙一般，在空中輕輕飄盪。

外婆的床上不知為何摸上去是一片潮濕，或許是因為一直都關著窗戶的關係，想乾也乾不了。外婆是不在意這事的，而我總是在睡覺之前努力的用吹風機吹乾它，嗡嗡嗡的聲音竟成屋裡唯一的配樂，而房間裡就算開了大燈，還是覺得很暗，床單數十年如一日的大紅大綠鴛鴦，只是褪了色。

我躺在外婆旁邊手臂碰著手臂，摩擦出微小的熱度來，我動也不敢動的直直盯著陌生的天花板，不記得什麼時候也曾經這個樣子過，是外公還在的時候嗎，我一邊亂想著，一邊悄悄伸出手來握住外婆的手掌，外婆的手全是厚厚的硬繭，溫度透過皮膚上的皺摺摩擦著我，冰冷的慢慢沁出汗來，我忍不住又抓緊被子朝她更靠近了些，聞見她輕輕的呼吸聲，一吸一吐，然後閉上眼睛睡去。

夜裡，我被乒乒砰砰的聲音吵醒，跳起來慌裡慌張的以為是小偷，開了燈卻看到外婆一個人站在廚房，慢慢的走向冰箱打開，拿出外公來輕輕擦拭著，外婆彎著背擦得很慢很專心，冰箱裡的菜滿滿堆疊籠罩一片霧，像有香在焚燒。

於是我安靜的閉上了嘴，整個屋裡只剩下外婆的腳步聲，和不斷打開又關上的冰箱門，喀達喀達，喀達喀達……

我消失在學校的一個禮拜之後，母親終於出現在外婆家的門口，臉上寫的已不是怒意而是倦容，母親扔下包裝精美的蛋捲禮盒，無視於外婆一個箭步，向前將蛋捲藏入冰箱內（那個冰箱究竟還能藏多少東西？），她只是先抓著我上下打量，確定我沒有缺手斷腿之後，才捲起袖子戴起口罩，狠狠的把外婆家從裡到外的打掃了一遍。

「妳這個大的，住在這種地方，沒爛掉還真是奇蹟！」母親瞪著我，我則什麼話也不敢說，乖乖的開始幫忙洗地拖地，外婆則縮在床一角看著她的女兒和孫女忙碌，以及不時的跳起來阻止母親的動作。

「這個，不能丟。」

「這也是。」

「這個……」外婆跟個小孩子一樣，氣鼓鼓的搶下母親手上的紙箱。

「妳留著這個幹麻。」母親冷冷的丟下不知道是第幾個紙箱，裡面用報紙包著不知什麼東西，被母親撕爛了一角，東倒西歪搖晃著。

「啊就放著……」

「沒用的東西放著幹麻。」

「啊就放著啦！」

「東西放久了，就該丟。」母親望著外婆，她一向是強硬不認輸的，像是從牙縫裡擠出來的聲音，一字一句說得殘忍而清楚。

外婆愣了愣，看著母親又將一個紙箱往外扔，轉身氣咻咻的往冰箱跑去，我望著外婆蹲下身子，深埋在冰箱裡挑挑揀揀的背影，冰箱門對比著外婆的身子顯得很巨大，幾乎可以把外婆整個都藏進去也綽綽有餘，在一堆臭掉的菜和水果禮盒掩蓋下，我看見那個裝著外公的瓶子，正安穩的飄浮著。

「外婆……」

「大的，妳說啊，妳說。」外婆的聲音悶在冰箱裡面，一句又一句的叨念著：「我怎麼能丟，我怎麼能不藏起來？這不能丟的啊……」

「嗯，我知道。」我幾乎聽不見自己應和的聲音，下意識咬住嘴唇，鹹鹹的，我忽然憶起了那個味道，帶著海水的，腥鹹。

母親叫喚著我，快手快腳的她早就打掃好，俐落的把頭髮綁成一個髻，高高盤在頭上，看起來乾爽而俐落。

「這個……」

母親像隻貓一樣輕輕走過來，揪住我的手往外走，繞過身子還埋在冰箱裡的外婆，伸出手用力把冰箱門關上。

「媽。」母親的聲音清潔而寒冷，像根針一樣輕柔震動：「妳的冰箱沒插電噢，什麼東西放在裡面，都是臭的。」

從那天起，外婆就失蹤了。

她的四個女兒圍在我家客廳團團討論著，我看見母親緊皺而煩躁的眉毛不時跳動，外婆家的電話始終無人接聽，電鈴按爛了也無人應，然後忽然發現她們誰也沒有外婆家的鑰匙，於是除了找來警察之外已無計可施，一陣混亂之後破門而入發現連個屍體也沒有。屋子裡腥鹹的臭味，已經讓所有人都不想再踏進一步了，於是他們開始設想所有離家出走的可能性，揣測著記性不斷衰退的外婆會去了哪裡，畢竟流浪的老人案例真是太多太多了。

而我知道外婆還在。

外婆在每個晚上如夢話般告訴我外公說的話，他是那樣的告訴外婆，不斷的告訴她，要放著，所有的東西都不能丟，即使在彌留時刻也是不斷的重複，把重要的東西藏起來就不會消失不見。外婆點點頭把什麼都記在心裡，於是連外公，也被她藏起來了。

外婆不會離開屋子的，我知道我比任何人都清楚這件事。被警察翻找過的屋子顯得凌亂極了，我打開那據說是沒插電的冰箱，發現裡面什麼都沒了，全是空的。外公被藏到哪裡去了？框噹一聲，被我拉開的冰箱門竟輕輕一碰就自本體脫落了，那是外婆每晚都不知開開關關幾次的冰箱門，我愣愣的望著露出螺絲和電線的冰箱切面，什麼話也說不出來。

那些所有疊得高高的箱子是被母親弄塌的，東一個西一個像地震過後，於是我伸出手來，去掀開每一個箱子，悄悄找到外婆。

「外婆。」我望著她輕喚，外婆的眼睛睜得老大，一眨一眨好像發著光。

「妳是大的，還是小的？」她看著我吐出微弱的問句。

「大的。」我努力的想移動箱子，裝了外婆的箱子並沒有增加多少重量，我卻怎麼樣也動不了。

「外婆，妳藏在裡面做什麼？」

我望見外婆的雙手緊握，好像抓著什麼東西放在胸口，我輕輕伸出雙手拉緊箱蓋，箱子發出嘎吱聲，彷彿嘆息一樣合上了，溢出最後的聲音：「啊就放著……」，我跟著那句話輕輕念道，而一股再熟悉不過的海水腥鹹味，慢慢的自腳底，一吋一吋爬上身來。

越南媽媽出去看九年級生寫美語作業，水涼阿嬤環視大弟生前這間房，
彷彿摸到他的心臟，沒家裡打來的電話，那讀冊阿公就還活著？水涼阿嬤心想，
此時她真像小孫子放暑假最愛看的日本節目「到鄉下住一晚。」沒了娘家，
弟妹皆亡，後代亦全無平埔族習性，水涼阿嬤這回真的住進了「民宿」。

逼逼
林寶寶的肺

楊富閔

西元一九八七年生，台南縣大內鄉人，東海中文系畢業，現就讀國立台灣大學台灣文學研究所二年級。曾獲第五屆林榮三文學獎小說首獎、二〇〇八全國台灣文學營創作獎小說首獎、玉山文學獎散文首獎等文學獎項。入選《天下小說選（一九七〇～二〇一〇）》（台北：天下，二〇一〇）、《九十七年度小說選》（台北：九歌，二〇〇九）、《九十八年度小說選》（台北：九歌，二〇一〇），已出版小說集《花甲男孩》（台北：九歌，二〇一〇）。

語言的彈跳能力
——楊富閔論

朱宥勳　撰

小說是一門語言的技藝，一個寫作者的語言能力就決定了他的敘事世界能多寬廣。然而語言不能無中生有，小說之完成必奠基於作者先前習得的語法，然後再憑作者的手藝，重新組合出新境。因此，小說的語言風格同時是寫作者生命經驗的折射，以及寫作時的別出心裁。

而在七年級世代中，楊富閔堪稱語言風格最具有辨識度者。正當大多數的寫作者還依違於現代主義式骨感文字或悠緩濃稠的抒情筆調之間時，楊富閔卻已從鄉土語言之中鍛鑄出令同代人讚嘆驚羨的聲調。在《花甲男孩》這本短篇小說集裡，楊富閔將閩南語、流行語彙混雜使用，竟爾寫出了一種能夠接通兩個世界的新語言——無論讀者熟悉的是前者還是後者，總是能夠從已知的部份一舉感知到未知的部份，透過小說擴大了感覺的範圍。

楊富閔構築的小說世界，常常搬演親人的死別，以及環繞著喪葬禮俗展開的親情糾纏，或和解。在《花甲男孩》後記裡，便提到他對故鄉大內喪葬場景的情感。〈林寶寶的肺〉故事裡的家族一面在外頭結婚辦桌，一面在裡頭倒數計時著長輩的死亡。亦喜亦喪，家族裡最重要的人生大事同時聚首，楊富閔據此輻射出親戚之間諸種往來關係。故事始於林寶寶帶年輕的敘事者「入山」赴喪／喜宴，終於對林寶寶逝去的哀悼與不捨，中間便是這一位家族中特立獨行的長輩的一生。林寶寶離開將逝之人的房間來到外面喜宴，一路親戚勾纏敬酒不讓離開，正是家族連帶最強烈的隱喻。〈逼逼〉則野心宏大，一篇小說裡面幾乎夾藏了台灣當代最重要的幾個族群問題。「逼」既是小孫子攝影機的聲音（作為一種歷史紀錄？），也是讀冊阿公一生風流、臨老挫敗的終點，更是推著生活向前走的動詞。然而楊富閔擅用他彈性十足的語言，把這一趟報喪之旅寫得哀而不傷，甚至有那麼點族群合唱的嘉年華意味。台灣文學研究因其歷史因緣，素來重視文學作品的家國想像，楊富閔就讀台灣文學研究所，必定耳濡目染。論者直接標記〈逼逼〉為鄉土小說，但它與追憶兒時記趣的鄉土傳統已然不同，這恐怕是全新升級的鄉土2.0版了。

小說中的立場展演，自是論者可以發揮的方向。但以讀者而言，楊富閔的小說最迷人處還是在語言驚人的彈跳能力之上。任何故事只要經過他的敘述，就會自然地變成「他的」，因為他的語言似乎總是比尋常人多了那麼一點語彙、語法和句式，使得我們以為早已無話可說之處，還有七彩霓虹燈的絢爛世界。

逼逼

「逼逼、逼逼說要帶我去環遊世界喔！」讀冊阿公幼幼班腔調，敲打著輪椅。

「逼你去死啦！一天到晚對著我逼，你歹擱逼我了……」水涼阿嬤跳上床，作勢要打人，被蘇菲亞給擋了下來，急著說：「老闆娘，老闆他也是被逼逼逼瘋的啦……」水涼阿嬤遂指著讀冊阿公的鼻頭說：「逼瘋？反正你都說，我是來自蕭壟的肖郎啊！那我就瘋給你看！」

◆　◆　◆

農曆六月二十九，午飯畢，水涼阿嬤一聽聞看護蘇菲亞說：「老闆不吃了。」隨即抛下手邊小學生的制服刺繡，拎著她那台「公路車款」，亮粉紅車身，穿上白底吸濕排汗車衣、黑系七分自行車褲、頭頂三十開孔外星人銀光黃車帽，全副武裝像隻台南縣官田鄉葫蘆埤複製成功的菱角鳥——台灣水雉，顯見水涼阿嬤少女身材，上路。她速速來到西庄惠安宮前跟媽祖婆對談，靚裝置身在肅穆神堂，手持三炷香，呢喃，順手把香傳給蘇菲亞，便將可變化各色鏡片的半框護目鏡戴上，鏡架緣著髮線而上，剛好修飾她七十五高齡微垮的臉型，她的臉極小，氣色從來都是她這輩阿公阿嬤當中的最好，但她最在意這款護目鏡小心可別擋到她印堂那顆觀音痣，對著手持DV站一旁的小孫子說：「這可是阿嬤的GPS。衛星導航。」水涼阿嬤永遠有最新的語言，但她卻忘了蘇菲亞不諳台灣插香語言，驚見她將三炷香倒插在黃銅大香爐，逗趣直說：「倒插三炷香，代表我要跟媽祖下戰帖就對了！」小孫子應聲：「對啦！跟媽祖輸贏一下！」鏡頭帶到蘇菲亞，拍手：「老闆娘！一路好走！」

三人出廟門，來到掛滿黃絲帶的惠安宮廟埕，水涼阿嬤仰頭以為是天降千萬張符咒，大夥掌聲如西南部午後響雷，水涼阿嬤極輕便，連此行去處也沒交代地就輕盈跨上她的小粉紅，小孫子和蘇菲亞喊的真大聲，大概怕媽祖臭耳聾說：「祝全台灣最酷炫的阿嬤單車上路，一路順風！」

一路順風，一路好走。

◆ ◆ ◆

台南吹南風，讀社會系的小孫子回官田老家避暑，極敏銳。水涼阿嬤一出門，他便將無線上網的HP筆電挪到讀冊阿公的組合屋來，待命，屋蓋後院無冷氣，與有機菜圃相鄰，屋內

厝一只床，水涼阿嬤那時邊罵邊撤，撤出從前農用鋤草機、噴霧機、廢電視、受潮床墊與擋雨

用候選人壓克力看板四大片，就全心留給讀冊阿公好大一間。水涼阿嬤對著數十年老鄰加親戚說：「我什麼都給他，以免說我逼他走。」小孫子此時大口喝善化冬瓜退火茶，刀叉玉井艾文芒果，蘇菲亞在檢查讀冊阿公瞳孔，遞一湯匙魚骨精髓熬出的稀飯。「還是不吃。」

去年讀冊阿公遭劈腿，破大病，這還得說起他暗夜倒在台南市通往安平的民生路邊，類流浪漢，直喊著愛人小名、逼逼。「逼逼說要帶我去遊山玩水、環遊世界。」送進奇美醫院，斷層掃出腸穿孔，大白話說腸子破洞，肚腹畫出一條嘉南大圳，引發糖尿病，鋸一隻腿，從此屎從肚腹出，單隻腳爬不出西庄透天厝，終於不再偷吃。從前風流話才華全廢，剩一句，「逼逼說要帶我去遊山玩水。」像詩。逼逼打哪來？又打哪裡去？水涼阿嬤言談更像詩：「死阿陸仔，騙錢騙拐。」又每次讀冊阿公對著她逼逼逼，求救訊號，水涼阿嬤眼一瞪：「逼你去死！」隨後，便扶他起身，跳上床，邊罵邊搓揉全身，舒暢淋巴，活化筋骨，復健一次，水涼阿嬤就又淪陷回憶一次，遍體鱗傷退出組合屋，讀冊阿公還是只會逼逼逼。

讀冊阿公相貌類似電棒燙後的孫中山，日本時代加入過詩社，常常去善化慶安宮擊缽詠詩，大賞掛在三樓神明廳牆，每每回家都提一次。他詩藝驚人，把妹亦從不失手。水涼阿嬤說幾乎可以組一團「麻豆鎮民俗團體——十二婆姐」。苦悶時代，水涼阿嬤眼見一雙子女小年紀，好歹自身亦是佳里鎮蕭壟出身的姑娘，有瘋的本性，咬著金牙就給兒子養到天津經商有

成，女兒嫁在紐約城。「睡破三件草蓆，抓尪的心腹抓不到。」水涼阿嬤抓不到丈夫的心，遂投入掙錢，官田菱角植了好幾甲，收成時她的菱角造型最像金元寶，排骨菱角湯入口時有甘甜滋味，在家她兼差，秀一手裁縫手藝，替鄉裡小孩刺繡制服學號，收入極穩定，生活從不是問題，感情才是問題。

感情才是問題。

少年阿公愛寫詩，日文底子好，風月報仕女圖都黏在土角厝牆壁，走跳南部歌妓院戶，最常去玉井和善化。好一個玉樓春公子，可不是，阿公詩詞左右開弓，杜牧歐陽修是他的上品。少年阿公喝醉了伏倒家門，醒時便一展宋江陣武功，水涼阿嬤是最早的家暴媽媽，老鷹抓小雞，帶著兒女繞著神明廳跑。

中年阿公棄家而去，整整三十年。紈褲少爺沒有家庭觀念，他是第一代的環島青年，出台南到嘉義梅山，在南投埔里住一陣子，隨後過中橫到花蓮瑞穗，在台東深愛過一個原住民女孩，每到新的地方便標楷字體，寫落落長的信回官田，註明寄錢。水涼阿嬤後來都說：「十二婆姐，這時袸熊熊出現好多個，真的是『用心愛台灣』。」小孫子小聲質問信都寫什麼，水涼阿嬤推推老花眼鏡說：「他寫他對不起我，說他很思念我。」

老年阿公已停筆，回到官田時孫子已成群，唯一帶到的是小孫子，小孫子雙親都在大陸工作，水涼阿嬤接下來帶，發豪語說要讓他念台大，老年阿公偶爾也牽著小孫子上雙語幼稚園，對老師直說：「這是阮孫，有像我齁」閒時就跟著植菱，老年阿公划小舟採菱，也有船長風情，夕陽落在淡紫色菱角田，水涼阿嬤心想著是不是終於等到這一天。

這次，詩興再發，他年已七十。十二婆姐團有過日本人妻、埔里美女、原住民女孩，沒料到還有阿陸仔。老年阿公和阿陸仔逼逼相逢台南花園夜市「小上海香酥雞」攤前，一見如故，還直說有台味，墜情海，迷航台灣海峽。而今他停筆也停信，學會手拿台灣大哥大要水涼阿嬤使用ATM，月出數十萬，年結百餘萬，菱角田為高鐵徵收，千萬賠償金全給逼逼在安南區買了豪宅，逼逼來台才幾年，身分證無，權狀名歸她聲稱早已離婚的前夫，老年阿公臨老入花叢，像盲人不識字，花粉味讓他誤失當台灣人的本分。

小孫子匍匐在二十七吋螢幕上田調，魔術師般不斷彈出新視窗，他GPS衛星定位已安裝就緒，猜想水涼阿嬤應該已經出了官田入文旦故鄉麻豆，HP電腦倏地逼逼作響，原是已經追蹤到了水涼阿嬤，社會系出身的小孫子恍如來到墾丁社頂公園，天線雷達找尋復育成功的台灣梅花鹿蹤跡，而他，憑著觀音痣發現台灣水雉造型的水涼阿嬤，你看，螢幕上紅斑點閃爍跳躍，逼逼逼，小孫子挪動滑鼠，螢幕吐出白底黑字：LOCATE麻豆龍喉路段。

逼鬼月，水涼阿嬤心繫著逼鬼月。一句「不吃了」把她送出住了五十多年的官田，西庄口，路開四線大道，寬敞似外星人基地，也許可停戰鬥機十來輛。電線杆，杆杆皆綁黃絲帶，上面有冤情字跡，水涼阿嬤本打算解一條繫額頭，怕太招搖，怕真被誤以為她瘋，便就順著風推動那薄如紙的烈焰狀車輪，讓她酷似三太子腳踏風火輪地出老家，沒了黃絲帶帶路，水涼阿嬤頓失方向感，出了黃符咒羅織的結界，她，馬上頭暈。路況不差，但她車況卻很差，離了菱海，便是文旦園，水涼阿嬤東西搖晃地進入麻豆鎮，頭暈加劇，遂停車，單隻腳立瀝青路面，從腳底感覺土地熱度傳至夜光車鞋。頭一側，才發覺人在麻豆港遺址，難怪水涼阿嬤症狀類暈船。這裡有盛名的龍喉傳說，水涼阿嬤口渴跟隨民間傳說去舀一池龍喉水來潤口，復用礦泉水瓶盛半滿，心想著也許可以讓讀冊阿公胃口大開，閃過鬼月。行行復行行，她要去哪裡？過了港口瞥見眼角擱淺一隻東南亞巨龍，龍鬚伸入雲端或有避雷作用，路來到麻豆五王廟。水涼阿嬤車速打慢，遙想這裡子女孫子最愛來，買票直搗龍身做成的天堂路，看看龍的肚皮下到底裝什麼？出天堂，再下油鍋爬刀山去十八層地獄，水涼阿嬤想起她和小孫子嚇的才轉至第一殿，就逆著人群急急要爬回人間，水涼阿嬤等紅路燈時想著就笑了，紅燈路旁恰名為「單親媽媽」麵店，老闆娘給她打氣，手比一個讚，還說：「阿桑，妳很時髦ㄋㄟ！」水涼阿嬤備感親切，本要義氣下馬，點碗鹽水意麵，卻想起自己可不是單親媽媽，急於切割，挪車身到快車道，後方ＬＥＮＸＳ休旅車給她逼逼，逼逼逼地逼著水涼阿嬤離開單親媽媽，單身上路。大暑，烏雲密佈，水涼阿嬤台灣農民出身，此時她憑藉排汗車衣與她側彎脊椎的粘濁度，斷定溼氣，平平，但天色顯暗，水涼阿嬤撤下半框式藍色鏡片，裝上黃色鏡片以應付視線不良，小鎮風光隨即陷入泛黃色基底，此去之路被烏雲逼著趕路，趕的好復古。

復古之路，水涼阿嬤眼前所見卻都是新的，她要去哪裡？沿著麻豆區域畫個大弧，她位置已抵麻豆大圓環，五條大路匯聚於此，一路可掉頭、二路往善化、三路進麻豆市區、四路往海埔池王府、五路到佳里。水涼阿嬤好鎮定，完全不需考慮。你看，她氣定神閑的越過烏魚群般的車潮，全身力氣凝聚在把手上，她心想著：「我要回家裡，我要回佳里。」

「逼逼！」答案終於揭曉，小孫子對著蘇菲亞：「逼逼！蘇菲亞！我知道我阿嬤要去哪裡了？」小孫子日系小平頭，海灘褲黑背心，穿著像是在墾丁，他說：「我阿嬤要回娘家。」小孫子言之鑿鑿地說：「原來阿嬤也是可以回娘家的！」「逼逼，逼逼要帶我去環遊世界！」讀冊阿公不吃，也有力喊人。逼逼聲帶著答案把小孫子與蘇菲亞從墾丁捲回二十七吋小螢幕，看見觀音痣燈塔，水涼阿嬤的車已經快離開麻豆人間海域。ＬＯＣＡＴＥ：麻豆新樓醫院路段。

水涼阿嬤過新樓醫院，這十年跑醫院如進廚房，妯娌輩走光光，要不ＣＡＮＣＥＲ、要不中風糖尿病急性腎衰竭，個個都是先送到新樓，盼望再轉台南市大醫院，急救後，原車折返，剩下她，出奇硬朗。此地於她，簡直是悲傷路段。她鼓起雙手做展翼姿勢，加速俯衝了好一段路，為了降低挾挖路碎沙而來的風阻，水涼阿嬤根本是凌空伏地挺身，酷。出了麻豆鎮，路面肚破腸流，她想到讀冊阿公也是肚破腸流，三角號誌塔排一里長，干擾水涼阿嬤回家之路，路積水，水涼阿嬤連人帶車摔路邊，被扶起身時，人已經到了東南亞。

「這世人，沒被這麼多男人圍著看過。」水涼阿嬤拍拍身上細塵，見四五個道路工人身穿反光背心，上身打裸，頭頂洪瑞麟礦工款鋼盔，他們面貌都因嚴重曝曬而黑的難以辨別，大口牛飲福氣啦維士比，身後塵埃漫天，一個還在幫她修理車落鏈。水涼阿嬤連忙道謝，直用台語說：「你們是叨位人？我買幾罐涼的送您們啦。」工人亦用極流暢台語說：「泰國啦，泰國人啦。」「泰國仔？我以為你是在地人！」水涼阿嬤悟道：「原來外籍勞工也是很台的。」男人護送，安全上路，水涼阿嬤載浮載沉，從曼谷飛過南太平洋駛向佳里鎮。

水涼阿嬤娘家就在佳里鎮北頭洋，佳里舊名蕭壠（消郎），讀冊阿公逢人便說：「我娶了個北頭洋平埔少女。」或打趣道：「而且是個肖郎（瘋子）。」水涼阿嬤想起打從北頭洋老母走了以後就再也沒回過娘家，幾個弟弟連年過世僅剩她，留下來的未必過的比較好，水涼阿嬤眼底生起一股酸，沒了阿爸阿母的娘家，水涼阿嬤是該去哪裡？車轉「子龍廟」大彎，水涼阿嬤也養成隨時減速的好習慣，然她也像趙子龍一身是膽，讀冊阿公不在的日子，她女人當男人用，六十歲拿到汽車駕照還是住宅水電工，能補牆偷接第四台，還會抓漏，過單親又單身的生活。水涼阿嬤被一句「不吃了」逼著趕路，為此已經錯過十來間廟寺，原來女人都得等到男人倒下後才正式進入退休生活，水涼阿嬤心涼一半，猛抬頭，小粉紅剛好經過「歡迎光臨佳里鎮」，鎮長名姓，如此生陌。黃昏，深陷車流系統，水涼阿嬤不知佳里鎮入夜也這般「小台北」、「小高雄」，她一個恍神，逼退到麥當勞騎樓。她到底要去哪裡？她老早不屬於娘家親戚網路，點了份兒童餐轉進暗巷，老母生前最後住的大弟家，五樓，對講機逼逼一聲，水涼阿嬤才想起腰際單車便利包內的手機逼逼一聲，有簡訊，像詩：

「阿嬤，阿公人造肛門，流出顆粒固狀糞便。18:35pm」

水涼阿嬤心想這是民間習俗中的：「最後便。」對土地最後一次排泄，眼角泛出悲喜不分的淚，趕緊就著路燈，捺下巨匠成人電腦學來的打字功夫，水涼阿嬤的極簡訊，更是詩：

「糞便埋在有機花圃當肥料。」

正是時，對講機那頭有人傳話：「請問妳是誰？who are you?」水涼阿嬤愣了愣：「我才要問你是誰？我是阿姐、我是大姑、我是大姑婆啦！」逼逼一聲，鐵門卡啦卡啦彈開，水涼阿嬤嚇的退三步，再扛著小粉紅，上樓，終於喝下今天的第一杯茶。對坐無言，九年級生顧著on line 也不招待，更不怕生，一手點滑鼠、一手啃蕃薯條，水涼阿嬤碰上這個九年級新台灣之子，下足功夫，三國語言混著說：「您老爸是阮小弟的兒子，so 你要 call me 一聲姑婆。」啟智兒？怎麼沒反應，水涼阿嬤凝視電腦桌前電線纏身的小孩，像外星人，你看，耳機線麥克風線主機線隨身碟，水涼阿嬤直以為真像人快死了在輸血。越南媽媽工作回來，買回外食「八方雲集」，認出是大姑婆，小跑步給了個擁抱，水涼阿嬤開口就說：「你大姑丈不吃了。」「不吃了那他想吃什麼？」越南媽媽不懂，水涼阿嬤說：「古早人要是尪婿不吃了，都得回娘家報備一趟。」越南媽媽這才意會，為了後天普渡用的家樂福戰利品隨手扔飯桌，緊握大姑婆的手，兩人淚潸潸。水涼阿嬤還說：「希望能夠度過這個鬼月，不然就是這兩天了。」越南媽媽替水涼阿嬤拭淚，要九年級生去買個吃食，水涼阿嬤說她也吃不下，掛記著還要趕路。開電視，內湖捷運新聞各台跑，水涼阿嬤一針見血地說：「我連捷運生怎樣都無災？新聞台是以為大家都是台北人是不？」越南媽媽轉台至「台南地方新聞」，撿到片尾，只聽見「總統老家黃絲帶沿路飄逸……」水涼阿嬤心絞痛，膝蓋骨微疼。越南媽媽拿了件換洗用綠條紋上衣，棉質短褲，帶著大姑婆休息去。水涼阿嬤問：「有沒有素一點的顏色。」水涼阿嬤歇坐床沿，稱讚越南媽媽也知道要普渡，比台灣媳婦還懂台灣習俗，她又悟道：「原來外籍新娘也是很台的。」越南媽媽端一大盤溫水給水涼阿嬤泡腳，她推辭著說我自己來就好。「自己人，不用那麼客氣。」

越南媽媽出去看九年級生寫美語作業，水涼阿嬤環視大弟生前這間房，彷彿摸到他的心臟，沒家裡打來的電話，那讀冊阿公就還活著？水涼阿嬤心想，此時她真像小孫子放暑假最愛看的日本節目「到鄉下住一晚。」沒了娘家，弟妹皆亡，後代亦全無平埔族習性，水涼阿嬤這回真的住進了「民宿」。

自己的家，裝潢著別人的生活態度。她儼然是外人了。

夜深，水涼阿嬤的民宿初體驗，讓她回味起曾長達二十多年的失眠，「逼逼」簡訊兩聲響，電話鈴跟著大作。水涼阿嬤心臟幾乎停一下，來電：小孫子。水涼阿嬤一接手，那頭忙不迭地便說：「阿嬤！不好了！」水涼阿嬤盜汗：「是安怎？」「阿嬤、阿公摔下床了！我跟蘇菲亞親眼看見，阿公根本是被鬼推下去的！」水涼阿嬤眉一鎖，直說：「都只剩一隻腳還摔的下床！乖孫，我看你快快把客廳搬空，拜託蘇菲亞照顧阿公，阿嬤中午前會趕轉去！」

水涼阿嬤逐項交代，心想，真要辦後事了，老人摔落床，與土地辭別，大限。不再等，夜半就起身，瘋的本能。水涼阿嬤依然台灣水雉造型，出房門，貓步怕驚醒了人，整屋子掉入一池墨，水涼阿嬤挨著牆，就著客廳稀有的一面光，貓步。

九年生竟還在on line，夏日冷涼屋身內，是一次外星人與水涼阿嬤的相會。螢幕強光曝曬，打在九年級生姣好膚質上，水涼阿嬤恨不得前去幫他防曬，但她在趕路，一甲子歲數的距離，她們只能彼此點了個頭，水涼阿嬤怎沒懷疑是見到了鬼？到底鬼月業已逼逼靠近。她輕聲打開鐵門，拎著她的小粉紅，不敢出聲，怕吵醒越南媽媽出來勸時間還太早。有人的體溫，水涼阿嬤猛回頭，九年級生立在她身後，踮腳尖，伸出手，幫她戴上忘在沙發上的三十開孔銀光黃車帽，調鬆緊，整臉型。兩人面面相覷，彼此在唇上比劃了一個「1」字。「噓！」不敢出聲。水涼阿嬤為幼齒的加持，年輕又活力的，夜騎。

夜騎出佳里，已不知何時再回來；出佳里，撞見路邊一喪棚，喪棚內有法事進行，喪棚警示燈與水涼阿嬤的車尾紅色燈同款，水涼阿嬤避棚而走，想著天沒亮要出殯，也是在為鬼月所逼她凝視表演中的牽亡歌，水涼阿嬤沒有看錯，是同一團。這些年她手足全靠這團牽引到西天，為此心中打算也要幫讀冊阿公花七千。水涼阿嬤換上棕紅色護目鏡，以掘菱而長繭的雙手為手套，使勁，奮力踩踏如從前醃漬大木桶酸菜跳啊跳，她努力尋找一個焦點，用她這些年練的太極瑜珈，集氣，她將身子放輕，和她七公斤的小粉紅一樣輕。她漸漸看見了過去五六十年未曾所見過的、複雜，說不出的一種：新生活。

ＬＥＤ車前燈，全亮，霧靄茫茫。路邊小客車、送報員、快絕跡流浪貓貓狗狗讓出一條路。水涼阿嬤無度數眼鏡也看的好清楚，她的心情卻是舊的，滑過兩旁眠夢中的樓房，減速轉大彎，又碰上爬坡，遂讓自己在鹽分地區，行駛成一陣有鹽份的夜風，風線與髮線與車帽流線感一致，爬高落低，水涼阿嬤感覺是被喪用牽亡歌團的三壇法師帶著爬「萬里三坡路」。天清清，地靈靈，悠悠然，竟聽見搖鈴聲來引路。莫非她是來幫讀冊阿公探探路。水涼阿嬤追著龍角吹奏聲，單車飛過「霜雪山」、「冷水星路」。

LED車前燈，半亮，水涼阿嬤飆速過的地段路燈皆同時滅掉，行經 7-11 瞥見門前睡倒三兩流浪漢，早報商人在出貨。行行復行行，她不靠半空中的綠底白字路標帶路，嘴角似笑非笑地讓身體給出一條路，她的肩膀略酸，腳底打溼，狐疑著不是買了雙夜光止滑透氣車鞋，搖鈴聲讓她過了重建後地「麻善大橋」，依稀看見橋下管芒花海，驚呼的原是來到了「揚州江」，水涼阿嬤望橋下，無數亡靈無舟楫可渡，心頭暗自筆記，要給讀冊阿公燒艘船。

過了「揚州江」便是「枉死城」，水涼阿嬤天未亮，人已到台南科學園區的衛星市鎮：善化鎮。

LED車前燈，閃爍模式，水涼阿嬤化身成南部螢火蟲，她連闖三個紅燈壓毀路樹一根，強風行過善化老街，捲起遮雨棚，並吹倒違規停駛的摩托車，路邊等早班公車的中學生嚇的——瞇瞇眼，反應不及的跪爬在地，直以為是一束粉紅光線，搖鈴聲中忽而退去，耳邊驚傳逼逼逼，水涼阿嬤掉頭，棕紅護目鏡下有悲憫目光：交通大隊要追她！逼逼逼逼逼！水涼阿嬤心想為什麼要逼我？為什麼到哪裡都有人要逼我？是誰在逼我？不要逼我！我快被逼瘋了！得擺脫掉，她飛車進入善化菜市場，才五點就人群鼎沸，難道大家都在買拜拜等待鬼門開？

天光，水涼阿嬤聽聲辯位，在善化十字大路失去三壇法師牽引，血糖飆低，頭暈目眩，像生理期少女。逼逼逼，水涼阿嬤見是語音留言：

「阿嬤，阿公整晚都沒睡，精神大好，吵著要去遊山玩水、環遊世界。完全不像要老去的人。我跟蘇菲亞決定天亮推他去環遊世界。妳快點回來。」

空腹，水涼阿嬤忘了餓，頭顱沉重。水涼阿嬤翻出貝殼機，手顫抖地按下通話鍵，失訊，無法搜尋網路。心一沉，忍著疲憊，繞去小店買出一大袋，外觀極似水果禮盒，（什麼時候了還買伴手禮？她在想什麼？）睡意壓垮她細長的眉，水涼阿嬤半睡半醒之間不知被誰牽了走。

衛星定位。小孫子等不到電話，直回螢幕衛星定位，發現光源，小孫子甫挪滑鼠，觀音痣霎然消失螢幕，網頁無法顯示，斷線。

小孫子嚇的眼睛發愣，蘇菲亞說：「老闆娘消失了！」

水涼阿嬤，水涼阿嬤去了一個沒有訊號的所在。

歡迎來到「自己人。」

「自己人」，水涼阿嬤小粉紅恍惚中轉進閩式牌樓，先蹲在水溝旁「自己人」門牌邊海嘔一番，吐完直說要尋人。她分不清養老院、安養院、養護中心有所差別？牽著車院內四處走晃，姿態也像她多年前替兒子在台南市買屋看房，詫異著院內造景如此刻意，前來問話的醫護人員說訪客得登記、說我們這裡不提供單車客休息與打氣。水涼阿嬤聲音挺客氣：「我是來看我尾叔。但是我不知道他的名字，我頭家要往生了，他是阮頭家的小弟，我來通知伊，庄腳人攏要這樣。」醫護人員慈濟師姐裝扮，對著水涼阿嬤作揖，直說阿彌陀佛。且遙指、延著山上鄉出產的蘭花所搭起的籬笆牆，過人造楠西鄉假梅嶺，涉曾文溪水，穿過七股鄉模型鹽山與鹽田，會看興農農藥店，上面擺買全無蟲害斑點的玉井鄉芒果，唯一有人的是物理治療中心，還有彷彿提款機般提款鄉愁的小土地公廟，蓋在迴廊幽深處，幽深不見底。「你要見的人都在那裡，視聽中心就在那裡。」師姐墊著腳尖，對空比畫，天機。

水涼阿嬤來到異世界，大驚奇，心底生出熟悉感，這是牽亡歌路線？水涼阿嬤依稀又聽見三壇法師祭出鈴聲，循聲線所到之處，這回真到了「枉死城」：兩百坪大，視聽中心。

「尾叔喔！我是水涼，我來看您囉。」空谷回音，水氣重。

千萬張臉孔同時回頭，表情鈣化如千萬面墳碑，跟著三壇法師鈴聲所到之處、處處都有尾叔。水涼阿嬤見鴉鴉人群，癡癡望著電視，偶爾才揮動歇在膝蓋骨上的大頭蠅。說著：「哪會這呢多人！」。兩百輛輪椅擋住兩百坪的路，空氣中有水氣，水涼阿嬤鼻濕濕，忙著賠不是，穿過去，她低頭尋人，嚇的、哎呦一聲！

「阿肇伯，我以為你搬家了，原來你住在這裡喔！」水涼阿嬤兩手撐起阿肇伯頹喪的頭，轉身這頭，「哎呦！你也是喔，李老師，我以為你退休後是住在台南兒子家。原來你在這裡喔！」水涼阿嬤逐一辨認，「蘇媽媽、李大哥、蛤仔嬸婆，妳們都在這裡喔！」「夭壽喔！」水涼阿嬤跌坐地，「五姨婆！五姨婆！我以為妳死了！攏沒置聯絡，原來你還活著喔。」不能言語，水涼阿嬤穿梭其中，視聽中心的老人們兀自沉默，從內臟嘆出長長的氣，嘆成一條若有煙的長河。水涼阿嬤破河而過。

吃力站起，水涼阿嬤也嘆氣，全身像從七股濕地爬起。長年貧血的她，趕緊握住張輪椅，一看竟是尾叔，海嚎：「尾叔，是你！我是水涼啦，水涼啦。你大嫂啦……」尾叔頭顱呈懸掛狀，水涼阿嬤單腳跪地，右手撐住尾叔的輪椅，海嚎。「尾叔，我是水涼，我是來告訴你，你大哥他快要壞去了……」

逼逼逼。

醫護人員前來通報，說拖吊大隊要拖走水涼阿嬤壓紅線的小粉紅，逼逼逼。水涼阿嬤必須立即告別，心中切記：「千萬不能說再見。報喪不能說再見。」她踉蹌拋下「自己人」，也有生離死別的感覺，有下次見面的機會嗎？拖吊大隊逼逼大響，纏著她的搖鈴聲，低迴耳岸，水涼阿嬤一離開枉死城，頭暈好大半，趕緊路邊檳榔攤買一瓶水，喝。逼逼逼讓她牽著小粉紅，再尋著搖鈴聲，既哭且撞，爬回人間。

「就快要死了。」這一刻，水涼阿嬤變的相當鎮定，認出回家這段路，省道。車品極人品，這次出車，她擔擱了一次醫院的回診、兩趟膝蓋骨的復健，日夜腦海想的，無不是做足心理準備辦喪事，她車速極穩，她忽然不想趕了，從「自己人」退出，心中震撼就要壓垮她。

「一定會等的。」她非常的肯定，車身相當平穩。

水涼阿嬤對孩子非常抱歉，婚姻出錯，誓言不讓他們過沒有父親的生活，但她也不會說謊，逢人問，她便答：「他去環島，他愛台灣，比愛我還要多。」幸好子女極出色，各自成家，生活全沒問題，搶著要接她過去同住，都說：「我們不會原諒那個人的。」水涼阿嬤不忍，留下來，照顧「那個人」。蘇菲亞來了之後，她利用多出來的時間，研究有機蔬菜，帶領村媽媽帶動唱，國小放學就去當導護婆婆，她還想去補日語，說以前學的都忘了，如果此生有機會，一定要環島走走，她也想看看，讀冊阿公看過的。讀冊阿公繞台灣一周，征服無數高山，躲過天災人禍，愛過各種女人，寫了幾首詩。晚年回官田，陪她身邊，卻還是這個平埔族，「肖郎」牽手。但讀冊阿公還是只會說：「逼逼要帶我去環遊世界、遊山玩水。」

逼逼，是的，水涼阿嬤被生活逼著往前走。

小粉紅停省道旁，警察鐵馬站，檢查車胎，台南的藍天不輸墾丁，警察驚呼她身體真硬朗。水涼阿嬤不忌諱：「我是出來報喪的。雖然我頭家還沒死。安怎，我很瘋鼽！」繼續上路，小粉紅騎上快速道路，新黑的柏油路面和藍天和她的小粉紅，水涼阿嬤棕紅色鏡片內的世界全是熱騰騰，新生活。

她就要返回故鄉、轉來故鄉了。路旁數百公尺的土芒果樹，掉滿地，水涼阿嬤停車，徒手剝芒果，吃掉一顆，精神加倍，熟悉的水圳大水聲轟隆隆，水涼阿嬤回來了，她看見熱情的黃絲帶、黃絲帶、黃絲帶！熟悉的菱田，活靈活氣，一身子毛病全好了，她頭，完全不暈了。

◆ ◆ ◆

六三十。小孫子從前都天亮才睡，這回他和蘇菲亞漏夜清空客廳，挪出皮革沙發、酒櫥和復健器材，（要辦喪事了？）讀冊阿公精神大振，嚷著要逼逼。台詞三年不變，逼逼要帶我環遊世界、遊山玩水。小孫子推輪椅，八九點好陽光，蘇菲亞後頭撐黑傘，陣仗像移靈。讀冊阿公，好的不像個要死的人。滿口逼逼逼，引來多年不見的鄰居側目說、出來曬太陽喔！說、好命喔，孫子陪出來散步。蘇菲亞不時按摩讀冊阿公肩頸穴位，以掌心試探體溫。「沒問題的。」小孫子人字托甩路邊，赤腳行走，蘇菲亞亦跟進，用極流利的國語說：「阿公，我們腳踏實地，一起環遊世界喔！」「逼逼。」讀冊阿公說。

公學校，讀冊阿公回到他讀過的公學校，還得見日本神社遺址，小孫子擊掌兩聲，說阿公日本到了、日本到囉。倉促成軍，三人初抵日本，又下飛東南亞。行經產業道路，路樹旁鐵皮小吃店，上有塗鴉：迫害。蘇菲亞說：「阿公，越南到了！越南小吃店到了！」讀冊阿公依舊忘我，逼逼，環視小孫子手指所到之處，逼逼。輪椅走民宅騎樓，怕紫外線毒陽曬，喘口氣，恰巧碰到客廳在看大聯盟，洋基賽事，小孫子蹲在輪椅前，說阿公紐約到了！「你看！台南市的建民在投球！」讀冊阿公逼逼聲漸漸微弱，蘇菲亞跳腳，要快回家！讀冊阿公一聽，又逼逼作響。小孫子摘下黑框眼鏡，擦眼淚。「阿公我們不要環遊世界了、不要逼了、不要逼我了、阿嬤要回來了。」不聽，小孫子急著找電話，蘇菲亞見阿公眼神哀悽，反撥下眼瞼，催速推回家。行過惠安宮廟埕，廟埕紅白藍布帆搭好三大落，等待鬼門開普渡，蘇菲亞硬是開出一條活路，略過媽祖的要讓阿公塵歸塵、土歸土。

相遇的到。

讀冊阿公的世界之旅，鬼門開之前竟先碰到瘋子。小孫子、蘇菲亞看見超酷炫的水涼阿嬤人車立在他們眼前，終於回來了！大喊著阿嬤！車頭把手懸掛一禮盒，（還有時間買辦手禮？）小孫子猜想，壽衣？拉寬背景，媽祖廟身與不斷燒出黑煙的大金爐，兩頭陳水扁時代送的石獅，面有難色。廟埕上空依然是千萬黃絲帶飄逸，拍出浪打聲。水涼阿嬤棕紅墨鏡不願摘，看上去，她更像是個外地人。

小孫子破涕為笑：「阿公我們現在到了外太空！你看！前方有個外星人！」

水涼阿嬤再度站成一隻台灣水雉，極氣派：「我轉來啊。你有好沒？你擱袂逼我嗎？你逼我啊？你安怎不逼我了？你不是說我是肖郎，我真的起肖，趁你死前，騎著腳踏車四處去玩了，安怎？有肖沒？」讀冊阿公眼睛微張，在廟埕上，蘇菲亞說：「阿公體溫又上升了。」水涼阿嬤腦海全是五十年的婚姻故事，她幾乎沒辦法止住淚水，離鄉出走繞一圈，人，還沒死，水涼阿嬤已開始練習做準備。陽光折射紅藍白帆布，她們一家人身上沾染各種色彩，讀冊阿公兩片唇緊合，小孫子說：「阿公好像又要逼了，他要說話了！」水涼阿嬤站二尺遠，給出架子，撐著布帆鐵架，快要虛脫，她看著讀冊阿公專注的神情，悠悠想起：「這是他寫詩的表情。」圍觀群眾築起一圈牆，牆上若有小鬼攀在上，等著、等著。

天響大雷，群眾皆張嘴摀耳。

讀冊阿公忽然說：「多謝五十年的妳。」

多謝五十年的妳。像詩。

水涼阿嬤卸下護目鏡，眼紅腫。走向讀冊阿公，彎下身，拿出單車便利包裡頭的半瓶水：「這是我在龍喉舀的水。你少年時袸攏說，龍喉水治百病。」水涼阿嬤以手沾水，輕撫過讀冊阿公兩片緊閉的唇。「希望你的胃口可以開，出門也才能有體力。不然你一隻腳，我怕你路難走。我怕你路難走。」

大慟。

蘇菲亞撐住讀冊阿公的頭：「老闆娘，老闆體溫一直降，體溫一直降。」

小孫子接過輪椅，逆人群，往家急奔。

圍觀人群都聽見了？

讀冊阿公浪跡天涯。病後，新學會的語言，學來告訴水涼阿嬤，一定是的，這是寫給水涼阿嬤的詩：「多謝五十年的妳。」

◆　◆　◆

七月一日，讀冊阿公是條太新的鬼。鬼月不宜出殯，水涼阿嬤決心讓讀冊阿公停棺一個月。水涼阿嬤和蘇菲亞坐路邊、喪棚下，折蓮花，蘇菲亞也跟著台灣習俗穿黑衣，水涼阿嬤都記在心。同款紅藍白帆布，讓水涼阿嬤錯覺和廟埕、和他出佳里鎮時看到的是同一座。這一刻，且聽耳邊不斷傳來搖鈴聲，牽亡歌從他離了娘家便不停唱著，七千元，她花的很甘願。夏日，空氣中有花香味，議員鄉代送來新摘的香水百合沿路排。小孫子和一票搭機返國的孫輩們跪繞棺旁，三壇法師說要帶亡靈到西方去見佛祖。龍角聲傳來，滿地子女都在找不負責任的阿爸、找花心勃勃的阿公，問他為什麼、為什麼、為什麼。

水涼阿嬤燒掉一只蓮花，對著蘇菲亞說：「讓你老闆腳踏蓮花，去環遊世界，去西方極樂世界。」她且喚蘇菲亞到她的房間拿出平時裁縫的針線，並到衣櫃裁一方布。戴上老花眼鏡，水涼阿嬤金黃絲線穿過大頭銀針，刺過紅綢布。蘇菲亞就著牽亡歌哭唱聲、搖鈴聲，不解：「老闆娘，妳在做什麼？」水涼阿嬤不搭嘎地說：「已經沒有人會逼我了。」站起身，出喪棚，走看花圈花籃，望向住家遠方高鐵基塔，最西，日落處。

「那裡有大片紫大片紫的菱田，上面停了三四艘小舟，我以為我們還會一起等待收成。」水涼阿嬤說。

她背著喪宅、背著子子孫孫，倚身停在棚外的小粉紅：「蘇菲亞，我打算幫你老闆繡一張訃聞，我要用手，一針一線刺給他。然後蓋在他的棺木上，讓他知道，他有這麼多子子孫孫。讓他知道，他的一生，是我幫他寫下最後一筆。」

蘇菲亞問道：「老闆娘，老闆外面的女人，也要刺上去嗎？」

水涼阿嬤完全沒有思考：「當然，他去過台灣每個所在，遇過的人，包括妳，蘇菲亞，不分國家，不分先來後到，士農工商，都要寫在訃聞上面。這是他的人生。」

停棺。

水涼阿嬤鎮日埋頭刺繡與助念，手指刺出十來個洞，蘇菲亞忙著幫她消毒貼ＯＫ蹦。小孫子著黑色棉質短袖，端晚飯要給好些天沒吃的水涼阿嬤填腹，水涼阿嬤說：「不曉得你阿公能吃了沒？一隻腳，要搶也搶不贏別人。」

小孫子放下碗飯，拿出ＤＶ，錄影：「阿嬤，妳還記得那天在惠安宮，蘇菲亞把香倒插，跟媽祖婆下戰帖的事嗎？」

鏡頭內，水涼阿嬤點頭。

小孫子記者口吻：「妳覺得妳贏了嗎？」

「沒輸沒贏。」鏡頭內的水涼阿嬤，素顏。

小孫子持ＤＶ，帶水涼阿嬤穿過靈堂到後院，月光灑落，指著有機菜園說：「阿公那天的大便，就是埋在這裡，阿嬤，我們要在這裡種很多花紀念阿公。」

水涼阿嬤說：「好。花開的時袸，就當作伊轉來啦。伊是花園內的人。」

長鏡頭，花園，小孫子在有機菜園內，發現一隻螢火蟲，亮了又滅，蛙鳴與白花花路燈。

「阿嬤，我要如何跟未來的小孩，介紹阿公呢？」小孫子給水涼阿嬤特寫。

「像我一樣，走出去，學他四界去流浪，你就可以認識他，認識這塊土地。」

「你覺得阿公對不起你嗎？阿嬤。」水涼阿嬤在畫面右側，左邊是讀冊阿公身前居住的組合屋。

水涼阿嬤說：「沒有。但從那天起，我常常想到伊，心肝頭有足深足深的感覺。」

「什麼感覺。」

水涼阿嬤說：「遺憾。」

逼逼逼，DV電力耗盡，逼逼。小孫子關機，錄影中斷，水涼阿嬤面無表情地走出鏡頭之外。鬼月後，她將開始退休生活，七十五歲，水涼阿嬤說：「在我還能動之前，都不算晚。」

林寶寶的肺

昨天好日，林寶寶帶你入山赴宴。

民國八十五年六十四歲的林寶寶難得打扮準備回台南縣大內鄉曲溪村娘家參加外甥婚宴，午時電話撥到你經營香紙鋪的家，正用白米飯當糨糊粘紅袋子的林寶寶的尢順手接起，做不出反應，轉手遞給林寶寶，寶寶只低聲道：「老大人都知影選好日。」後林寶寶手忙腳亂到隔壁的、隔壁的張道長家拎出一只魂轎，喚你快步上福特小客車，就要領老人年金的女司機林寶寶剛作完白內障手術，獨眼開山路，不能快，你只記得林寶寶隨山路起伏覆誦：「老大人都知影選好日」。你以為小舅大喜之日本就是好日，當然你也知道魂轎，國小時代功課寫完去找張道長的兒子玩，軌道車、YOYO球、GAME BOY都和魂轎擺一起，童年玩具。但你委實沒發現這原是吃辦桌、包菜尾的入山旅程，其實是林寶寶準備送你的生命隱喻，林寶寶的隱喻。

彼時拵，曲溪村路邊盡是賓客小轎車，親家那邊包來兩台遊覽車吃掉小村路面大半，林寶寶車熄火，老遠看見紅白布帆搭著落落長，康樂隊的重低音響，掉在柏油路上的雷公響，混濁的雷公響。

林寶寶三步兩步走地拎魂轎第一次穿越喜宴現場，強強滾，有人緣的林寶寶誰也不理直直拐入掛滿喜幛的房。而你終於看懂了，門外有喜，但門內林寶寶的娘仔正準備選孫子結婚這天，當忌日。好荒謬的童年記憶，卻是你生不如死死不如生的啟蒙之旅：胸口別針主婚人的你大舅公忙著將九層壽衣按次序攤開，你的大衿婆右手剛點收完禮金的隨即趕來用左手撐住外曾祖母垂垂的頭顱，林寶寶進房宮：「阿娘偎——好長一聲喊。」便用殖民地時期體操練出來的軟腳筋，好輕盈跳上八腳紅眠床，還順手撥掉散落床面的成人尿布血壓計和中藥袋、西藥袋，你見外曾祖母大口吐氣兩頰如河豚，眼瞼一潭黑，死的顏色，和大白天開的日光燈。也是女兒，平日喜跳土風舞不同林寶寶低調作風的小姨婆對著林寶寶說：「阿姐、娘仔在等妳。」林寶寶沒有掉眼淚，林寶寶只說：「阿娘仔，妳就要走乎好。」即跳下床鋪頭也不回的離開娘仔的懷抱，而你頭殼全是問號地跟著林寶寶走出死的房宮，子宮，林寶寶的隱喻。

友孝女兒林寶寶攜著八歲的你的小手出曲溪娘家大門，見鬧熱滾滾外甥婚禮通通坐滿自己人，戶埕桌聲按五十，迸桌，人氣旺，族譜就是訃聞。林寶寶二度走進喜宴現場，面無表情迴過料理區挑菜婦女，香吉士和管仔BEER，螺肉罐頭滿地滾，遠方有人招手：「大姑這邊坐，來啦來啦。」（大姑紀元始自民國三十六年二月二十五、二十六日，林寶寶忙著在曾文溪邊處理雞瘟，同行的尚有廟邊武術館丙丁師傅他家細漢仔。初光復，林寶寶和細漢仔樂於埋滅雞屍，烈日當頭，林寶寶有聞見幸福的氣味。）

大姑林寶寶沒有反應，約是也在擔心娘仔是否已經暫時停止呼吸，接著越多聲音喊住她：「大姨這位留乎妳坐啦！」還說：「毋通坐邊仔，否則要負責端菜。」（民國四十七年細漢仔魂斷夫妻兩人初戀的曾文溪，容貌正好的林寶寶喪夫不到三年決然投入另一場新戀情，守寡對林寶寶而言是一點意義都沒有的事，用你的話說：是很不養「生」的事。但林寶寶從此進入人情風寒時序，長達二十多年，林寶寶和一雙子女「沒什麼好講」，怨懟、仇恨、計較、無法諒解的通俗故事，你的童年是在一連串不願意把話說清楚的算計中度過的。但也只有你，願意和林寶寶說話，你甚且獨排眾議對著林寶寶的ㄤ喊一聲：阿公喔，阿公喔——你知不知道祠堂內大大小小都在背後說你壞話？）

「契母，菜桌在這裡啦。」（民國六十八年十二月十一日，林寶寶的女兒嫁至高雄市三民區，十二年後移民澳洲，沒再回來過。林寶寶這邊的親戚都說女兒嫁到金主是嫁得好。林寶寶一嘴乾一杯，醉死在返回台南的遊覽車上，車外道路管制，不遠處有遊行示威，林寶寶的頭好痛，只說：「我這個查某耶，心肝比伊老母卡熊。」）

林寶寶動彈不得，在遊覽車上，在喜宴現場，頻說：「借過、借過。」作風美式前年經濟海嘯輸到脫褲懶的四哥跑過來給契姆林寶寶一個擁抱：「契母，來啦，坐這邊啦。我這杯欲敬妳對我的養育之恩。」還沒開桌四哥已經喝掛，林寶寶對四哥來說是半個媽媽。（民國八十六年四哥因販售毒品台南明德入監，民國八十八年他假釋出獄，半天時間不到吊死林家家族荔枝園，剛上聖母瑪利亞中學的你悠悠告訴同學：原來荔枝樹可以拿來吊人。林寶寶以契母姿態白髮人送黑髮人，葬儀社要他執柴枝鞭打四哥的棺木兩三下，林寶寶不耐繁瑣禮俗，將柴枝折斷，且道：「斷得乾乾淨淨，別再找我拿錢。」在你的印象中，四哥從來就是「很漂泊」的人。）

康樂隊辣妹主持人在暖場，開黃腔，林寶寶經過新娘桌、親家桌，親家公高雄縣橋頭鄉小學校長杯子舉高高，林寶寶沒美國時間應酬，但她亦高舉半杯紹興酒，乎乾，見底。多少年後你終於意會到，桌聲排出林寶寶娘家地形圖，一路高雄路竹岡山左營屏東里港大橋，巴士海峽和菲律賓群島，再遠一點，印尼雅加達城，林寶寶的熱帶隱喻，揮汗如雨。而從前夫家不得人疼，但每逢回曲溪娘家就人緣極好的林寶寶，身陷斷地不乾不淨的曲溪親屬網絡，你多少從林寶寶的身上意識到：「人生到底是自個兒的事。」

寶寶，林寶寶低頭走過康樂隊舞台，拖太久終於走出喜宴會場，開桌鞭炮聲適時鳴聲大放，對錶正是十二時三十分，不知外曾祖死了沒，是林寶寶自己決定的事。林寶寶與你行過兩旁盡是籬笆牆枇杷樹林的碎石小路，妳們或拾級而上走一段胭脂花花徑，徑上有隨意丟棄的輕鬆小品鋁箔包和親親蘆筍汁，正忙著調配日日春農藥的自耕農和妳們相視而笑，說：「真久沒見呢。阿寶。」隨即在你們轉身之後將農藥大口服下。康樂隊的搖滾樂已經遠到像隔壁村的事了，林寶寶和你都聽到，撐著日頭又見約是作田回來趁閒時在水道頭下洗衫褲的婦人，婦人也對林寶寶瞇瞇笑，熱戀中小女人的笑，林寶寶一直帶在身上。但你心中的疑惑是：外曾祖母都要死了林寶寶還有時間出來散步，林寶寶是帶著什麼款心情走出娘仔將死的房宮，放棄見娘仔最後一面，終於，你忍不住問：「妳欲去叨位？」林寶寶沉默不語，只說：「走好，這裡會滑。」你們穿過正在動土水的樓仔厝工地，電鑽鑽進這貴寶地，你張嘴摀住雙耳，林寶寶教你。

終於，林寶寶的腳步停在一間燒到只剩半條龍的老三合院，空氣仍嗅出多年前的臭火乾味，院埕現在是慈濟功德會的資源回收場，你，你跟著林寶寶走進剩下的那間暗室，卻見一獨居的老男人全身皺褶窩在米蓆上舞蒲扇，林寶寶九十度鞠躬向他問好，並用極順暢的日語和那老男人言談。老男人好吃力地坐起身來，上下打量了林寶寶，你窩在門邊不敢進去的看見老男人在蒲扇後不斷流目屎，男性的目屎。

林寶寶沒辦法給出安慰，立即步出暗室，沿途說著：「等下去，沒意沒思。」遂順著遠方康樂隊主持人的祝福說詞，準備迎接娘仔的生死。很多年後，你在養老院和林寶寶提起這段往事，寶寶先是訝異你竟然記得，才娓娓道出：「她是您外曾祖母最好的姐妹伴，感情真深，親像夫妻般相好，那個姐妹伴曾經為了您外曾祖母跳曾文溪兩遍，彼時袸，她也真老了，我身為大漢查某子，有責任來通知伊。等下去，沒意沒思。」你急切的爭辯說：「我記得她是男的啊。」林寶寶回答：「查某的啦，咱自己人攏知影。」然後林寶寶還告訴你：「這些事情毋通跟別人講喔。」

有去就有回。來時路，同樣胭脂花香、碎石小徑，烏雲與雨，憂鬱南國的檨仔樹、荔枝森林，林寶寶停在本土荔枝樹下說：「有香。」又加快了腳步，全身骨骼都活絡，身姿也像兩萬餘年前的舊石器「台南左鎮人」，第一個台灣人，你跟緊緊。裹紅布大樹王公下，是娘家更老的青暝長輩橫躺土地公小廟前，聽出了當年還是殖民地小女生的林寶寶腳步聲說：「是阿寶仔轉來吃辦桌喔？恭喜喔。」林寶寶頓了一下，只道：「我欲來走，お大事に。」林寶寶略顯敗壞的雙腳已不如當年腳程好快地半天能從曲溪穿玉井越楠西地到甲仙，民國九十八年，莫拉克風災的新聞傳來，林寶寶說：「咱有一個親戚住在那。」你記了下來。

林寶寶第三次走進大喜宴，賓客都已散去，滿地的酒瓶魚骨和小美冰淇淋，你懂了所謂天下無不散的筵席，管她什麼女兒阿姐、大姑大姨契母地，人，最後會去哪裡。主婚人大舅公在燒魂轎，瘋子二姨婆還穿著紅洋裝在院埕上奔跑，小姨婆匍匐在地上哭嚎，新郎新娘全都晾在一旁。「有音緣」康樂隊嚇了大跳收的好倉促，吃完辦桌的親戚還來不及撤，右手伴手禮左手執清香的就魚貫入客廳三頂禮，族譜和訃聞，你忽然知道，從不是對等關係。

放學回家的殖民地少女林寶寶昨日才剛歸寧，轉眼，已經是個孝女，喜喪喪喜喪喪喜，喜喪喜喪喜喪喪，林寶寶牽著你遇見了生命的隱喻。

民國九十八年十二月二十四日平安夜，八十歲林寶寶的印尼看傭夜半打包走人，留下林寶寶腹肚邊那因腸穿孔而外接肛門的一袋屎，媳婦半天功夫便接洽好養護中心還蓋指腹簽約，兒子則好難得開口問她：「先暫時去住，好不好？」多麼溫柔的語氣。林寶寶不敢掉眼淚，不守寡的單親媽媽林寶寶點頭說好。於是，打公學校畢業七十多年，林寶寶再度走進團體生活。你笑笑告訴她：「換妳當兵去囉？」

民國九十九年六月，林寶寶入成大醫院全身健檢，電光掃出胸腔有可疑的陰影，你嚇得假日歸鄉到養老院看林寶寶和她的肺，鬼祟推著林寶寶到阿勃勒樹下，黃花串成的樹海，好美，你在樹下示意林寶寶張嘴，花氣撲鼻，你們一起大口呼吸，像從前曲溪娘家的花徑，涼如冰的曾文溪水，你小心將自己纖細的手放進林寶寶的口腔（啊——大一點。）、食道（啊——再張大一點喔。）、支氣管（啊——了！）

掏了老半天，你終於掏出林寶寶還在彈跳的肺，放入後背包，噗通噗通地跟著你跳上高鐵、抵台北、轉公車，回到書寫的案頭小筆電。你鋪上檀香氣家售天公金與庫錢當桌墊，書寫，抬頭你想起：昨天好日，林寶寶曾帶你和一只魂轎，開著福特小客車，入山赴宴。

爸，洋裝是我要穿的，我哪會對你坦白。秘密不換秘密。你講不公平。

誰又公平過啊這世界。爸，隨姐妹逛百貨，我好自在。

謝謝你，你送我的肉身，好像你的肉身，小臉白，黑眼圈，

爸，你沒搞錯，你的就是我的，我喜歡你的煙燻妝，小秘密會遺傳，打勾勾，開不開心。

今天窗外有雨，彼時也有雨像霧，我與ＣＣ去亞比倫艾專櫃，

試用曲線馬甲磨砂蜜，聽我高中英文老師說，她們科辦公室集資合購，

哇，好迷人，我們就來。

家拎師
女兒命

林佑軒

西元一九八七年生，現就讀於台灣大學財務金融學系。曾獲聯合報短篇小說獎、教育部文藝創作獎、大墩文學獎、全國學生文學獎等。

此時此地的嘻笑嘲諷
——林佑軒論

黃崇凱　撰

不知從何時開始，大多數被歸類在純文學或嚴肅文學的本土小說作品，似乎都欠缺幽默感。當然一九八〇年代的黃凡、張大春是嘻笑張揚的；一九九〇年代的林宜澐、袁哲生、駱以軍和黃國峻也都各自帶著笑點各異的笑聲。但到了新世紀第一個十年，很可能只剩下一個賀景濱笑得出來。

這是幽默之難得、笑容之艱困？抑或處境之鬱悶、時代之為難？許多小說家擁有使人哭泣的本事，卻少有使人歡笑的戲法，再要說到能令人既哭且笑則是困難之至了。然而林佑軒極可能具備搔弄讀者發笑的獨家本領。收在這裡的〈家抰師〉和〈女兒命〉，家庭劇的題旨雖不見得新創，卻總能以特有的幽默讓小說散發著竊笑的聲音。林佑軒在〈家抰師〉發明了一種新職業「家抰師」，專門給予內心壓抑的成人擁抱安慰，藉著愛的抱抱修復治療那些暗藏在心中的情感內傷。光是從主角「羅貞蘭」的姓名諧音玩笑（貞蘭／真男）便可瞥見小說的精巧設計。而〈女兒命〉透過算命讖言，折射到主角與父親同為生理男性，卻分別以變身女裝指向性別界線的跨越與錯位。對應到標題「女兒命」，其中的玩笑成分在獨白的語言中不免流露一絲苦澀。但正是這種笑中帶苦的語氣，鋪陳了這一則性別越界的故事。這樣的題材可能會令研究者見獵心喜，畢竟可以談論套用的詮釋方法太多了（變裝癖、性別建構論、第三性的跨性別研究、父權社會的鬆動崩解……）。但種種的解讀方法也在告訴我們詮釋與權勢之間的互為表裡——誰獲得了「權勢」誰就能進行強力的「詮釋」。因此回到小說文本，如果我們不將之過度詮釋，年輕的小說家依然是循著〈家拎師〉一脈的聰敏，對著跨性別的這類時常不見容於社會的幽暗之人給予笑聲和掌聲。在沉重的議題上舉重若輕，這是林佑軒獨有的幽默感。

早在林佑軒發表的第一篇小說〈客運新年〉，其文字就隱約閃耀著精雕細琢的光芒，之後也陸續獲得多項文學獎的肯定。就目前所見的發表作品來觀察，林佑軒的創作走向似乎漸漸聚焦在關注自身性別認同與錯置的曖昧之處，如二〇〇九年的〈甦醒〉及二〇一〇年奪下聯合報短篇小說首獎的〈女兒命〉。當然這不過是他較為突出易見的一種方向。另外一個值得注意的部分，則是林佑軒的小說時空幾乎都發生在此時此地——這是一種注視當下的立即寫作。這可能透露他對自身所處時代和環境的思慮較為敏感，也映襯他對時事的感受較強，因此他的小說人物是跟著同代人一同呼吸的。這是反應之敏捷，也是反省之迅速。雖然關心時事、反思時代氛圍的小說家所在多有，他卻仍可以回應以譏誚和笑語，這就是相當難得的獨有創獲了。

家拎師

電梯門開，羅貞蘭施施然晃將出來，寬肩厚背穿過擺放人高花瓶的廊，臂膀精壯朝大廈警衛揮揮，警衛微鞠個躬。大廳圓頂挑高，四壁散掛名複製畫，瓶裡插上幾根貓柳植物。「又是一個晚上。」羅貞蘭晃出大廳招計程車，眼瞪大廈外身銀漆的字：舜天帝景。「客運應該還來得及。」

「吳春輝，好溫暖的名字啊，人怎麼這個樣呢？」羅貞蘭初次與他見面就思考過。「名字就是個名字吧。」兩小時的交易那麼迅速就結束了，現在羅貞蘭準備上計程車。

兩小時前他施施然晃入大廈「舜天帝景」，朝警衛揮了個手，警衛微鞠個躬，他乘電梯到十三樓吳春輝的寓所，僅吳一個人在。吳春輝即來應門，兩人握手拍背寒暄。換拖鞋進了客廳，吳從吧臺架上取兩個高玻璃杯下來倒點紅酒，羅貞蘭看他領帶西裝還沒換去。兩人沙發椅上坐定，閒聊公司大事小事，吳春輝抱怨下屬能力太差，資產負債表、現金流量表沒一個懂，人事單位還混個屁，他這經理也當得窩囊。羅貞蘭靜靜聆聽，以篤定目光望住吳春輝疲憊眼神。「怎麼眉毛也垂落去了。」羅貞蘭望住吳春輝削瘦雙頰，吳春輝注意到了，他抿抿唇喝口紅酒。向來如此，抿抿唇喝口紅酒暗示交易開始。「開始了嗎？」羅貞蘭也抿抿唇。

小碼表滴答答響，他抱住吳春輝滿一個小時，是該換個姿勢。吳春輝擱下紅酒酒杯站起來的一刻，羅貞蘭也擱酒杯站立起來，兩人對面無語，吳的瘦小身量籠罩羅貞蘭頎長陰影，沙發背後牆上時鐘安靜地走。吳脫去西裝外套露出灰白襯衫。「這樣就可以了。」羅貞蘭擁抱住吳春輝，精壯臂膀環繞吳春輝頭，將他擁入懷裡凝止不動。凝止不動似是天長地久，牆上時鐘仍舊安靜地走，一個小時這樣過去，小碼表滴答答響。一瞬間羅貞蘭手刀切入吳春輝左右兩脅，將吳春輝高高舉起，成了風箏的吳春輝並不掙扎，僅僅以掌按住羅貞蘭龐大臂肌，臉露童稚的笑。復又凝止不動，兩人天長地久，吳春輝笑臉上滑落淚痕。碼表滴答答再度發響，羅貞蘭將吳春輝擺回地面，坐回沙發喝完杯裡的酒。「感謝感謝。」吳春輝塞個紅包到羅貞蘭大掌裡。「我老婆快回來了。」羅貞蘭步出吳氏寓所，臨走兩人再度握手。羅貞蘭隨後搭乘電梯下樓施施然晃將出來，晃出大廳招計程車。客運應該還來得及。

羅貞蘭微微扭動肢軀，客運座椅對他來說畢竟還小了些。調整好舒適坐姿，羅貞蘭雙手抱胸瞭望窗外，看客運駛在黃昏的高速公路，駛進紅夕陽裡。

吳春輝好像變了，變得憔悴，眉毛垂得更低了。是也難怪，外商經理不能混過去的，沒那兩把刷子還罩不住呢，都說證券交易員比常人要短壽幾年，何況經理如此人物。

初次見吳的面是什麼光景？

那天下午進了「舜天帝景」，進了吳氏寓所，吳春輝開門寒暄相迎。「你男的啊？」吳的第一句話，帶點譏嘲與驚訝。「沒差沒差。」同樣高玻璃杯，同樣紅酒閒聊，同樣抿唇喝酒。羅貞蘭一眼睹見吳春輝就微一驚，怎麼會有這樣犀利的人物姿態？短小精悍的身量，鷹眼像能洞悉一切利潤與費損，商場叱吒人物就長這般模樣。

那次兩人僅僅擁抱五六分鐘，羅貞蘭感受吳春輝瘦小臂膀含蘊的求生意志，吳春輝縱橫商場不無道理，羅貞蘭感受小臂膀震動的脈搏血流。羅貞蘭高舉起吳，吳初時笑著抗拒，「啊哈，這樣不好吧。」後來隨意舉個幾次，吳春輝笑著拍羅貞蘭手，「好啦好啦。」羅貞蘭將吳擺回地面，喝完杯裡的酒，吳春輝塞個紅包進羅貞蘭掌，「我老婆要回來了。」羅貞蘭步出吳的寓所，吳春輝握手相送，鷹眼又讓羅貞蘭微微一驚。

客運駛在黃昏的高速公路，全力以赴駛進紅夕陽裡，駛離臺北，往南再南駛去。

三年多來與吳春輝幾十次相約見面，愈到後面愈是頻繁。第一次見面之後隔上半年才有第二次見，後來四個月、三個月、兩個月，三星期、兩星期、一星期，吳的紅包紙袋淹沒羅貞蘭的小小套房，羅貞蘭有點不好意思，某次從電梯出來紙鈔抽掉幾張留個幾張轉送大廈警衛，先生還是微微鞠躬。壓力那麼大啊？

羅貞蘭微微扭動身軀，寬肩露出半截在座椅外邊。他雙手抱胸望向窗外，客運往南再南駛去。

「女生，女生，女生，」孩子們嗓音純真對羅貞蘭喊。暮色蒼茫的小學校園，夕陽在操場裡遍地濺紅，紅裡剩群小孩。「女生，女生，」「我是男生，我不是女生，我是男生男生男生男生！……」路邊常能看見兩個小孩吵嘴，小傢伙們話不好好地說，到最後比誰大聲，「你白癡你白癡你白癡你白癡……」「的相反的相反的相反的相反……」沒個結果，倒是聲嘶力竭殺意震天引來大人咆哮。「男生男生男生男生……」此刻小羅貞蘭採取相同手段。

羅貞蘭的確是個男生，孩子們對他大喊「女生」時候，他還是個男孩。他不僅是男孩，全班屬他身高最高，小四就有一百七了。某次體育課上游泳，游泳池面堆積黃葉，羅貞蘭更衣忘記鎖上，同學惡意玩笑大開更衣間門，羅貞蘭已經發育的腋窩以及胯部展示全班眼前。帶頭男孩比他矮了不只有十公分，男孩見到一怔，轉頭向眾小孩說：「欸，你們看！」集體靜默有數秒鐘，「……不管啦，你是女生，女生，女生，女生，」男孩開始領喊。

門關，羅貞蘭還沒回神，眼淚就流兩行。「女生，女生，女生，女生，」門外仍然狂喊，羅貞蘭沒有「男生男生」回吼，迅速更衣換褲。門開，羅貞蘭狂奔而去。

「這種狀況，你就輕輕搖他。」「真的？」「我有經驗的啦。」羅貞蘭與游柏彥兩人閒聊。他們學校的椰林大道黃昏時候很是漂亮，正午走倒有點熱，游柏彥捲疊袖管裸露黑壯臂膀，羅貞蘭走他身邊，兩人走在椰道一側，影子只一點點蠕動腳底。

游柏彥揹著一把吉他，他到哪裡都要彈個吉他。他沒有羅貞蘭高但比羅貞蘭黑，笑來白齒黑膚很是陽光，誰面對他都感受某種強烈安心。現在羅貞蘭沒有正臉向他，邊聊邊瞧游柏彥的側臉，側臉與那個夜晚的一模一樣。哪個夜晚？

羅貞蘭失戀的那個夜晚，他的女友再受不了大家對於他們戀情的譏嘲。女朋友介紹羅貞蘭給好姊妹們，一個雙耳提著大金屬圈的濃妝豔女立刻說道，什麼，我以為妳們是蕾斯邊，原來是個男的。從此羅貞蘭成了好姊妹們口中的「羅蕾」，聽來像錶又像專櫃賣的保養品，每次遇著都羅蕾羅蕾地叫，羅貞蘭渾然不覺女友的尷尬不悅。那個夜晚女友頭也不回離去，臨走啐出一聲：「呿，羅蕾！」羅貞蘭呆立原地。他找學長游柏彥喝酒聊天，游柏彥盡力安慰，羅貞蘭恍若不聞，福利社前猛灌臺灣啤酒。瓶瓶罐罐擲入垃圾箱裡一半外落，兩人轉走椰林大道散心。椰林大道，還沒大學時覺得不怎麼長只是嚮往這個殿堂，上了大學覺得他馬的這椰子路怎麼他馬的長，妨礙趕課不說還會發生車禍，失戀時候就又不覺長了。羅貞蘭與游柏彥行走椰林大道似是天長地久，時間凝止不動，兩人靜默無語就一直走，走再走，走到盡頭折返來，走到盡頭折返來。星月漸漸中天，椰道上投出款款黑影。不知道第幾次走到椰道半處校園中央，游柏彥一把抱了羅貞蘭。

就這樣抱住了，星月中天之後再也凝止不動。被抱住的一瞬羅貞蘭微微一驚，他想學長所為何來，差點掙脫出去。他也沒問，就靜靜讓游柏彥這樣擁抱，感受游柏彥白齒黑膚、精壯臂膀，令人強烈安心的夜裡陽光。天長地久復又凝止不動，椰樹沙沙風響迴繞耳際，羅貞蘭被修復了，被游柏彥與他的擁抱修復過來，已逝戀情深刻淪入不必懷念的雜事堆裡，他和女友甚至抱也沒抱。羅貞蘭被游柏彥完全修復。「這樣就可以了。」

「我覺得你太適合了，這個行業。」當游柏彥提議羅貞蘭加入這個工作，羅貞蘭就一口答應，被修復的感覺太美好了。「你看你高，你壯。而且你名字好，碰到男客人就說我是貞蘭，碰女客人就說我是真男，哈哈！」游柏彥拍拍羅貞蘭背，椰林盡處學校餐廳人聲雜遝，碗啊筷啊五格盤啊擲來撞去，羅貞蘭凝神聽游柏彥說。

「太簡單了這個行業，我的構想是，你就抱住他們就對了。」游柏彥熱情為說，吉他袋黑亮亮擺置身邊椅上，餐廳人聲雜遝。「我們還在讀書，這工作超棒的不花多少時間，抱就對了，溫暖人心還能賺賺外快。」游柏彥的黑眼珠裡滿溢大學生式的熱情，羅貞蘭瞧他白齒黑膚。「啥，什麼？男生喔？怕什麼，抱啊！我跟你說，這個社會裡的男生很可憐的，養家糊口壓力多大啊，還要應付較勁東啊較勁西的生殖競爭，當兵時比小弟長不長粗不粗啊，出社會比誰的錢多誰地位高誰住豪宅誰開跑車啊，男生沒法逃的，你向誰訴說去？你要展示你的雄風，展示你一無所缺的驕傲，展示你的堅強直逼羅馬雕像；每個人都裝堅強，我跟你講啦撐不久的，強撐到頭就崩潰啦。」餐盤裡剩半條蒸魚，游柏彥沒去動它。「我很確定，很確定這個社會的男生需要擁抱。擁抱我滿厲害，以後說不定真的變成正式職業！」游柏彥傾身向前，附羅貞蘭耳廓悄道：「就叫它，家、拎、師。」

「對，就是這樣，手從腕部開始，滑過他的頸部……要用滑的，布料的摩擦給人極大的安全感。」游柏彥大羅貞蘭一年，平常看來粗線條生活隨性，套房倒打理得井井有條。「我說要用滑的……再慢一點……軟一點軟一點軟一點……不對。」游柏彥拍拍羅貞蘭手。「欸，你這樣怎麼當得成家拎師呢？虧你長這麼高，像沒抱過人似的。」

是的。羅貞蘭確實沒有抱過。

「沒關係啦，慢慢練習就好。我先開個冷氣。」游柏彥起身按動遙控空調，嗶地一聲扇葉上下掃動，汗珠從游額頭滑滴腿側。「喔對，你還要記住的是，我們是家拎師，就不能只有抱。我們掛個『拎』字，當然要拎一拎。」游柏彥手刀垂直向上。「所以，擁抱告個段落，你就迅速出手托住他左右兩腋，高舉起來！小時候應該玩過什麼『好高好高』的遊戲吧……沒有喔，沒關係啦，現在試試。」

游柏彥被羅貞蘭高舉入空的瞬間，一滴汗水從游黝黑額頭滑滴羅貞蘭的額頭，最後滴落腿側。羅貞蘭盯看游柏彥白齒黑膚，令人強烈的安心體會。「太讚了就是這樣，就說你有天份的嘛。」小套房裡日光燈從游柏彥腦後斜射出來，羅貞蘭覺得有些耀目。

吳春輝不是羅貞蘭印象最深的客戶，也不是紅包包得最厚的客戶，卻是他最為忠實的一個主顧，從羅入行就光顧到現在了。三年多來與吳春輝幾十次的見面，愈到後面愈是頻繁，後來四個月、三個月、兩個月，三星期、兩星期、一星期。羅貞蘭另外有些客戶，他們不常見面，往往半年九個月才一次，氣味光影卻是久久不散。

起初羅貞蘭怕，以為男客戶是做不成的，游柏彥在欺騙他，羅貞蘭會被男性客戶拒絕再拒絕，他撫觸自己臂膀深怕顏面無光。但是男客戶們從未拒絕，他們之中有些的確遠遠睹見羅貞蘭的寬闊肩影才拍額知道是個男大學生，還是沒有命令羅貞蘭直接回去他的小小套房，縱使擁抱的一刻，他們確是抗拒而恐懼的。擁抱，時間凝止形同天長地久，羅貞蘭懷裡一眾男生僵硬轉而柔軟，他們融化在羅貞蘭的臂彎像灘冰藏多年的雪塊，終究流淌開來。羅貞蘭則從初執業時默背口令照表操演，摸索到今天聽音辨位隨心所欲，體察客戶一呼一吸、胸膛起起伏伏、太陽穴跳動跳動，以篤定眼神望住客戶目光，安擁客戶入懷，擦拭客戶淚痕，任由客戶癱倒懷裡。

擁抱簡單而且困難，至此臻於藝境像是海洋。海洋跨越性別、海洋沒有性別，海洋歡迎所有性別的人懷裡戲水撿拾貝殼，暖熱的海水鹹鹹像淚，海洋未曾拒絕。又像軍儀隊的閱兵展演，花槍迎光閃爍，指掌之間揮旋甩轉，觀眾鼓掌如潮，花槍未曾掉落，客戶愈見緊縛。

羅貞蘭跟件軍服擁抱一起，軍服肩章梅花輕微晃動，軍服底下是軍老伯，兩人在小眷村矮房舍裡。老先生從來不說姓啥名啥，黑斑皺紋堆下垂著炯炯眼睛，操口濃重四川鄉音，久久才約羅貞蘭見面一次，約了就板著臉，堅持穿戴軍服別起肩章。初次見老先生面，羅貞蘭正要擁去，「等等，別，別。」老先生轉回房裡，羅貞蘭怔立原處，矮房裡老綠吊扇三片扇葉轉得搖搖欲墜。老先生一會出來散發軍裝輝光，暮年的英挺俊氣，羅貞蘭又是一驚，為他起個綽號叫軍老伯。

「媽個屄，嚴謹些！」軍老伯在羅貞蘭的懷裡沉聲喝了一句，羅貞蘭不得不肅穆以對，正正地再抱緊點，「好，對⋯⋯啦。」軍老伯挑剔得緊。羅貞蘭以手刀斜切老先生的雙脅，老先生瞬間擊打羅貞蘭掌掙脫出來，俐落直往後跳。「操，男子漢的幹這什麼！」那你還叫我來幹什麼？羅貞蘭心底直犯嘀咕。

「那時呦苦吶，就跟著老總統，大船小船都開來臺灣了，」老綠吊扇搖搖欲墜嘎嘎發響，扇葉陰影持續撥過兩人臉孔，擁抱之後羅貞蘭坐矮房裡談天。「嘩操，那得親眼瞧見才相信得。我就站在輪船上面，下頭人直望上擠，船都歪一邊啦。擠到最後擠不上囉，有人就抓船邊欄杆不放。嘿，說不放就是不放，呦那真的是，操，牡蠣殼都比不了吶。」擁抱之後，軍老伯跟其他老兵沒有兩樣。「船太重，發不動吶。你猜怎麼著？親眼瞧你都不一定信，我就看到船上有人拿起菜刀，喀擦擦望欄杆上直揮過去！欄杆裡邊媽個屄一地手指，欄杆外邊可憐呦噗通噗通落水！」汗珠從羅的額角滑落腿側。「那時呦苦吶……」軍服肩章耀亮，扇葉陰影持續撥過軍老伯的淚臉。羅貞蘭以篤定眼神望住軍老伯的目光，覺得似曾相識。

夕陽沉落高速公路盡處，放眼已是深青帶黑，唯前行車燈一片。客運轉落迴旋梯般匝道，高架橋過，水湳站過，駛入臺中市區。羅貞蘭微微扭動身軀調整坐姿，座椅對他而言畢竟是小了些。

那日游泳課後羅貞蘭狂奔回家，父親端坐客廳正讀報紙。羅貞蘭急按門鈴，父親前來應門，門才開縫，羅貞蘭撲上去要抱父親，淚漬漬溼潤未乾。「操，你幹麻？男子漢要有男子漢的氣魄，摟摟抱抱的這算什麼！」父親大手一把推開小羅貞蘭，小羅貞蘭倚在門板直喘著氣。

「坐好，坐正。」客廳裡父親訓斥小羅貞蘭，「沒個態度！」吊扇扇葉陰影撥過羅貞蘭臉，撥過粉白牆壁掛滿的勳章與榮譽狀。「哭啥子哭？」羅貞蘭再忍不住，哇一聲大哭出來，「他們都說我是女生，我明明不是女生，我是男生……」「媽個屄，他們說你是女生你就是女生？你是男子漢，要有男子漢的氣魄，哭哭啼啼的這算什麼！」軍服燙得筆挺，懸掛客廳小電視旁一隅。搖搖欲墜的扇葉陰影撥過小羅貞蘭臉龐，撥過再撥過。

羅貞蘭稍大一點，問過父親怎麼給他起的名，這樣像個女孩。父親闔上報紙，「坐正。」羅貞蘭趕忙端坐。「立身天地之間，名姓攸關一生志業。我給你起這個名，乃是期望你對國家有貞，貞心如蘭。屈靈均不也說過？『江離辟芷，秋蘭為佩』，給你起這個名，希望你男子漢頂天立地，盡心盡責。」「可是爸，『羅貞蘭』根本是給女生起的名……」「教你多讀點書深厚自己，東坡先生說『厚積薄發』，你就不聽！蘭有貞心，流芳天地之間，有點學問就知乃大丈夫所當為，什麼男生女生！」父親不耐煩了，復又攤開報紙。羅貞蘭不敢再問，只見軍服燙得筆挺，懸掛電視裡邊。

三年多不曾回家，客運繞轉夜裡臺中市區，霓虹燈光不再熟悉。家拎師羅貞蘭遞上票根，步下客運，轉幾個巷弄到家。

羅貞蘭取出鑰匙轉開家門，門板咿呀盪開。「回來了，」羅貞蘭向屋裡輕輕叫喊，沒人答應一聲。羅貞蘭走進客廳，父親端坐客廳正讀報紙，老邁的專注神情。羅貞蘭覷看父親，父親籠罩自己頎長寬闊的陰影底面，黑斑皺紋堆下垂著昔日炯炯眼眸，三年過去，暮年英挺俊氣消散無蹤。

沒等父親開口責罵抑或招呼，甚至沒等父親闔上報紙，羅貞蘭按動碼表伸舉厚實臂膀，凝止不動似是天長地久，抱住了父親。

女兒命

當我轉頭，父親在梳妝臺前。他悄然掩進休息室，牆上有畫，門邊有巨大花籃。他逡逡的背影，哪不與他借住我套房的那天一個模樣。

湖口那摸骨的，說話利索。父親拜訪之後，怨他就顧講，嘩啦啦啦，父親右掌讓他壓，左手想寫不能寫，自恨沒帶錄音筆，希望我隨去摸，幫他錄音。

我說好，我去，我不摸。

父親笑說，我摸好了，換你也去摸一摸。

爸，每次對你說，算命不準，你說準，你要曉得，關於命運，預測他是歧視他。不慎聽聞了情節，看電影的時候，愈忘愈清晰，又何必去看電影？〈鐵達尼號〉火熱的冬天，我對耳語「傑克最後會凍死」的小孩灑了可樂。我恨他拿走快樂。

就講我不摸了，我吼。

好，不要去了。他掛電話。

賭氣嘛你。我匆忙套好長裙。再彆扭嘛你。像個小女生。你以為我會立馬回電道歉：對不起，爸，我不是存心要吼你的，原諒我。我偏不。將妄想收起來吧，爸。我今天趕著出門，就算有閒在家，我也是要對你說，爸，我就是要吼醒你。佛陀說法如獅子王之咆吼，能聽聞者，皆具有大善根功德。[1]我邊對鏡邊追想父親轉述，摸骨的是怎麼說的。不受教。我拿粉餅打底。正信佛教你也拜，摸骨你也瘋，你不受教。你會吃到九十二，八十那年有劫難，摸骨說。未來五年你會起七層大厝，你莫使結交溪北的朋友，要多與出身溪南、下港的交陪，摸骨說。是是，父親說。父親想必這樣說。我補塗深色眼影。你兩個喔。對，生兩個，父親敬答。民國一百年，伊講我會嫁娶後生，父親說得開心。我很生氣。摸骨的不就真厲害，與耶和華共款囉，是要抽我肋條，幫我做男友啊？那不關我的事，你去對林建宏說，我喊。弟弟才上大學，沒那麼快，你啦，我看難講，你看堂弟堂妹嫁嫁娶娶咧，了了你大伯二伯的願……我手機快沒電了，我喊。是是，父親唯唯諾諾。爸想討論個事，他說。

什麼？

你看我是不是要認乾女兒？摸骨的說我有女兒命。

女兒命。鏡子照不清我的眼線。

---

1 《如來獅子吼經》。

是喔，爸，再看看，我要出門了。是是，他說。
女兒命。我搭公車看窗外。
媽的有點意思，什麼是女兒命？
父親老去以前，母親就離開家，鬧了半年有吧那次。母親好漂亮，愛打扮，我嫉妒她。忘了哪年除夕，我們在小舅家吃團圓飯。母系親戚感情好，做餐飲的、業餘的都去揮刀動鏟，豬腳進去水果來，飯後要打小牌、摸八圈，父親靜靜看，他不說話。他來自沉默的家族，我們不曾與父親那邊圍爐。
呦，相片在哪，舅媽嚷。讓小舅替下方桌，抬老相簿，嘩拉拉翻動起來，她指著最大那張。你爸以前多緣投。緣投？你看，他笑起來，帥。
蒼白的少年父親，下頦有尾子的笑容。我看照片想，聽說阿公真兇。爸的巴掌臉、黑眼圈都跟我一樣。要說我跟他一樣。沙發間的父親瞧賞牆面那幅彈琵琶的旗袍女子，照片裡的父親乜視身邊的白婚紗。房門未關，舅媽以手畫出前凸後翹的輪廓。你媽彼時夭壽水，她說，然後小聲走私她的話：你爸有眼光，曉得你媽衫褲多，又會穿。舅媽，我聽不懂。他是在羨慕她。您在說什麼呀。我想舅媽是醉了。
我哪會醉，比你舅舅還會喝。她拋下這話，走回方桌替了她的丈夫。

舅媽，我看著她的背影。妳沒我媽漂亮，妳在羨慕她吧。他羨慕她？我不懂。

母親離家是清晨。那時間不該有任何人是醒著的。今日我猶然怕是夢裡吵大架呢。我聽見她在大吼。沒事，太陽要出來了，我喃喃自語，沒事的。她摔壞了鬧鐘，我們家從此沒時間了。沒事的，我換了姿勢試睡。你不走，她喊，那我走，衣服都送你。我瞥見白洋裝閃過我的房門。拜託，拜託你們。往外瞧去，母親在客廳哭泣。我沒有向她說話。我應當說話的。她起身朝大門走，回娘家住了半年。半年能做的事可多了，父親修好了母親扯壞的衣櫃門，裡頭收藏她最寶愛珍惜的衫褲衣裙，有天我放學回家，瞧見父親把藏品全拿出來，手裡也攫了一件。他看見了我。

通通風，不會發霉，他說。

嗯，我答。

五個月後母親住回我們的小公寓，這戶口又像洋裝的尼龍質料，完好如初兼又撕扯不爛。母親不開那櫃子了，從娘家帶來新的。我憑印象描繪被遺棄的衣櫃內，套裝、洋裝、婚紗禮服的模樣。

秘密是我發現的。我是小聰明，小可愛。

父親北上開工專同學會，要借住我的套房。算命也沒那麼準。那陣子系必修演話劇，我是茱麗葉，西門町租衣貴，我讓父親直接挑件上來。秘密武器秘密用。美服患人指，高明逼神惡，又怎樣，豔壓全場如我，不關心賤民的事。那，我說，來住的時候，幫我帶套洋裝，我要借人演戲。你媽櫃子裡的？嗯。白的還是亞麻的？爸，你滿清楚的嘛。白的那件。好。父親來了，他還沒吃晚餐，臺北入夜會冷。爸，我買薑母鴨吧，我家教的附近有。很遠嗎？還好，來回二十分鐘。好啊。我出門了，沒帶錢包，我跑回套房拿。我開門，父親正脫掉洋裝，匆忙間扯壞了左袖的玫瑰蕾絲。我看見他抖動的老人斑。

爸？我叫。

奕誠，父親說，那個，不知道合不合身，我幫你試穿一下。

爸，洋裝是我要穿的，我哪會對你坦白。秘密不換秘密。你講不公平。誰又公平過啊這世界。爸，隨姐妹逛百貨，我好自在。謝謝你，你送我的肉身，好像你的肉身，小臉白，黑眼圈，爸，你沒搞錯，你的就是我的，我喜歡你的煙燻妝，小秘密會遺傳，打勾勾，開不開心。今天窗外有雨，彼時也有雨像霧，我與CC去亞比倫艾專櫃，試用曲線馬甲磨砂蜜，聽我高中英文老師說，她們科辦公室集資合購，哇，好迷人，我們就來。

那天下戲，CC稱讚我。娃，你演得好棒，好女生。

她講什麼？好、女、生？

不懂。是嗎「好」形容詞而「女生」名詞，像我想偷取鄰家妹妹的秘密而對她說：妳是好女生。或像我暗戀的高中同學褚杰楷（別提那男校。又髒又亂又吵鬧。性別盲、陽具崇拜、交尾競爭、嘲笑殘障。好處只有，制服那麼醜啊，仍不減眾多的帥哥姿容）說，林奕誠，你好娘，走開，揍你啊敢碰我——「好」副詞而「女生」形容詞。女生啊妳轉品了，我羨慕妳善變並且美麗，但我撇頭，看見王澤元、康宛庭卸完了妝，帥氣漂亮的系對妒了多少人。走了。嗯。王摟康的腰枝走遠。我又沮喪下來，媽的，臭男生聽著，女生不是命定的形容詞，少在那自以為名詞了你。

我是戰士，我好感動，我幫女生說話。我直視ＣＣ，想聽她讚美我，她卻安靜坐在梳妝臺前，我看見羅密歐的扮相底下，她的咽喉、她的指節、她的眉骨。好奇怪，都是女生，為什麼她指節纖細、眉骨柔和、沒有喉結。我說，ＣＣ，我們女生……茱麗葉，茱小姐，還沒下戲啊你，還我們女生咧。不，ＣＣ，我要講的確實是，我們女生。林奕誠，你穿白的那件算很好看，但你不是女生。她不耐煩的時候，胸脯微微起伏，骨盆寬闊像課本插圖，兩河流域的陶俑，六隻奶的生育神。妳講我不是女生，那麼快告訴我，是不是妳通過了什麼考試，所以能當女生。ＣＣ啊我要報名，快說好不好。夠了你林奕誠你是男生。可是，我從小就是女生。那大概是跨性別吧，她聳聳肩。

跨、性、別？

對，生理心理性別不同就叫跨性別。

所以我是跨性別？是吧。嗯。她走開了，豐臀細腰，那把中世紀的紙匕首搖啊搖。

CC，謝謝妳告訴我這個秘密，現在我知道，為何我跨上什麼，常常就下不來了。那個太陽月亮雙雙輝映高天的詭譎下午，褚杰楷指揮全班，將我擺在窗框上。他確實是與生俱來的領袖，我愛他，我沒逃。兩個校隊中鋒固定我，我抱白鐵窗框固定自己。墜落了，會死掉，就愛不到褚杰楷了。CC，我不能死，我要活著，接受他送我的東西。

啊——褚杰楷退十幾步助跑，朝我衝刺過來。他努力的時候最可愛了。幹，去死——他盡全力推窗砍進我的褲襠。人妖去死——他繃緊的小腿，我看見他的靜脈不斷變換，那是拿過校運會百米冠軍的肌肉。媽的變態去死——褚杰楷，我抱緊你，否則我會死掉，你好強壯，你好溫柔，我好痛，我不怪你，你別自責，因為是我的初夜。查某體去死啊幹——謝謝你，褚杰楷，你曉得我愛你，所以你雕刻我，砍掉不要的器官，看，褚褚，褚褚，我流血了，那兩顆骯髒的肉球，林奕誠向你們說再見。滾去泰國吧林奕誠幹——用力啊褚褚，用力，多餘的東西沒了，你就進來，噢，你進來了，我好痛，我好開心，初夜可以獻給你。

鐘響，褚杰楷停了攻擊，狠狠喘氣並瞟我一眼。

他看見我的表情，CC，他哭了。褚杰楷，褚褚，為什麼你要哭，哭了就不像男孩子囉。你是喜極而泣，我好開心，今天是我們的第一次。

全班都去操場了，體育課要測千六，教室剩下我了，常存抱柱信，我緊擁窗框，豈上望夫臺，褚杰楷的背影轉進樓梯，我跨著女兒牆下不來。

可是很多事情，都來不及對ＣＣ說了。當日在亞比倫艾，櫃姐在ＣＣ手背塗滿馬甲磨砂蜜。娃，是砂糖，這款紫羅蘭香，ＣＣ驚呼。我從她手背沾了嚐，真的甜甜，邊用手偷偷調整鞋跟。適合我的高跟鞋比較難找，多虧ＣＣ費心。除了用後手乾，其餘她都滿意。欸，換你囉。換我囉，好期待，甜甜的東西我喜歡。我坐上ＣＣ的椅子。唉呦喂，new half[2]來囉，人妖爹爹逛大街——櫃哥朝同事啐出這幾個字。我與ＣＣ都聽見他的悄悄話了。他說我是new half。漂亮的河莉秀、美麗的椿姬彩菜都是new half。

你憑什麼說他是new half，死Gay，ＣＣ叫。小姐拜託，穿女裝來逛專櫃，不是new half那是啥？再講啊，你這死屁精，醜玻璃，玩巧克力棒的髒不髒啊你。磨砂蜜被ＣＣ掃到地下。妳罵我，我告妳。你告啊，是誰先罵誰啊，我向樓管客訴你。但ＣＣ，他罵我了嗎，我想當new half，河莉秀她真漂亮，椿姬彩菜真美麗。死Gay你聽好，同性戀沒有比較好啦，她吼。沒有比較好，妳是什麼意思，ＣＣ？我想起那天下戲，ＣＣ在女廁所裡尖叫，她喊，林奕誠你不要進來，要換裝去男廁所換。我大概真的不是女生吧。我看著暴怒的ＣＣ，我與她沒再聯絡。

2 new half，ニューハーフ。Half是混血兒，而new half，日式英語，男跨女的變性人。

爸，好可惜，CC分享了她的秘密，她來不及聽我的。

巷口的舊衣回收站，我去求了套女中制服，拆了繡線的。妹妹考上女中啊？恭喜恭喜。謝謝您，她很開心。我買了蜜茶，回家後鎖好門窗，房間要緊緊的呦，你怕嗎，挈了母親的針線盒，這活計不過進去出來，進去出來，這麼回事。與褚杰楷結婚了也是這樣。林——邊繡邊想他。褚褚我愛你。奕——聽說觀音示現有男女兩相，祢保佑我好不好，讓我跨過去吧。拈香。誠——做個好女生。你看，林、奕、誠。歪歪沒關係，我是正妹，我很美麗。拉關窗簾，脫去醜死了男校衣褲，我轉學了。國立房間女子高級中學。鏡子在哪，正面、側面、正面、側面，喝茶，拍照，跳舞，睡覺。後來我想，不拉窗簾才好，太陽大帥哥也來看看，漂亮的女生。我看見窗外飛過了蝴蝶。好醜的蝴蝶，像是蟲蛹插了翅膀。妳好醜，妳沒有我漂亮。漂亮有什麼用，我發現女中是不繡姓名的。誠——一個字一個字。奕——拆掉它。林——有人敲門。收好制服。胸口還剩一隻孤單的木，它男友已經死了。

門外母親叉腰。

住對面的看見你房間有女生啊。沒有啊。給我誠實。沒有啊。

別騙了。……。

女朋友？

嗯。

在哪裡？

先走了。

先走啦？母親說，像發現救難器材不必上場那樣鬆動下來。在一起就好好照顧人家，別學你爸。爸，別學你耶她說。下次歡迎她來家裡吃個飯呀泡泡茶。母親有意聚高音量，詭溫溫地綻笑，我瞥見衣櫃露出一段深綠半張黑。有比你媽水沒？沒有，媽媽最美麗。媽，當然妳最美麗，妳給我最大壓力，脖頸、曲線、雙乳、骨盆，我嫉妒妳，穿穿看我那套女中衫褲，妳從我獲得望子成龍的期許，我就要從妳曉得我可以有多漂亮。舅媽沒錯，爸，我與你都嫉妒她，然後我恨，因為她講，你媽睏了，去躺一下，朝衣櫃掩嘴打個哈欠。故意的吧，哈欠！那是純粹的女高音，巫婆如我想要她的聲線，我不想再買書訓練發聲，希望變成點唱機，從男調變成女調，哪天接到了詐騙電話，聽筒裡會傳來，阿母，我乎人掠去呀，緊來救我啊，阿母，阿母，阿母。

爸，要快，媽她們在外面。

慢了怎麼可以，賓客等呢，他們祝福我，我要天女散香花，讓他們沖沖喜氣。

是是，父親邊答邊脫西裝。

慢騰騰的搞什麼？我發現他畢竟是老了。罪疚感湧上心頭：妳急個鬼，羞羞臉，要孝順啊。孝順。

於是我提醒他，還有兩件能換。

是是。

休息室有名畫亦有巨大花籃，比不上什麼亮眼：父親的背後蒼白，老人斑散成銅板黑花。

爸，我先補妝，待會換你。

是是。

補妝麻煩。漂亮物都很麻煩。訓練後，嗓子偶爾不穩，我不在意，漂亮又完美那會折壽。喉結手術的傷痕，人常常以為吻痕。哪那麼多爛桃花啊，我摟我未婚夫這樣回應，心酸酸。隆鼻，提唇，磨顴骨。天殺的磨顴骨。爸，謝謝你，巴掌臉不必切下巴，磨頷骨。至於你，聽好了，褚杰楷，我早就不愛你了。不愛不愛不愛你了。繡花肉球你沒摘，哼，我親自拿下來。敬酒時，我會悄悄對你說，你知道嗎，我的陰道擴撐器，上面寫的不是褚杰楷，是我老公的名字。你輸了，愛不到我了，乖乖，不哭。

打勾勾，這是我們的秘密。

秘密你壞壞。你是帥哥吧，帥哥通常壞壞。那日我向父親借電腦，發現他會用即時通。六十好幾了，爸，不簡單。我檢閱訊息記錄，敲呼了他的網友。你好。

網友回傳了父親的女裝相片，十張、二十張，擺滿了整個螢幕，母親那櫃衣服。變態，偷偷喜歡我爸啊。我朝網友的大頭貼扮鬼臉。爸，你最愛白的那件對吧，你看你換了幾個姿勢，仍是漂亮的白洋裝。我也好愛，每次打開那個衣櫃，穿過一輪之後，還是那件好看。爸，你別和我搶。

不必搶啊，輪流穿。父親換回西裝出去了，我挽好丈夫準備敬酒。母親在主桌，舅媽在附近，ＣＣ與褚杰楷分坐遠處兩桌。包多少啊你們兩個。婚姻是人生大事，老公甜心請指教。父親？林建宏會照顧他。

我看也不用，他多快樂啊，補妝之際回頭，父親穿嚴了我的婚紗正在對鏡。女兒命。摸骨的全對了，加送引申義：父親是女兒。

我看見她已拉不攏背後拉鍊，銅板黑花隨浮腫肌膚綻放白浪之間。爸，妳做女生，還要加油，看妳像看舊的我，在蕾絲啊、鋼圈間跨半天跨不過來。又怎樣？父親妳想當我的母親，女兒我支持妳。來生，若有來生，換我做妳的阿娘，我們是全新的一對母女。

放下眉筆，步向父親，撫她的背，用力拉起拉鍊，將黑花埋葬白衣裡邊。爸，慢慢穿，今天晚上還有三套要換，我說。

沒有本體的複製體。巠觀裡的人們都不說話，看起來就像是沒有在思考。

我試著寫了幾段描述他們的文字，總是短短便嘎然而止。

問題是：小說的人物塑形不能沒有引述，而當人物本身是一片空白時，

我根本無法引述。正文空白，則我的偽引述（即使很短）可以權充正文嗎？

母親，我的努力，可以權充你的本質嗎？如此我是不是能夠說，我已經找到你了？

歪觀
標準病人的免疫病史

朱宥勳

西元一九八八年生，清華大學人文社會學系畢業，目前就讀清華大學台灣文學所。曾獲林榮三文學獎、全國學生文學獎、國藝會創作補助。出版個人短篇小說集《誤遞》。

惡觀世界的惡地形

——朱宥勳論

黃崇凱　撰

文學書寫的運轉引擎時常從「鄉愁」開始。「鄉愁」可以是對於所生所長的生理原鄉，亦可以是反身面向春暖花開的心靈原鄉。若由此而言，文學的書寫或深或淺都必然要與「鄉土」產生牽連。以此來觀照小說寫作，我們不難發現有那麼多的偉大小說家都窮其敘說技藝在反覆書寫生命原鄉，不管那是已經遠颺的，或已透過變形存在於虛擬國度的。於是美國小說家福克納要花三十年書寫郵票般大小的 Yoknapatawpha 小鎮，張貴興總要往返婆羅洲熱帶雨林尋找回歸與超越的可能。而有別於前人，朱宥勳意圖創造的，則是一種以自身胼手胝足打造的「堊觀」地景。

「堊觀」一詞不免令人聯想到英年早逝的林燿德初試啼聲之作《惡地形》。與林燿德相類，朱宥勳試著從「堊觀」延伸而出，一則一則地架構起那塊惡地形的諸多可能。他使用各種以虛設幻的方法，夾雜知識譜系的攀附，衍生篇篇小說，全部都要指向「堊觀」。那麼到底「堊觀」是什麼呢？那是〈堊觀〉這篇小說主角C的匿逃之所，也是〈標準病人的免疫病史〉

那個穿著肉色彈性緊身衣的標準病人最終歸宿。目前收在朱宥勳第一本小說集《誤遞》的〈倒數零點四三二秒〉和〈墨色格子〉中，也都有「堊觀」的影綽指涉——但讀者仍難以窺探「堊觀」之所是。那裡是謎底的發源地，小說的核子反應爐，朱宥勳的鍛鍊工作還在逼近可能連他自己也未可知的境地。而這批小說的寫作蘊含著各類形式和內容的實驗案例。讀者可以輕易發現朱宥勳運用學術論文口吻講述〈堊觀〉，文中註腳若有似無的模糊實存與虛構界線；在〈倒數零點四三二秒〉裡以棒球知識貫串小說文本；而〈墨色格子〉大談象棋攻守之法，藉一盤下了漫長十數年的棋，掀走詞與物的假面。

〈堊觀〉從C的失蹤之謎展開，敘事者身為C的好友，透過種種線索意圖找到C。追索過程中敘事者碰觸C的文字和生命歷程。另一篇〈標準病人的免疫病史〉透過一對母子飾演標準病人的故事，述說生命中莫名消失的事物之傷感。朱宥勳透過對倒的情節設計（標準與不標準；免疫與疾病），逆向描寫一對母子的分離及那未曾言明的情感聯繫。然而小說的最終結局都要歸向不可知的「堊觀」裡。「堊觀」世界似乎充滿惡地形——那寸草不生、無法孕育出生命的土質鬆軟絕種之地。因此「堊觀」是個無法清晰陳述的巨大隱喻，進入「堊觀」的人們無不帶著傷痛和挫敗，而那裡彷若烏有之所，所有的記憶可能被一洗而盡，流入時光的細縫裡喪失感知向度。這座還在發展中的「堊觀」，很可能形成一個滿是傷懷記憶沉澱物的景色，那些知識與偽知識的交錯為用，也成為了朱宥勳敘事技藝裡的特有風光。

堊觀

我去過堊觀一次。

知道這個地方，是讀了C未發表的文稿〈堊觀〉[1]。據他所言，這個地方既不是寺，也不是觀，當地人因著地形為它取了這麼個怪名字，裡面的人好像也就這麼接受了。他說他是在一條冷僻的資料裡找到這個地方的，在距離東海岸線不遠的鄉間。他並沒有說清楚是哪一條資料，我完全可以想像他，我這位喜好賣弄掌故的朋友，是懷著怎樣的惡作劇與得意心態在刻意地模糊其詞的。

我在東海岸找了幾週，才在當地人的指引下找到堊觀。車子沿著縱貫縱谷的公路南下，經過一處新開發的海岸景點，前一刻還覺得望過去是幾叢針刺短小葉肉肥厚的仙人掌，一個拐彎忽然就不見了海。夾著公路兩側的平坦稻田延伸出去，右邊盡處的山脈毫無遮擋地赤裸著。這不是我第一次看見堊地——所謂泥火山——，但卻是整個畫面最違和的一次。堊地灰質、寸草

[1] C，〈堊觀〉（二〇〇七），頁一。

不生的土壁垂直下切，正與油綠的稻田相接，彷彿有什麼力量在那山腳處畫了一條線，生命在此終止，不得向前。就在那灰綠衝撞的線上，一幢紅柱金簷，既像是寺又像是觀的建築物突兀地立在那兒。

司機問我：「你備去衝啥？」

「找一個朋友。」我說。

關於C，他，我所能找到最精確的形容詞就是「我的朋友」。再多的，彷彿就要失真。以一個極度寬鬆的標準來說，也許他可以算是個小說家。——就像是我可以說某個人是個歌手、某個人是個政治家、某個人是個偉大的領袖……比起來C並不更名實相符，但也不更名不符實。他寫過幾篇小說，發表在一些讀者也還算多的雜誌，有的時候也寫詩、寫雜文，可是無論寫什麼，都沒有到能夠出書的地步。

我最後一次見到C的時候，他回到我們一起賃居的房間，交給我一疊影印稿，說：「我得到母親的消息了。」他一直在尋找兩年多前離家出走的母親，這我是知道的，幾乎每隔幾週他便會告訴我有了新消息，然後遠行幾天，再一身汗臭地回到房間，倒頭悶睡。但最後的那次，我疑惑地接過那疊影印稿，還沒來得及問，他便搶道：「這次可能會去很久、很久。」

眾所週知，他已經失蹤近一年了。這雖不是什麼震動人的消息，但報紙上好歹也登了幾篇「青年小說家失蹤，疑似旅行意外」[2]之類的報導。警方曾經找我問過話，也有雜誌的人來探詢是否有什麼遺稿可以做「紀念專號」。我一概禮貌地應付了。我們最後一次見面時他交給我的影印稿，正是他所有的文稿。這些文稿包含了所有發表過的作品，然而有大半是從未面世的。特別值得注意的是這疊稿子的最後一篇，標題是〈死在……〉，接下來並無正文。

我相信他將文稿交給我是有用意的。或者這就是找到他唯一的線索——是的，我並不相信他已經死去，因此我不能發表這些作品，也不打算協助那些紀念什麼的活動。紀念從來都只是活人慶祝自己仍然活著的歡宴而已[3]。這是他自己說的。他的許多文稿只是殘片，根本不成篇章，我將採取引文的形式來節錄我覺得重要的部分，這樣我既可以迴避掉逕自發表的責任，也可以比較自由地來運用資料，推斷／重建他的失蹤。

在我決定這樣的寫作形式時，我才終於理解那篇沒有正文標題的〈死在……〉意指為何。這典出於一個學術、寫作俱有成績，然而並不為全部市場（包括文藝青年的市場）所熟悉的作

2 例如二〇〇八年十二月二十三日的《蘋果日報》、《聯合報》和《自由時報》；有一家總是偽造體育新聞的報紙這次也發揮了他們一流的小說寫作能力——正如C最愛說的，小說「無須受限於貧乏的現實」——宣布C和同居的女友跳海殉情。C有沒有女友姑且不論，但唯一符合「與C同居」這個條件的我，並沒有跳海。

3 C，〈一條斜行的路〉（二〇〇五），頁四。

家黃錦樹，在他的首本小說集裡正有一篇〈死在南方〉，寫的是中國移居至南洋的作家郁達夫。作者宣稱，他找到了郁達夫在南方失蹤之後的一批殘稿，以引文的方式將這些殘稿接用在行文中[4]。

這不正是我決定的寫作形式？

「死」在哪兒？擺在眼前的問題是，如果C是在模仿、「再現」那篇〈死在南方〉[5]，那C究竟是哪個角色？是被尋找的郁達夫，還是正在尋找什麼人的作者？

其實，C和黃錦樹的相似還真並不算少。C自己說過，黃錦樹的小說大多以「追尋」為主線：

> 無論是〈M的失蹤〉裡的作家、〈鄭增壽〉的疑似馬共份子、〈大卷宗〉的歷史文件、〈落雨的小鎮〉的妹妹，甚至是後來的〈烏暗暝〉、〈土與火〉裡被劫掠、燒毀、廢棄

4 黃錦樹，〈死在南方〉，《夢與豬與黎明》（台北：九歌，一九九四），頁一八二。

5 作為一種「致敬」，這的確是可能的。C寫過一篇評論談黃錦樹，並不掩飾他對黃錦樹的喜愛。見C，〈借什麼屍，還什麼魂？——黃錦樹的書寫形式與策略〉，《中國時報・開卷》，二〇〇八年七月十二日。

的舊家，黃錦樹一直在找。黃錦樹永遠都晚了一步，他的小說總是在那些事物消失之後才珊珊來遲，所以只好繼續往下追尋……[6]

論者亦謂，黃錦樹的小說中有明顯的「父的缺席」[7]。轉回來看C的小說，不難發現驚人的相似。最有趣的是，就我所知，他讀黃錦樹就在他那篇評論寫作的前幾個月才開始的，而在那之前他的作品就有「追尋」與「缺席」兩種特質了。比如那篇讓他稍稍有一點知名度的篇章〈最後一聲晚安〉[8]，追尋的是不知去向的兒子，缺席的是兒子的母親；更早的〈生日快樂〉[9]裡，主角始終找不到自己的女兒，是追尋同時也是失蹤。隨手更可以舉一例：

竹雞越過一座廣場，穿行於兒童遊樂器材複雜的橫樑之間，最後在某棵樹的根上一蹬，隨著一陣沙沙聲落入一排濃密的灌木叢之後。他追到此已是氣喘不及了，彎著腰感到自己的心臟在胸口猛刺，風從他發燙的臉頰滑過去。

6 同註五引文。
7 林建國，〈反居所浪遊〉，《由島至島》（台北：麥田，二〇〇一），頁三七〇。
8 C，〈最後一聲晚安〉，《聯合報・副刊》二〇〇七年四月五日、四月六日。
9 C，〈生日快樂〉，《野葡萄文學誌》二〇〇五年九月。

這裡是哪裡？[10]

在〈放生〉這篇並不出色的作品裡，家人俱在，卻也彷彿都不在那樣，誰也不聽他的話。這最後一幕不只是放生竹雞也是放生自己。他不再去尋找缺席的家人，試著逃開，可終究還是得找一個水草適合的地方，從一個追尋逃到另一個追尋，這種轉換只是字面上的，而非實際上的。

我之所以花時間細析這些文本，除了這很可能是C的暗示（刻意交給我那疊文稿、且暗示性極強地使用了黃錦樹的典故），更是因為我相信，C反覆出現在小說文本裡的模式，透露了他的潛意識。

就像，他徒勞地尋找他的母親。就像他來到巠觀。

10 C，〈放生〉，《聯合文學》二〇〇六年八月。

「堊觀」這個名字想必令他印象深刻。兩個幾乎不可能在日常用語中被結合使用的字，因為某種任意的原因被組成起來。（黃錦樹〈刻背〉式的中文計畫[11]，或者是〈一個未了的計畫〉式的「破中文」[12]？）我走進建築物裡的時候，門面上既無匾額，也無楹聯。

沒有半個文字的寺觀，像一張沒有五官的臉，沒想到不只是五官，裡裡外外這堊觀真是「不立文字」。我走過方形石版拼地，跨過俗紅門檻和同色門柱，就進到了並不寬敞的主殿。加上兩旁的偏殿，這裡總共祀著三尊神像，然而沒有任何文字提示，我完全認不出是什麼神。香爐前邊有人捻香拜伏、有人跪著誦經（只有脣形在動，沒有聲音……）、也有人在整理神桌香燭，但詭異的是，所有人都是靜默無聲的。

我在這裡渡過了恍若幻覺的三天。每天清晨不知不覺地起床，摸黑坐在寺觀前石階上，看著溶黑一片的地景漸漸亮開，山與田地的灰綠顏色分明開來。看著荒涼的灰色山脈，我總是想，也許C就走進這山裡的某個地方，走著走著便被這片山吸去所有的顏色，吞逝在山裡……

我試著和堊觀裡的人們談話。我注視著每一張臉，試著找到C的臉。然而每張臉都同樣地沉默，同樣地毫無表情，每一個人看來都像C，都像我，都像任何一個人。

---

11 黃錦樹，〈刻背〉，《由島至島》，三二六頁。

12 黃錦樹，〈一個未了的計畫——中文現代主義〉，《真理與謊言的技藝》（台北：麥田，二〇〇三），二十六頁。

我的話語還沒出口就被消滅。

三天裡，我唯一能做的事就是坐在門邊，看著這一群人（應當是一群中年人……不過也許還老一些，還年輕一些）如同一個不知名的祕教組織，無聲地祭拜。線香和火爐的味道就像任何一個傳統的廟宇，跪拜的形式也一模一樣，但那重複、似乎毫無祈求也毫無意義的動作，我先是覺得一種莫名的哀傷，隨後是淹沒一切的麻木。

C有可能在這裡找到母親嗎？

在這個什麼都沒有、一切空無的地方……

第三天，當我發現無論如何我都想不起一句完整的長句之後，我決定要離開。這也是為什麼我使勁全力，我對堊觀的描述只能有上面這短短的幾百字而已（而且還有大量的否定詞——我根本說不出「有」什麼，只有不斷的無、無、無……）。頭一天我還能思考C的小說內容，試著比對作品和眼前這個地方。C的小說的確常常缺乏細節，具像能力不足，曾有敏銳的評論家說他的作品「蒼白貧血[13]」，然而相較之下，C的世界也許還比堊觀多彩一些。到了第二、

13 因為那位評論家堅持寫實主義的路數，C很不願意接受，認為那只是流派之見。然而，我認為該評論至少在這一點上是有見地的。

第三天，我只能在紙上塗鴉一些「煙微」、「竊誓」、「晚餐的最後一本飛禽」……之類散亂的文字了，還有大半的字我寫出手，就忘記那究竟是什麼字了。

在文稿裡，和C的失蹤關係最大者，當然是〈垩觀〉一文。這篇文章是這樣起頭的：

> 那是我最後一次夢到母親。
>
> 母親和父親並肩散步，身影沿著山的稜線上上下下。我自己不在畫面裡，彷彿是透過望遠鏡看著他們。那片山毫無色彩，沒有草木，也沒有沙土，是什麼都沒有。然後我突然明白，這會是我最後一個機會了。我再也不會夢到她了。[14]

依照他文章所述推斷，他的每一次「有母親消息」都是這樣的夢。夢裡總有一個暗示的線索，讓他能夠找到特定地點。然而，他從未找到他的母親過。他在文章裡寫了三種母親失蹤的理由，但他彷彿又認為這些全不是理由。〈垩觀〉文長萬字，大多在寫他追尋的經過，短篇分節，如同日記拼湊。最有趣的是，在文本裡雖然對母親的失蹤、與母親的生活細節語焉不詳，但對父親卻可以說是幾乎沒有提及。前引段落是唯一提到的一段。

14　C，〈垩觀〉，頁一。

以文學史的傳承來說，這不是一個正常的現象。在我和他成長的年代裡，幾個大牌的作家都多少有「父親」書寫。張大春嘻笑怒罵，卻有難得抒情的《聆聽父親》[15]；朱天心的《漫遊者》，君父既逝，城邦亦崩潰，除了漫遊，還能到哪裡去？[16]前面提過黃錦樹，與黃同代的駱以軍寫遍親族，終於還是有《我未來次子關於我的回憶》[17]。

何以C完全不提父親？

我並不認為這可以做簡單的「父親的缺席」解，在〈堊觀〉裡，根本無所謂缺不缺席，反正從一開始就不存在。

當地人說，這是造物者刻意留下的一片空白。地方鄉鎮曾經多次試圖將這座「堊地」包裝成觀光景點，但始終沒有成功。最後，他們把注意力移到五公里外的一片叫做「加路蘭」的海岸，以那裡湛藍的海水作賣點，「東海岸最美的一段」。堊觀就是在這段時間裡建起來的。[18]

15 張大春，《聆聽父親》（台北：時報，二〇〇三）。
16 朱天心，《漫遊者》（台北：聯合文學，二〇〇〇）。
17 駱以軍，《我未來次子關於我的回憶》（台北：印刻，二〇〇五）。
18 C，〈堊觀〉，頁六。

根據他的文章，沒有人知道建觀者是誰，觀裡面也沒有管理人員一類，所有人都因為某種原因來到這裡，然後就住了下來的[19]。C並沒有住在觀裡，這不但在他的行文中有提及（他抱怨民宿時常中斷洗澡水的供應[20]），我的經驗也可以佐證：絕沒有人能夠住在裡面，又同時能夠書寫的。那是一個會侵蝕、毀圮所有表意能力與意願的地方。

C說，母親每一次逃亡的地點（亦即，他夢中的地點）都和宗教有關。他去過瑞芳鎮的教堂，那個打開窗子，霧氣就會遮斷屋內光線的北方鎮落；他也去過無數的佛寺、道觀、鄉間神壇、土地公廟，甚至某次還跑到中央山脈一處原住民部落裡，闖入那幾乎在涂爾幹筆下出現過的祖靈架[21]。他被部落裡的人鞠下山去，寫道「我是永遠的遲到者，我是徒勞的登報啟示[22]。」

警察找上門來，再次細細地問了我最後一次見到他的場景。出於我前面說過的考量，我只說C曾說過是要去尋找母親，隱瞞了文稿的事。這文稿到了其他人手上也沒有用，沒有人比我

19 他怎麼知道的？——在那個沒有文字，也沒有聲音的地方？

20 C，〈巠觀〉，頁三。

21 涂爾幹著，趙學元譯，《宗教生活的基本形式》（台北：桂冠，一九九二）。

22 C，〈巠觀〉，頁七。這裡疑似用了王文興《家變》裡的典故，值得注意的是，在《家變》裡，失蹤的是父親。

更了解C，也沒有人比我更有資格破譯、推論、詮釋這些文字。在談話的結尾，我終於忍不住告訴警察（也許是因為他看起來十分年輕）：

「去讀讀他的作品吧。」

警察禮貌地笑了笑：「我會參考。」

「不……，」在那一瞬間，我真有股衝動打開我的電腦，叫出我寫了一半的稿子，告訴他光憑一疊影印紙，我能夠知道多少事。不到半秒，我頹然下來，表情反倒微笑：「他的小說很有趣的。」

「是啊，我聽說了，是個新銳小說家。唉，可惜了，不然我們搞不好會有一個諾貝爾文學獎的，哈哈。」

警察離開之後，我決定再去垔觀一次。

出發前我寫了一張紙條，註滿各種筆記、我的個人資料和我去垔觀的目的。這自然是為了抵抗垔觀那莫名所以的吞噬力量的緣故，雖然沒有要住在裡面，但很難說我會不會在哪次進去探勘之後忘了出來。抄寫完畢之後，我仍不放心，再拿錄音筆將上述內容錄進去。說不得，也許我將連字都認不出來了。

完成之後，我想到他的一篇少作，一個健忘成性，最終忘記了自己名字的人。他也是用各種紙條來提醒自己事情的[23]。

寄住民宿的主人是一對中年夫婦，總是不知多早就醒，大廳裡備著一鍋粥，幾碟小菜。偶爾在我吃早餐的時候，男主人的小發財車便抖索著引擎停進院子。他或提著幾籠雞，或擔兩籮筐青菜進來，點頭台語腔：「好早。」我停下筷子，從我的筆記裡抬起頭來微笑：「你也早。」

民宿依著水田，前庭是未經洗磨的水泥地，未來的幾天，每當我望著不遠處的埡地山脈巡步的時候，便會感到鞋底粗礪的摩擦感。現在不是旅遊季，民宿只有我一個客人，我獨自住在一個雙人房裡，兩套背向的桌椅。天色黑得已經無法分辨埡地與農地、埡觀也完全隱溶在背景裡的時分，我坐在安靜的桌前，遠方有輕微的狗吠，我提筆將我整天的筆記分類抄寫。有大半的時候，我的筆記只是一些雜亂的線條，比如埡觀的斗拱和壁雕就被我畫了許多次。在我的家鄉裡，正有一座以雕飾聞名的廟宇，每一處凹凸都是神話或民間故事，我試圖整理埡觀裡的雕刻圖像——我想如果沒有文字，總也能從這樣的符號裡看出些什麼吧——，每晚卻都挫敗地發現那些線條根本無法組織成完整的圖形，更別說有什麼敘事內容。不出一週，我踏遍了埡觀裡裡外外，也幫那三尊神像繪了超過十幅素描，若不是那些風格熟悉的花紋和建材，我幾乎以為這是一個全新的宗教。祂們不但陌生，而且每次看起來都不甚相同。

---

23 C，〈擦撞〉（一九九七）。

我不只一次懷疑，我是不是誤讀了什麼。也許〈巠觀〉裡的這個寺觀只是一實寫虛指的意象，一個象徵。C可能只是在什麼機緣下知道了這個地方，將之寫入作品，而我從一開始就被他貌似誠懇的第一人稱敘事給誤導。一個再怎麼世故的讀者，也很難從這種親密的敘事觀點完全抽離的。也許這疊文稿應該另作他解，它們也許不是什麼提示的線索，而是告別……我如同一個應考的學生那樣一遍一遍地讀著他的文字，製作越來越精細、越來越複雜的筆記與摘要。有時我會以為我突然多懂得了一個關鍵，一個隱匿的典故，但很快地我又知道那一點都不重要；那些字句和留白有時充滿了意義，有時讀來卻枯索、拙劣、造作。我是不是誤讀了——我是不是什麼也沒讀？

我開始不到巠觀裡去了。

當我讀不下去的時候，我逼自己抄寫C的文稿。我帶著一台手提電腦，但沒有列印的設備，因此我讓自己手抄。我抓到什麼紙都抄，鄉下辦桌用的紅色衛生紙、日曆紙、褪白的舊報紙（上面寫了另外一個我和C都熟識的作家自殺的消息）……我眼睛酸疼地望桌前的窗子看出去的時候，感覺到文字的殘影疊印在灰質的巠地山面，一部分碎散的筆劃落到巠觀的飛簷上頭，我彷彿聞到線香的味道。（我們都喜愛的〈從莽林中躍出〉[24]，嗅覺，最遠離符號的感官形式……）在第三週或第四週的時候，我已經能夠寫出一手標準的印刷體了。

[24] 張大春，〈自莽林躍出〉，《四喜憂國》（台北：時報，二〇〇二），五十七頁。

這樣的抄寫並沒有讀進去（這跟那位拘謹、然而有奇特才能、且多次述說他的抄寫故事的作家有明顯的不同），對我來說，有意義的只是線條與線條之間的距離、關係。每抄一次我就似乎更熟悉那些字句，也似乎更沒辦法思考那些字句——就像是無法思考自己的呼吸、思考自己的心跳那樣。有一回，我在早餐桌上看見我自小便厭惡的小魚乾。我把它推到桌子的那一端，讓自己盡量聞不到那股鹹腥味，捉來一張活頁紙，抄起〈壼觀〉來。我感覺到陽光的角度在移動，忽然被男主人的聲音打斷：「你寫啥米寫到桌頂去？」

那是我最後一次夢到母親。

母親和父親並肩散步，身影沿著山的稜線上上下下。我自己不在畫面裡，彷彿是透過望遠鏡看著他們。那片山毫無色彩，沒有草木，也沒有沙土，是什麼都沒有。然後我突然明白，這會是我最後一個機會了。我再也不會夢到她了。

◆ ◆ ◆

找到了夢裡那個地方。並不難，那景象純然就是堊地，鎖定了幾個地方，到圖書館調了地方誌出來，終於在一條冷僻的資料裡找到了它：堊觀。我想，母親千真萬確地是在這裡了。沒有比這兒更適合的地方了。

◆　◆　◆

如果只是那次爭吵，我想母親不至於出走的。必是有什麼埋得更深、早已潛伏如某種病灶的傷害。日常生活總是那麼地漫不經心，那麼地缺乏自覺，以致於連受傷的人都不知道自己受傷了，一回神過來，內心已然寸草不生。就像是堊地。此後所有的情感都無法穿透了，水流只能造成一些溝渠，從來就無法抵達最深的內裡。

母親啊……

◆　◆　◆

我為什麼要繼續呢？

我為什麼不能只是坐在岩岸頂處的草坡上，面向藍澈的海面，輕鬆地接住海風……

所謂「空白正文的盲目引述」。沒有本體的複製體。垩觀裡的人們都不說話，看起來就像是沒有在思考。我試著寫了幾段描述他們的文字，總是短短便嘎然而止。問題是：小說的人物塑形不能沒有引述，而當人物本身是一片空白時，我根本無法引述。正文空白，則我的偽引述（即使很短）可以權充正文嗎？

母親，我的努力，可以權充你的本質嗎？如此我是不是能夠說，我已經找到你了？

◆ ◆ ◆

我的朋友，我們的時間的界線似乎發生了一些扭曲……

◆ ◆ ◆

書寫的弔詭是這樣子的：當你非常用力地寫字，人們就只注意到你的字；當你非常用力地寫一篇結構完足的故事，人們就只注意到你的結構。除非你就這樣赤條條站在讀者面前，不然他無法注意到你這個人……堊觀的創建者和信眾們，就是因為這樣才什麼也不說、什麼也不寫嗎？

◆ ◆ ◆

我的朋友，你還記得我壓在你桌墊下的紙條嗎？那只是一行全無創意的抄襲，作為一個和解的信號：「沒有我和你說話的日子，真的不會太寂寞嗎？」

◆ ◆ ◆

我第一次走進堊山裡。總覺得腳下的土地在流動，我往山上走了幾步便屈下身來，四肢並用地爬著。它像一頭白色的巨獸，我貼著它，彷彿貼著你的身體，有溫度徐徐傳來。有些地方是真的濕軟，富含水分一如汗黏的人體。這一次，我們不是背向背，默默地各自畫著無法精確表意的符號了。這一次，我不是遲到者，我不必再徒勞追尋，因為我已經找到，因為我已經失去。我對你的想念與遺忘是同時的，就像在堊山的土表營營刻寫，沒有顏色，沒有視覺的深度，那些字句存在並且消失。

母親，你已是你所蒐集的神祇的一份子了。你毫無特徵——唯一可能描述你的人，是漸漸在這座觀裡失去符號能力的我——你毫無歷史，你毫無神力，然而你是堊觀裡信徒拜祀的中心。因為你比沉默更先驗地在那兒，你在一切之先，讓所有的人追尋，所有的人遲到。

◆ ◆ ◆

而我們未曾被表達的關係比所有已說出的更堅固。即使以木石鏤刻，也終有木毀石爛的一天。我只能這樣稱呼你，我的朋友，這是我所能想像的最精確地形容你的辭彙，我們來不及談論，也來不及閱讀對方。無關乎結果如何，我們只能找下去，直到找到一個像堊觀那樣的地方，洗淨所有符號和意義。然後也許慾望就只會是慾望。

我抬起頭，對男主人說：「我來找一個朋友，有些話要和他說。」

男主人身上豐盛的雞屎味彷彿帶有強烈的顏色，與月球表面一般荒涼的堊地完全不同。陽光斜射，煙塵浮動，我端正的印刷體在木質桌面上爬行。我想起我和我的朋友C一同賃居的房間，然而昔時語言已宣告滅絕[25]，C連味道都沒有留下，唯一唯一的文稿已在我的抄寫之下漫漶、移位、錯體……

我在桌面刻下最後一個腳註。

---

[25] C，〈訴說〉（二〇〇三）。

標準病人的免疫病史

一開始的時候，母親說，以後你還會遇到很多病的。

想了一想，她似覺不妥地改口：我是說，你會好好的。健健康康，就像我一樣。

母親確實一直健康。她的外表就像她的年紀一樣，是頑強的四十歲。當他蜷縮在自己的房間裡，聽到她急急下樓的腳步聲時，彷彿看見那雙強韌的小腿劃開空氣，腳板結實地踩在樓梯上。在那之間有著難以計數的力量流動，先是從防滑銅片回擊，再被下一個跨步攪亂了節奏。他看不到但是能夠閉起眼睛，全黑的視域裡便會浮現長長的柏油路，兩旁樹影交疊。路的盡頭就是醫院，他不知道醫院該是什麼顏色，但總歸是方形的大樓，而且內裡一片純白……

然後就沒有了。

就像在這裡，他坐在一個小小的軟墊上，周圍坐了一列又一列像他一樣的人。但他們都明白，這一個寬廣的大殿裡什麼都沒有。

那句他僅記得的經文：無無明亦無無明盡乃至無老死亦無老死盡……

那麼多的事情他都將，或者已經，不記得了。他知道所有的記憶都在滑落，被一片濃重的黑幕驅走掩蓋，就像是閉上眼拒絕光線但比那個再強烈一點，硬生生的。就算他曾經艱難地背誦演練。

母親從來不帶他去。

直到那一次帶他去。

他始終閉著眼坐在軟墊上。在忘記以前他始終閉著眼，他記得房間外面的世界亮得可怕，那些不同顏色的能量撞擊他然後逸走，在進入室內之前他只能閉著眼，保護著太過脆弱的眼睛。母親抱抱他，輕輕附耳：到了，小心階梯。進到醫院裡面之後，他立刻因為被無邊無際的白色包圍而感到安心。他問母親：到了嗎？我們到了嗎？

母親牽著他的手沈靜地說：剛開始而已。

他被安置在一個能旋轉的靠椅上，再過去有一張床、一張書桌和兩張椅子。其中一張椅子坐著一位穿著白袍的先生。這個房間真好，他舒服得幾乎想蜷縮起來。

然後母親猛然撞進門來。

母親臉容痛苦，手揪著胸口：「醫生、我、我……」

醫生連忙指揮母親坐下，問她怎麼了。母親一隻手放在胸前，坐得很直，稍往前傾，好像不這樣就會感到疼痛。她的胸膛急速地前後移動，斷斷續續地說：「我、我喘不過氣來……」

他嚇壞了，緊緊抓住椅子邊緣。他想母親那麼健康，而那樣的身體裡竟然也瞬間長出了膨脹收縮的炸彈。醫生很冷靜快速地問了幾個問題，起身擺弄一些金屬工具並且把它們用在母親身上。母親的呼吸漸漸平穩下來，身體的線條也變得柔軟，最後醫生遞給母親一張寫滿字的紙，說：「拿這張到櫃台領藥。」頓了一下，等母親接過，問道：「你是自己一個人來的嗎？」

母親搖了搖頭。她說：「我和我男朋友來的。」

他睜大眼睛注視母親，但她並沒有回看，徬彿他的不存在和她的男朋友一樣真實。

醫生說：「那就好，記住不要自己開車，妳現在最好不要太過用力。」

母親說好，退了出去。接著醫生離開，又走進第二個穿白袍的先生。

再一次，母親猛然撞進門來。

那一天母親一共撞進來七次。每一次都呼吸困難，坐姿僵硬等待七個不同的醫生施用金屬工具。醫生們問母親的問題不太一樣，但母親的回答總是差不多：上禮拜到山上露營就發生過一次了、剛剛坐在沙發裡突然喘不過氣來、坐在急診間裡比較沒那麼喘可是頭有點暈……只有最後一個問題是相同的：「你是自己一個人來的嗎？」而第七次的時候他已經從緊張、困惑和憤怒之中安定下來了，他想這或許是某種秘密的遊戲吧，於是搶在母親之前說出口：「我和我男朋友來的！」

第七位醫生和母親驚詫地望著他。

他有點害羞地補了一句：「那就好，記住不要自己開車……」

小房間裡沉默了幾秒，母親才突然回復了健康的呼吸和聲音，對醫生迭聲：「抱歉、抱歉……」

從那天起他才終於明瞭母親的職業，也開始接受她的訓練。

母親說，作為一個病人，最重要的事情是每一次都要一模一樣。每個醫生會問差不多的問題，做差不多的事情，但是：「生病的人，不能夠只是差不多。」母親真的能夠每次都一樣。有一次她負責生一種手腕發炎的病，只要手掌往後彎到十五度就會劇痛，於是不管醫生前彎、左彎還是用小鎚敲手腕，她都微笑得像是優雅的貴婦——她對醫生說她是；「這也是病的一部分。」她事後對他說——，但只要稍微往後折拗到十五度的瞬間，她便會痛得用力甩掉醫師的手，抱回胸口，眼淚和尖叫一起迸出。

母親說你來試試，把貴婦改成，改成有錢少爺好了。

他說好，從門外走進坐著母親的房間。那是家裏的房間，並非全白，但幽暗的微光也很令他放鬆。

母親醫生問：「你有哪裡不舒服嗎？」

「我……。我痛。」他說。

母親皺眉：這樣不行，要把話說清楚，你是個有錢人家的少爺呢。

他吸一口氣：「我覺得手痛。」

他感覺到醫生的視線落在覆著彈性衣的手上，感覺到視線的顏色，一種灰藍色的能量徐緩靠近，終於狠狠在他的膚表炸開。他立刻哭了起來。好痛這是真的好痛，不是生病，而是真的生病。他想起房間外面的世界，他想怎麼外面世界的顏色會跑進來，怎麼已經結了痂的手背手腕竟然還會痛。他以為在十歲那年他就會永遠忘記什麼是痛了，但母親催促著，怎麼痛呢？是這樣嗎？（她一根一根地牽動他的指尖）是這樣嗎（她揉著大拇指的根部肉處）是這樣嗎（她抱著十歲的他從淹沒了一切顏色的黑幕中跑出來）是這樣嗎？（是的妳快停止妳為什麼不乾脆停下來——）。

他的眼淚啪嗒啪嗒落在長褲上。

母親醫生試過了十四度，十六度，以及十五度，每一個角度他都覺得痛極了。

十歲的他年幼得還不知道該如何稱呼這種灼傷，當他小心地坐穩在木頭製的課桌椅上，他努力讓自己不要有分毫移動。但沒有用，四面八方的顏色投擲過來，灰藍色的深紫色的亮黃色的淤紅色的……他們看著他。然後灼傷。

母親抱抱他，用袖子擦乾眼淚，但仍然輕聲地說：這樣不行，我們再練習一次。

就是在那次，她說，以後你還會遇到很多病的。

就像她已經遇過的那樣。她曾經嚴重頭暈、喉嚨痛、肩膀肌腱撕裂傷、骨膜發炎、下背疼痛導致難以站立——或者因為差不多的理由而難以安坐——、心絞痛以及他第一次看到的呼吸困難。生這些病的同時，她還必須同時扮演麵攤老闆娘、大公司的總機小姐或成衣廠的女工。

現在，當他蜷縮在自己的房間，聽母親離去的腳步聲時，他不必閉上眼也能夠看見即將發生的事。母親強壯的小腿跨入醫院，一位年老的醫師遞過來幾張紙。她坐下來，很認真地讀著：

妳是一位三十六歲的女性，因為背痛來到急診室。

妳的生命徵象（vital signs）如下：

體溫：36.6℃

脈搏：90 / min

呼吸：20 / min

BP：130 / 80

……

如果學生在妳坐姿時伸直妳的右腿，妳的腰痛會加劇。

妳可以用妳的腳趾慢慢地走，不過不能用妳的腳跟走動（妳只能走一步，然後疼痛會加劇使你無法再往前）。

妳很難彎腰去觸摸妳的腳趾（當妳的手指伸到膝蓋時便停住了）。

一個小時之後，她會和一群標準病人一起來到一個房間，出現了另外一位年老的醫師，他負責檢查她是否真的有背痛。生病這項工作必須由沒有生病的人擔任。走出房間之後，她到廁所裡換了一套花色較豔的衣服，以符合三十六歲鮮少出門的家庭主婦形象。最後，她一次一次地敲診療室的門，面對每一個不一樣的醫生說出一模一樣的台詞。有些醫生會緊張，講話有點發抖，有的醫生則不太聽她講話。所有的醫生都知道她沒有生病，卻全部都在努力地找出她的病。

有的時候他們會在病歷上寫下錯誤的答案，開出錯誤的藥。但她就像是個生病的三十六歲家庭主婦，努力想鞠躬道謝但是又痛得彎不下身。

她常去的醫院時薪是三百五十元，往往會多發幾百塊津貼。離開之前，接待她的兩位年老醫師會稍微詢問她，剛才的幾個學生表現如何。她會稱讚那幾個有禮貌的，然後含蓄地說，第三個是不是比較沒有經驗一點，手勁有點重……兩位年老醫師側頭沉思幾秒，接著謝謝她今天準時來：沒有你們的話，我們還真不知道該怎麼辦。

她合宜地笑，受寵若驚般：哪裡哪裡，可以考醫學生的試呢！這是我的榮幸。

她會在回家路上買兩份快餐，帶一杯水果冰沙給兒子。她有時候會忘記自己已經恢復健康了，仍然拐著膝蓋走路，直到飲料店的老闆娘親熱招呼：「唉呦！受傷囉！」她用銅板換過塑膠袋，敬業地繼續扮演傷者：「昨天跟兒子去爬山，扭到了。」老闆娘有時候會再關切要不要去看醫院，她就揚揚手指向來時路剛去過。她想老闆娘一定在暗罵兒子不孝，怎麼讓受傷的母親出門買晚餐，她在心裡幫兒子分辨幾句：唉，工作忙嘛，平常都不見個人影。轉進公寓門內，她立刻挺起身體走上樓，把食物放在客廳，敲兒子的房門。

他打開房門，穿著肉色的彈性衣，外罩一件綠色夾克。彈性衣像一層厚厚的皮膚，但顏色比真正的皮膚深，比燒傷的痂塊淺。在耳朵、眼睛、鼻子、嘴巴有彷彿臨時剪開透氣的開口。

母親會輕聲說，我們再練習一次。

時間一久，他開始不確定自己是否穿著彈性衣進到星觀的？

在進來以前，他記得所有的事。記得所有經歷過的練習，也記得所有還沒作過的練習。那些關於生病的練習。而當疾病變成一種衣服，可以穿上脫下，而且能編織的固定不變時，他便可以穿著這些衣服，在那些醫生面前表演。但他不確切記得了。在星觀裡遺忘是常態，他時時複習著自己目前所能記得的一切，像是末代君王巡視日蹙的國土。

（無無明亦無無明盡乃至無老死亦無老死盡……）

然而每一次的複習亦都保證了遺忘，保證了這一秒所複述的記憶和未複述的那些⋯⋯
母親說，每生過一次病，那種病就再也不會復發了。
這叫做「免疫」。
母親再次端坐在房內，讓他敲門入內。他這次是一個高中生，因為使用了太久的滑鼠，所以罹患了隧道腕關節症。
手腕向下彎曲到三十度時劇痛。
可以伸長五指，但無法用力。
你十分困擾於無法握筆、打字。
母親醫生拗著他的手。母親醫生和一般醫生不一樣的是，一般醫生不知道答案。她刻意將手腕左彎、上彎，直到最後才下彎二十度。再往下。
他再次感覺到灰藍色的視線，徐緩而堅定地穿過彈性衣，抵達膚表。
他咬牙準備忍受疼痛。
再往下，三十度。
他用力甩掉母親醫生的手，眼淚與尖叫一起迸出：「醫生，痛！」
母親醫生鎮定地說，啊，你最近是不是很常用右手？
「沒、沒有⋯⋯」

她側頭，沒有？頓了一下：應該是關節發炎了。

他聽到自己很驚慌的聲音說：「醫生，我下禮拜要期中考，能寫字嗎？……」

母親醫生抬頭看他。兩人相視，他感覺到自己前所未有的強壯，至少有一個地方的傷病已全然地「免疫」了。

她說：「我們今天就練習到這裡。」

你會好好的。健健康康，就像我一樣。

那天夜裡，他蜷窩在自己的房間裡，看著佈著瘢痕和肉芽的雙手。他伸手拉開窗戶，這是十歲以來第一次這麼做。他閉上眼，因為眼睛仍然脆弱得禁不起任何顏色、任何視線。微微感覺有風，微涼微濕。他讓自己的手像新生的植物枝幹望窗外生長，極慢極慢地越過窗欞，終於推了出去。他感覺到無數的能量衝擊著皮膚，可是他完全不覺得痛了。作為一個標準病人，他第一個學會生病的部位是腕部和手掌。

次日，她發現兒子的彈性衣少掉了腕部以下的部位。她在垃圾桶裡找到被剪碎的肉色合成布料。

七年多來，兒子早就不用繼續穿著它了。

但是只要脫掉它，兒子便會像是著了火那樣在地上翻滾。十歲之後，他酷嗜冰涼的飲料，每晚都像取暖般捧著它，直至冰消溶解。

她加快練習的進度。每天，她一早就到醫院去，或者扮演標準病人，或者幫忙訓練新的標準病人。她幾乎不會帶兒子去。如果離家最近的醫院沒有工作，她就托認識的醫院義工幫忙打聽哪裡缺人。像她這樣有經驗、穩定性高的非常受歡迎。而不管去哪家醫院，她一定帶著兩份快餐一份飲料，以及新的標準病人提示單回家。晚餐之後，兒子便揀一張提示單熟讀，敲門入內。

她扮演標準醫生，會犯錯、會無禮。但這並沒有關係，彈性衣越來越像一塊斑駁發癢的痂，即將剝落痊癒。她想也許有那麼一天，兒子就能夠自己走上街道，走進醫院裡，坐在那些因為考試而顯得僵硬緊張的醫生面前。

她愉悅地幻想著，走進了醫院的純白長廊。

今天的她是一個感冒的上班族，有輕微的咳嗽、頭痛、肌肉僵硬、喪失食慾。她熟練地在腦中排演了所有情況，和所有人一起等待上場前的健康檢查。結果向來沒有拒絕她的年老醫師困惑地看著溫度計，說：「妳發燒了？」她突然有點恍惚，剛才已然吸收的整套劇本似乎混淆了她的感官。她點了點頭，又不確定地搖了搖頭。年老醫師加重語氣：「妳發燒了。」接著問她是否有咳嗽、頭痛、肌肉僵硬、喪失食慾的情況。她還是恍惚地點頭，又搖頭，表現得完全不像一個有經驗的標準病人。她看著另外一位年老醫師進來，兩人秘密地討論些什麼，竟然真的開始覺得頭痛欲裂。

然後他就沒有再見過母親了。

坐在軟墊上，他被迫努力地回想。他試圖把某些記憶附著在身旁可及的事物上，比如盤腿底下的軟墊讓他想起醫院的診療室，因為他也曾用同樣的姿勢坐在那些椅子上。他微微睜眼偷瞄身旁穿著桃紅花布的中年女子，想著那就是罹患了腹膜炎的母親。而再前方一點是他，那個顱內出血又試圖隱瞞病情的少年。他們不是母子，但也許一樣健康。他常常會不小心忘記此刻並沒有穿在身上的彈性衣，幸好紋滿全身的肉芽始終都在，他還能及時從遺忘的邊緣把它搶救回來，一步一步回憶它因為自己的標準病人練習而被剪下褪去的過程。先是手，然後是頭頂到眉線，跳到腰、背……他發現這樣的回憶很有益處，因為身體的每一部份都是確鑿的，因而與之連結的資訊就牢不可破，絲毫不受聖觀裡面失憶的浪潮所沖刷。這所寺觀之內，除了人以外，沒有任何可辨識的畫面，是一間巨大的空白之屋，而且是活生生的、不斷掠食的空白。

然而他可以牢記的：因為關於生病的所有練習，大多和母親有關。

母親首先是從腳步聲開始消失的，然後一點一點延長未歸的時間。他打開房間的窗子，把頭、手伸出去窺視街道，焦急得沒有餘裕慶祝自己如此健康。成千上萬種顏色的視線向他投擲而來，他耐心——分辨，卻找不到灰藍色的那種。夜色慢慢濃重，曾經有一段時間空氣中游離的顏色多到他幾乎以為自己又被灼傷了，驚恐地抽回自己的手查看。然而那只是他平常不曾看過的夜景，城市裡的人們點起了各式各樣的光，平常的這個時候他正在背誦提示單，在自己的身上醞釀一種自己沒有的病，好獲得生病的免疫力。他想像今天母親應該在醫院裡生一種很複雜的病，這種病讓她喉嚨痛得不能說話，必須要用寫字和比手畫腳的方式來溝通。但很不巧的，提示單要求母親扮演一位右手被車床壓斷的女工，她不能用慣用手寫字，又識字不多……

隨著時間過去，母親所扮演的標準病人徵象就愈加繁複。他設法編造出新的細節來拖延母親消失的時間，每一個需要五分鐘來表現的細節，他就在內心裡乘上十，或者十二，總之有幾位醫生接受考試就有多少。每當他發明一個新的細節，就能夠安心地睡上一陣子，然後猛然醒來，全身灼熱猶如十歲那年的火場，但他遠遠不只十歲了，所以灼熱也就瞬間退開膚表。他很快地想出新的病徵來解釋母親的不在，有些病徵甚至會塗改掉舊的。比如在他第四次醒過來，他決定母親的手不是被車床壓斷的，而是手指被罐頭機器碾碎，兩手皆是，所以她只能用牙齒咬著筆桿寫字給醫生。再更新的幾個版本裡，他游移著要不要讓母親乾脆不識字，或者讓她必須昏倒在診療室，醫生要先將她急救醒來，才能繼續考試……最後，他靈感枯竭，索性翻出一整疊的提示單，上面的第一行字總是「你有十五分鐘的時間詢問病史」，他不知道「你」指的是誰——他從來沒有詢問過病史，他只負責回答哪裡痛、什麼時候開始痛。他跳過那些無關宏旨的數據細節，重新閱讀各種病徵，重新在腦中組合出母親的提示單。

天亮了。

他用完了所有已知的病。

城市裡的顏色又漸漸地多了起來，但沒有灰藍色的視線。

就在某一個瞬間，他才找到滿意的解釋。他想，這一次，母親生的病應該是「死亡」。

他閉上眼睛，看著母親走入診療室，和醫生稍微談話之後，突然顛倒，暴斃了。醫生無助地面對歪歪倚在桌邊的母親，不知道這是不是考試的一部分，但沒有人進來終止，他也只好繼續處理下去。醫生試圖用一些金屬工具喚醒她，可是她分毫不動，因為母親很清楚，標準病人是不能在問診過程中突然痊癒過來的，一旦開始生病，就真的必須生病了，於是一醫一病，僵持不下……

於是，他換上自己看起來最堅固的衣服，並且收拾了一個背包的物品，十歲以來第一次，自己走上街頭。

母親說過，作為一個病人，最重要的事情是每次都要一模一樣。

沒有母親牽引著他，城市裡的每一條路都一樣。他沿著某一條路往前走，走累了就問路人最近的醫院在哪裡。路人們的眼光各有不同的顏色，但他身上只覆蓋著很少的彈性衣了，大部分地方早就不再刺痛。他走進的第一家醫院是一座米黃色的方形大樓，內裡亦是讓人安心的純白色。他向義工櫃台表明他是標準病人，想問問這裡有沒有工作。義工領他去見了幾位並不年老，但看來十分資深的醫師，醫師們有些遲疑地掃視著他，然後互相對望。

「不好意思，先生，我們不曾用過……」醫師職業性地頓了一下，「我們擔心您身上的舊傷會影響學生的判斷。」

他開始劇烈地咳嗽。

醫師們脫口而出：「您哪裡不舒服？」旋即微笑：「您還是先保重自己的身體吧，標準病人是不能……」

他立刻停止咳嗽，開始打噴嚏。然後站起身來，像一個頭暈的人那樣蹎蹎跌跌地走路。幾分鐘之內，他表現了各種不同等級的痛，強度從一到十，幾近真實的表情、汗水、眼淚與呻吟。幾位醫師想要往下詢問或說話時，他便會恢復成一個正常人，搖著手制止，接著展開下一個動作。

他們僱用了他。時薪大約三百五十元，有的醫院會多一些，有的會少一些。領了薪水之後，他會到外面的街上買兩份快餐和一杯冰沙，唯一和從前不同的是，他再也沒有回家過了。他不知道母親「死」在哪家醫院裡，所以打算就這麼找下去。當他坐在人行道微微溫熱的磚頭上用餐時，他會把第二份快餐放在身側，默默背誦今天讀到的提示單，就像是母親帶著他生各種病的夜晚。吃完東西他就捧著水果冰沙，不一定喝下去但一定等到冰涼消逝。有時候他會想起母親第一次帶他去醫院，猛撞進來、喘著氣連一個字都說不清楚的樣子。他想母親生病的樣子真專業，那七次闖進診療室從來沒有偷瞄過他一眼，安安穩穩地說：「我和我男友來的。」

就算現在他找到死掉了的母親，她也能忍耐著不睜開眼睛吧。他把空的便當和和滿的便當盒疊在一起，與溫下來的飲料罐一起丟進垃圾桶。他蹲下身來，對著並不存在的母親耳際輕聲說：「我已經完全好起來囉。」

母親沉重的屍身似乎有點激動，輕輕地搖動，他連忙阻止：「不，不要起來。」

「是你告訴我的——只要死過一次，你也能夠『免疫』了。」

（那句他僅記得的經文：無無明亦無無明盡乃至無老死亦無老死盡……）

他漸漸地在醫院之間打響了名號。嚴厲的醫學院教授們最初在面試他這麼一個全身嚴重燒傷的帶疤病人時總是面有難色，但很快地也因此發現了他在表演專業之外，獨一無二的價值。他們安排他穿著輕薄的短袖短褲，肢體僵硬地走入診療室，走入受試醫生驚嚇的眼光之中。那些經驗不若醫師豐富的醫生們或者強作鎮定，機械地照著標準程序一一問診，或者嚇得語無倫次，頻頻偷看藏在隱密處的小抄。在一些需要觸診的場合，他們無法迴避瘢痕和肉芽，只好用一種輕如羽毛的動作接觸，一邊問：「這樣會不會痛？」他敬業地隱藏了自己的嘲笑，他們不知道他此刻正是前所未有的健康、強大。他仍然隨身攜帶彈性衣的部份碎片，不過已經不再穿戴了，帶著它們只是一種預防萬一的、令人安心的動作。

醫師們都對他說：如果沒有你，我們還真不知道要怎麼考試。

有的時候還會有人補一句：是啊，像你這樣的病人……很少見。
這樣的人會使醫師們沉默下來，有些尷尬的顏色游離出來，輕輕地在他的膚表逸散。
「沒關係，」他合宜地學習母親：「能幫醫學生考試，是我的榮幸。」
他在每個地方的醫院待幾天，沒事的時候就坐在有冷氣的醫院大廳裡打盹，等待臨時的召喚，直到確定母親不在這裡為止。他也不知道為什麼要找母親，不過反正沒有別的事情做，到她面前展示一下自己的健康也不錯。他有時走路離開，有時坐車，反正錢花完了，他就問路上的人：「附近有沒有醫院？」他覺得路人們越來越眼熟，男子都像是他病過的角色，而女子都像是母親。他一眼就能夠看出有些人正在生著他生過的病，因為那些小動作和提示單裡面的一模一樣，就像排練了幾百次的他。他到過大都市的綜合醫院，也到過比較小型的地區醫院，它們的外牆各有不同的樣式，但進去都是純白色的內裡。雖然他已經不會因為顏色和視線而灼痛，但仍能感覺它們。而在醫院裡，一片純白，最接近一種什麼顏色都沒有的狀態。
最後他到了一個同時靠山、也靠海的地方。
在狹長的平原中央，醫院鐵灰色的方形建築幾乎是附近最高的大樓。
他走進去，生一些常見的病。
幾天之後，一位資深醫師悄悄把他拉到一旁：「我們想請您幫一個忙。」

他點點頭，但是被醫師止住：「您先別急著答應，這個請求很冒昧，您隨時可以拒絕。我們——我們希望您扮演重度燒傷者的癒後回診，這是我們擬的提示單，您可以先過目再決定……」

「我們曾經用一般的標準病人進行過這樣的考試，但是，您知道的，在視覺和觸覺上總有些微妙處，這個，沒有辦法複製……」

他記得他說好。

坐在茎觀唯一的廳堂裡，就是身在整座建築物的核心，四周佈滿了信眾們居住的房間。有一些信眾不住在這裡，往來家中與寺觀參與大家的冥想，但有的忘了再回來，有的忘了離開，最終就全部在這裡住下了。在這裡，時間也是最容易被忘卻的東西之一，因為沒有任何能夠標明刻度的工具可以持久，所有的人為標記比記憶還脆弱，它們首先會被活生生的茎觀吞食殆盡。

他在醫院裡聽幾個病人提起過，他們都曾經在茎觀裡面待上一段時日。他們說，就是什麼都忘記了，只是隱隱約約知道自己還活著，隱隱約約覺得是不是活著也沒有那麼重要。這些自稱「逃出來」的人們說，只要強迫自己記住一件事，就有機會逃出來。

「但是啊，」他們說，無限懷念地。

但是後面就沒有了，像是沒有逃出來的記憶。

他複習所有過往的事情，一件一件安置在簷柱、橫樑或者軟墊上，像在衣架上面掛著衣服。但有的時候，他也不太確定究竟是在複習還是預習。比如他總是再三回憶起十歲那年，母親用毯子劇烈拍打他著火的身體，可是他不記得自己以前是否記得這件事了。

巠觀裡的信眾皆閉眼，或至少垂目，從不看向彼此，也許有些人早就忘了旁邊還有人坐著。於是他開始利用這些安靜的人，默默編造一疊寫在巠觀大殿上的病歷表。他在每一個人的身上辨認出社會特徵，強硬或柔弱的肌肉，粗糙或光滑的皮膚，平整或多皺摺的臉。他由那些特徵想起曾扮演過的病徵，然後把那些病派給他們，於是就記住了自己的某一次表演，以及表演動用到的身體部位。以及母親。

不知道過了幾天，這一次的複習才大功告成。但他總覺得，還少了一件。

他低頭看到自己的手。

那雙手曾經像新生植物那樣，把紋滿肉芽的形體伸出窗外。

而只有這具身體，才能記住最後一次扮演：

標準病人進入房間。他穿著輕便的短袖衣褲，頭頸、手臂和腿部裸露處有嚴重燒傷的痕跡。傷口俱已結痂，開立相關藥物……

標準病人進入房間。他穿著輕便的短袖衣褲，頭頸、手臂和腿部裸露處有嚴重燒傷的痕跡。病人要求止癢、止痛藥物，開立外敷……

標準病人進入房間。他穿著輕便的短袖衣褲，頭頸、手臂和腿部裸露處有嚴重燒傷的痕跡。病人宣稱傷口俱已結痂，但在診視過程中迅速迸裂、並且滲出大量分泌物。準病人並無呻吟呼痛，但觀其言語，齒列緊併，肩頸肌肉不正常收縮，顯然處於忍耐疼痛的狀態……

他從診療室裡面落荒逃出，感覺到各種顏色又向他撞擊而來，紛紛在創口上炸裂。（彈性衣呢？）無數細小的爆炸在他的身上發生，就像他從來沒有免疫過那樣。他踉蹌衝出醫院，痛得在沿路留下幾乎可循的汗跡。他不明白怎麼了。這只是一次標準病人的工作，沒有任何化妝他就演他自己，演還沒完全痊癒的自己，而現在他應當是一個健康的人才對。他無法忍受不斷擊打在身上的能量，狂亂之中也許不住大吼：「看什麼！」他沒有對應任何人的眼光但那些都痛。都痛。

（我需要一個什麼都沒有的地方——）

於是他進來了，但忘了出口在什麼地方。

他不確定自己是不是還有力氣再踏出去，這畢竟是個那麼令人安心的地方，遠勝於醫院，也許還勝於他蝸居許多年的房間。

只是有些可惜，這裡沒有窗，能夠伸出手去試試。

這最後一件，也終於想起來了。

在這什麼都曾經、或即將遺忘的地方，至少他還逆勢想起一件事。他還想起了「痛」，當他心底發出這個音的時候，就算不清楚那到底是什麼樣的字，也馬上能想起，不同的顏色在身上炸開的感覺。

就在今夜，他不知道第幾次坐在軟墊，知道自己準備睡去。就在睡之前，他很短暫地想起了母親的死，那再也不會活過來的母親。

母親，是你說的，那句倒反過來依然真實的話：

只要活過一次，你也能夠『免疫』了。

「給　吳順達：

你記得有一個傍晚，我跟你說過什麼嗎？
『人只有自己一個的時候就會變得很堅強』，還記得嗎？
其實那時候我也是在逞強，我並不知道原因。但我現在知道了。
因為啊，
只要人跟人在一起，就會變得軟弱。」
「所以人只會越變越堅強。」

半青春

飛人

盛浩偉

西元一九八八年生，就讀於台灣大學日文系，目前正在日本東北大學當交換留學生。曾獲台積電青年學生文學獎。

少年們憂傷的面孔

——盛浩偉論

黃崇凱　撰

如果認真分辨起來，身處同一斷代的七年級小說家們究竟共享怎樣的小說美學標準？——請容我大膽地說——極可能是「節制」與「壓抑」。這類的小說讀寫論調，最被熟悉的是美國小說家海明威所謂的「冰山理論」。對於「小說可以說什麼」，老早已有太多小說家發展出喧嘩燦目的敘事路數，而海明威則戮力於「小說可以不說什麼」的節制技藝。在他之後，以這類節制文風聞名的還有美國小說家瑞蒙・卡佛，以及加拿大女作家艾利絲・孟若。生於一九八〇年代、長於一九九〇年代後的寫作者，他們的身高體重與電腦硬碟容量一起快速成長，網路資訊的頻繁交換與流通，造成文學訊息的取得相對容易，外國翻譯文學與本土文學創作的出版種類也大為成長，不論質量，均逼使這一代寫作者擁有豐沛的閱讀資源。

盛浩偉最早以〈父親〉一文奪下台積電高中生文學獎小說首獎，篇名雖為「父親」，實際卻專寫弟弟對於兄長的敬畏與反抗，全文從未提及缺席的「父親」。小說行文運筆之平穩，節奏之有致，內凝而節制，贏得當時決審白先勇等人的讚賞。如今以〈半青春〉、〈飛人〉來看，盛浩偉依然不失其內斂風格。〈半青春〉在小說主角收到國中同學的過世消息，進而回想當初認識這位同學的種種過程。小說描述瘦弱的國中同學遭到霸凌的集體暴力對待，原是一般通俗劇討喜的高潮情節，盛浩偉則以悠緩筆觸訴說敘事者如何眼睜睜看著自己的同學慢慢被逼入沒有後援的處境，幾乎從未伸出援手。乍看無事的小說瞬時變得面目可憎，猙獰不堪。

〈飛人〉以一句「這不要是一個悲傷的故事」開門，然敏感的讀者必定察覺它將會是一個悲傷的故事。小說在敘事觀點的轉移裡切換來去，透過好友之間的自我詰問與辯證，慢慢將故事推向一個悲傷的結局，最後以巨鯨在空中緩慢游動的優美意象結尾。盛浩偉另有〈夏日午後事件〉，在精描細寫的文句中，訴說禁忌而祕密的少年同性愛。他以雙線並行的交纏敘述，交疊映照父親的家暴行徑與終於奔洩的死亡性愛，達致愛與暴力相生相滅的古老命題。綜觀這些作品，隱約可以察覺到盛浩偉一意經營的主題：少年時代的壓迫與創傷記憶。在他的小說世界中，只見少年們黯淡而憂傷的臉孔，他們分別帶著創痛被迫長大，而大人們像是站在對立的暗面，鬼魂般往復糾纏，揮之不去。這或許是一種被迫丟入成人世界的成長小說。但歷經成人世界之價值觀、規則甚或性愛的刷洗啟蒙，被逼入光明世界裡的少年，那塊傷痕陰影卻自內心覆蓋了全身。於是盛浩偉筆下的少年們彷彿從未具備童騃的純真，那早在故事的開端就被毀壞殆盡了。

半青春

小瑋死了，車禍。

前幾天接到陳媽媽打來的電話，問我能不能去見他最後一面，還說小瑋他一直記得我。

這個名字在我的記憶裡已經隱匿許久，自從國中畢業都不曾想起過。只在那通電話後，才稍稍地浮現隱約的記憶。

但幾經思索後，我才發現浮出的記憶不過是冰山一角，許多事都給時間厚重地埋了起來。

小瑋是國中一年級下學期時轉來班上的。他的頭髮比班上任何人都要長，卻很神奇地沒有超過學校髮禁的規定，總是在邊緣遊走；他的身高很矮，記得那個時候我還沒抽高，才一五八公分左右吧，但他整整比我矮一個頭，加上他體型瘦弱、皮膚蒼白，簡直就是一副活生生會動的骨架，水藍色的制服襯衫穿在他身上，垮得出現皺摺，跟放久了的塑膠雨衣沒兩樣，皮帶圍在腰際也如同懸空的小型呼拉圈。

他一站到講台上，台底下的女生就低小而細微地發出一聲厭惡的短音。

我第一眼注意到他的部位是臉頰。在我長達六年半的學校生活中，從來沒看過哪個同學的雙頰凹陷得這麼深，彷彿皮膚的下方偷偷藏了一台吸塵器，牢牢將皮膚貼緊顴骨。

第二眼注意到他的，是兩個窟窿中僵直的目瞳。雖然並非漂亮水潤，但若不是那雙眼，任何人看到他都會覺得他是個剛做完癌症化療的人。他的眼神並不如身體孱弱，也不是毫無目的的渙散，而是定著的，好像不會動，又深邃得可以把人給吸進去般。如果真的要用什麼具體的形象去形容那雙眼，或許就只能說他的黑眼珠裡裝載了一個微渺的宇宙，而不時透露自蒼穹劃過的星辰之光。

事實上，我們並不是一開始就很熟，或者根本就沒有很熟過。但在校園裡，卻只有我可以跟他說上三四句話。因為他的外表，和上過兩次體育課時他都蹲坐在操場旁，使得班上同學都不太敢跟他說話。

疏離逐漸越演越烈，他就成了班上被大家討厭的對象。就像每個人的人生，很神奇地在求學階段裡不管怎樣班上都會有大家共同捉弄、欺負的人一樣。而且這種同學在早期學校生活中，如果成績不是很優異，也同樣會受到師長的厭惡。

我的國中導師是出了名的嚴。他身材肥壯，下巴周圍總是留有粗刺的鬍渣，面容也不只是嚴苛可以形容，大概可以說看起來像是流氓地痞那樣地凶惡。不知道是哪屆學長給他取了個綽號，之後所有學弟妹都叫他「屠夫張」。

雖然讀的不是明星國中，但他的管教方式簡直就是軍營。上課時不准轉頭、低頭，當然也不能交談，初犯者會在上課時間直接被叫到訓導處外半蹲五分鐘，訓導主任、生教組長們好像都習慣了，有時還會過來揶揄兩句「以後上課認真點啊」之類的話，然後賊笑一下地轉過身。

要是再犯的話，可就不這麼輕鬆了。違規的人得蹲著走路，並且繞過每間一年級教室，經過每間教室門口還得說聲「我上課講話」，引起每個班級的哄堂大笑才行。這項處罰除了雙腳的疲累，最可怕的就是讓國中生看得比命還重的面子近乎完全丟盡。但總還有幾個不受管教的人，可是「屠夫張」也不是省油的燈，所以處罰變得一個比一個重，一個比一個丟臉，就連女生也毫不留情地比照辦理。

當然他管得最嚴格的就是成績。剛進國中才不到一個禮拜，他就開始了每天早自習、放學後各考一張考卷。隔天上課時，若是成績不在班上前四名的，比第四名分數少一分打一下。他用的是三四根熱熔膠條綁起來的一根粗白鞭棍，從來不用擔心像木板藤條會有打斷的問題。幾次下來，幾乎全班都被打過了。

到了下學期，大家都習慣了，但剛轉來的小瑋可沒有。

我還記得他第一次考試後的情景。

那次「屠夫張」照例先說幾句話來侮辱沒考好的人。

「轉學生有兩種，第一種是原來學校太爛了，第二種是這個轉學的人本身太爛沒救，轉到哪裡都沒用。看來我們陳鈺瑋同學屬於哪一種很清楚了。」老師連看都沒有朝他看一眼。「那就先多給新同學一些鼓勵讓他習慣一下好了，你先上來然後多打五下。」

小瑋愣在座位上。其實他考得沒有很差，八十二分。

「叫你上台你沒聽到嗎？上來！」

然後他就帶些猶豫地起身走向講台，但沒有回頭，也沒有向其他同學張望。

「大聲說你考幾分。」屠夫張說。

「八十二。」

「少三分！考那麼爛還敢講這麼大聲，手伸出來打八下！」

我從來都沒有被處罰過。

每次考試我都是第二名，上課我也不常講話，理所當然地，我成了老師眼中的「乖小孩」之一。不過我並非內向自閉，反而是很希望可以和人隨意聊天的人。因為這樣嚴格的管理方式，班級在一年級上學期就漸漸地形成了「有被處罰過」跟「沒被處罰過」的兩個大團體。

「有被處罰過」當然是班上的大宗，而我被歸類的「沒被處罰過」團體裡，其他人大都是只讀自己書，也不會想要跟別人講話的人。這兩者明顯處於對立並且互相看不順眼。但是其間的界線非常薄弱，比一張紙還容易穿透，只要哪天不小心被處罰了，不管是多小的處罰，都意味著你從一個世界瞬間轉變到了另個世界，本來是同伴的人突然變得互相看不起對方。到了最後，「沒被處罰過」的團體，也不太能說是團體了，因為就只剩兩個人，其中一個是我。

但是班上不會特別去「欺負」我或者另一個沒被處罰過的人（那男的總是我們班的第一名），畢竟大家還是知道，再怎麼看不爽，但成績依然不如我們兩人，不過我也沒什麼朋友，更不用說女人緣。大家要找的可以「欺負」的人，首要當然是要好欺負的、不會還手的，但是要會記恨記仇，因為好像這樣比較有樂趣。就是像小瑋那樣的人。除了他以外還有大概兩三個人吧，即使身在「有被處罰過」的團體中，卻仍然是被欺負的人。

我們會開始說上幾句話，是從一次地理課開始的。

那次老師要我們分組作報告，一組三人。

地理老師是個新進的女老師，比起屠夫張是溫柔得無與倫比，也特別照顧課業落後的同學。

「這次的作業比較難，所以老師希望功課好的同學可以幫忙功課差的。吳順達？」

「有。」我答。

「你可以跟黃友賢一組嗎？另一個人的話……，就跟陳鈺瑋好了，照顧新同學。」

「喔。」

「這樣可以嗎？」

我點點頭，沒有答話。

於是我們就這樣認識了。黃友賢在班上也是被欺負的對象之一，原因是他的原住民身分和黝黑的皮膚，還有口音文法都有些奇怪的國語，所以也常常被玩弄、欺騙。聽起來很幼稚，但有些事情在幼稚的年紀，不管怎麼做都完全不會感到自己的幼稚以及羞愧。

友賢跟小瑋都一樣不多話，但友賢是屬於比較害羞的那種，不敢說話，而不是不說話。和他們一組，反倒顯得自己聒噪了起來，雖然常常是自己說話沒人搭腔，卻也不至於到自言自語那樣可憐的程度，所以實際上心理是比往常好受了些，至少不必悶著。當然也就是從那以後，我們開始會說幾句話。

我說話的對象還是以小瑋為主，就算友賢在班上被欺負，但他有空時仍然會發揮原住民精力旺盛的特性，跑到球場上找人打球，當然，他也是那時候我們之中最高、最壯的一個。

有時下課在廁所碰到小瑋，他會先點頭問好，然後便問我要不要一起走走。我們不會講什麼話，有點像是對對方都沒有興趣，只是剛好走在一起而已。然後他每次都會不經意的走到操場的角落，遠遠地望著場上一方。

幾次以後，我開始好奇他在看的對象。

「你每次都走到球場看誰呢？」我問。

「你想知道？」

「嗯。」我心想，這不是廢話嗎，我都問了。

「友賢。」

「去，我還以為是哪個女生。」

「嗯，友賢很健康的。」這什麼怪回答，我想。

但那次以後我才發現，友賢的身材的確很漂亮，勻稱而浮出淺溝的六塊腹肌，稍稍隆起卻仍保有稚嫩的胸肌，以及壯碩發達的小腿，還長著幾根好看的腿毛，是會令男生都覺得羨慕，並且想變成那樣的身材。

報告做完後的一陣子，我們就稍稍地疏遠了些，就像我與其他同學的關係一樣平淡。

但小瑋被欺負的情況卻越演越烈，有次甚至整個書包都被人倒到樓下，那天正下著雨，樓下又正好是一片未整的泥濘園地，他所有的書都沾上了骯髒的污泥，發著土臭。

之後他又多了類似「噁爛人」或「大便人」之類的綽號，不過別人怎麼叫他，他也毫不在意。通常這種情況會讓大家自討沒趣，久而久之就不叫了，但大家對他不知怎麼地，似乎是覺得他應該對於這樣的捉弄表示一些憤怒、羞愧，才能讓大家滿足，他卻一直沒什麼反應。這使得班上某幾個帶頭的壞學生對他開始感到一種莫名的憎惡，不使他做出些反應就不罷休似的。

屠夫張也對他很不滿，不問課本被丟下樓的原因，就直接花了兩堂課責備他不好好愛惜課本的行為。「你怎麼可以侮辱神聖的教育殿堂！」我記得屠夫張說的最多的就是這句話。我注意到週遭的幾個女同學開始隱隱露出微笑的神情，彷彿在表示「終於讓你得到教訓了」。但小瑋依然沒有什麼反應，只是低著頭。不知道是真的覺得羞愧而低頭，還是不想被別人發現他仍然沒有反應而低頭。

最誇張的一次是被人誣陷。在被罵過後幾天，不知道是誰放了一本乾淨的課本在他抽屜裡，然後班上某些人顯然是預謀好地，趁著屠夫張要上課了，就舉手向老師說某某某的課本不見了，請老師檢查全班的書包和抽屜。

然後想當然地，小瑋又被臭罵一頓，這次整整一個禮拜的數學課都是屠夫張大道理時間。總之還是不外乎「成績差就算了，居然還敢偷東西」，或是「你已經是個沒人格沒救的人了。」

他被罰了什麼我忘記了。只記得大家都在旁邊圍觀，而我不忍看。

一個禮拜過後，大家好像也就開心滿足了。趁著某節體育課，我藉口肚子痛到旁邊休息，想要問問小瑋的情況。

「欸，」我叫他，他正靠著欄杆看圍牆外的那棵高大木棉樹。「你……還好嗎？」

他轉過身，平淡地將嘴角上揚。很快地那抹笑容消失。

「吳同學，你知道第二次世界大戰時的詳細情況嗎？」他說。

「嗯，知道一點，你知道我的文科都比較差，還沒教到的都不會，自然科就不一樣啦，因為有補習嘛……」我聒噪地講著，想要化解尷尬，又怕會傷到他。

「那時候，」他打斷我，「真是一個噩夢。」

「哦？」我看他似乎想說些什麼。

「你知道同盟國跟軸心國吧。」

「至少這個我還知道。」

「嗯。」他頓了頓：「世界都把美英法當做正義的英雄，軸心國是邪惡的壞蛋，所有人都期待著正義擊敗邪惡，世界變得和平的那天來臨。」

「是啊。」我隨口附和道。

「可是那天來臨以後，才發現完全不是這麼回事。」

「哦？怎麼了呢？」

「大大小小的戰爭仍然在地球各處不斷持續著啊。」

「嗯……」我摸不太清楚他想講什麼。

「並不是因為邪惡無法消滅，而是因為大部分的人無法接受他們不再是正義了。你懂嗎？」

「嗯……，好像可以理解一點。」

「嗯，這就是為什麼他們要一直找出邪惡的原因。並不是由於想要弭平所有戰爭，所有的戰爭都說是為了和平。他們只不過是不知道自己做的究竟對不對，而只好繼續找尋下去。」他抬頭看天空。

沉默了一會兒。

「這都是你自己想的嗎？」我問。

「大致上。」

「感覺起來你的歷史好像很好，可是怎麼考試都沒有考很高分？」其實說出口我就有點後悔了。對其他人我會在意成績，但是自從記得他的那雙眼，我對小瑋就不曾有過想和他討論成績相關話題的想法。

「因為這個課本上沒寫嘛。」他苦笑一下，然後又轉過身去看那棵木棉花。樹幹上木棉花開了幾朵，花在粗厲深黑的枝幹上，像鮮紅銳利的爪子接連伸出，恣意地向天空攫取什麼。

我也到旁邊休息，並且思索著他說的話的意義，直到下課。

前幾天陳媽媽打來的電話是姐姐先接的。

之後姐姐問起是誰打來，我才說是陳媽媽，就是國一下轉來的那個同學，後來國二又轉走的那個。

「哦，那個喜歡你的男生啊。」姐姐說。

這麼一說我才想起來。

有段時間，小瑋整天帶著耳機，不知道在聽什麼音樂。聲音沒有開得很大，至少不是會讓周圍的人都聽到，但他對別人的呼喚卻完全沒有反應。

也因為這樣，一次在走廊上遇到屠夫張叫他，他卻沒有回應招呼，就被放學留下來掃地。

那天剛好我也是值日生，正在整理垃圾和資源回收。窗戶外面已經是昏黃的太陽。

我們都沒說什麼地埋頭打掃，教室裡瀰漫著沉默。結束後才坐在椅子上休息一下。

「你最近都在聽什麼？」

「我只有耳機而已。」說完，他把耳機的接收端子拿出來秀了秀。

我不知道該回答什麼。

「親我一下好不好？」他突然說。

我嚇了一跳，「你是Gay？」

「我也不知道，只是突然很想要有人親我一下。」他沒有笑也沒有任何表情，只用那雙深邃的眼盯著我看。

「讓我考慮一下。」我居然感到心裡一陣起伏翻滾，而不是噁心與厭惡。

但我說完仍舊迅速揹起書包頭也不回地快步回家。

回家後，我便跟姐姐講。很神奇地，我卻沒有感到羞愧而不敢開口，反倒像是亟需找人幫忙解決那般無助。

「哦，就是那個吧，那個什麼，」姐姐說，「所謂的『同性期』吧。」

「那是什麼？」

「大概就是青少年時期念純男校或純女校，或是男生在當兵時，因為沒有異性，而把自己的愛慕之情投射在同性之中的某種情感吧。一些研究心理的書上有說。」

但其實現在想想，這真是個奇怪的回答。一般來說，姐姐對於一個陌生的人對自己的弟弟有情感投射，應該感到某種程度的意外、噁心吧，加上姐姐又不像是那麼開放的人。

不過在幾年後發現姐姐是同性戀，也同樣經歷過愛上朋友的經驗後，我也就不太意外了。

忘了後來我究竟是怎樣解決這件事的，也忘了我究竟親了他沒有。

但我記得後來又有一次放學黃昏，他對我說的一些話。

他背著書包，走到我的座位旁。我正在整理抽屜裡用過的一堆計算紙。

「你知道嗎，吳同學。」

「嗯？」我仍然埋頭整理抽屜。

「人只有自己一個的時候就會變得很堅強喔。」
「是嗎？」我抬頭看他。
「嗯，原因你以後就會知道了。」
「講得好像你活得比我久一樣。」我開玩笑地說。
他也笑了。
這是我第一次看他笑得這麼開懷。

找了好久的通訊錄，才終於連絡到友賢。我問他要不要和我一起去見小瑋最後一面。
結果當天，我先到了火葬儀式的現場。我找到陳媽媽，並且和陳媽媽問候了一陣，其實以前我從來沒跟陳媽媽說過話。我問了小瑋在國二轉走後的情況、車禍的保險處理有沒有需要幫忙的地方，我正好有親戚在做相關的工作。
當然我也問了為什麼會特別打電話找我。剛到儀式現場時，我稍稍發現沒有和我年紀相當的人，不是比我大許多，就是還是國小小孩的樣子。
陳媽媽說，其實小瑋很早就萌生過自殺的念頭，而且不只一次，並且早就寫好幾份遺書留在房間，但他都沒有真正自殺過。他從小就是很悲觀的小孩，爸媽雖然心疼，卻也因為這樣，車禍發生時彷彿習慣哀傷了，才沒有過度傷心欲絕。

說完，她紅著眼眶，將給我的那份遺書遞給我，希望我能好好收著。從頭到尾她都沒有哭。

我趁著陳媽媽轉身後，悄地打開遺書。

「給　吳順達：

你記得有一個傍晚，我跟你說過什麼嗎？

『人只有自己一個的時候就會變得很堅強』，還記得嗎？

其實那時候我也是在逞強，我並不知道原因。但我現在知道了。

因為啊，

只要人跟人在一起，就會變得軟弱。」

看到這裡，我不可抑止地流下了兩滴淚。才注意到最下面還有一句。

「所以人只會越變越堅強。」

友賢遲到許久。儀式結束後，他剛好騎機車送我回家。

路上我們先到一家喫茶店休息。好久沒有聊天，也彼此寒暄許多，關於課業、人際、家庭、愛情……。

「嘿，你知道嗎？後來高中我就回到老家的東部去讀書的，每天都騎山豬上學喔。」友賢說。

「真的假的。」

「哈你居然會懷疑耶，當然是騙人的啦，我現在也會騙人囉。」

我們笑了笑，但其實我心底深處是笑不出來的。

我想友賢也是。

西邊的天空已經泛起一陣金燦的雲光，又是另一個漸次黯淡的黃昏。

飛人

「這不要是一個悲傷的故事。」

你總算提起勇氣走了進去。

窗外的陽光斜斜灑入，給潔白冰冷的房間帶來溫度，把窗簾染上明亮的色調。隔著口罩，你聞著充滿房裡的好天氣的味道。

房內安靜無聲，彷彿時間停止流動。

你呆立著。

◆ ◆ ◆

我坐在看得到飛機的位置，清醒。距離登機還有足夠的時間，可以讓我在這裡盡情欣賞。天際線遼闊，難得沒有一點雲層遮擋，天空遠遠地拱成曲面，四周明亮而中心漸層暗淡，天頂泛著不規則的葡萄的深紫色，像是隔著天幕，有什麼龐然大物漂浮著所形成的背影。

這裡的景色和我五歲以後住的地方非常像。我記得，五歲以前住的地方有海有沙灘，也模模糊糊記得，自己在沙灘上堆沙堡的畫面。但這裡滿是石頭堆成的棟棟並立著的樓房，中間躺著一條條街道。回想起來，只有家門前的那條種滿菩提樹的街道是我感覺比較親近的地方。秋冬時茂密的枝椏能抵禦冷風，五四月天氣開始轉熱的時候，菩提樹葉反而開始變黃，風吹落葉飛，抬頭看看從枝條間瀉落的陽光，再看看路上，那些金黃的葉片就像是破碎的陽光。

往東北邊下去，有一個大公園，穿越公園對面就是機場，如果沿著公園邊走就到了我的小學。小學上自然課的時候，學到了水在零度會凝結成冰，體積還會膨脹。如果說，沙是風化了的石頭，反過來想，石頭是凝結的沙。我一直覺得，這裡沒有沙灘，是因為沙全都凝結成石頭再凝結成建築，膨脹之後讓這裡好擁擠。

這裡真的是個很冷很冷的地方。

河對岸排列著的建築上，玻璃帷幕映著天空。

天空像水面。

每次游泳，剛下水做完二十個韻律呼吸以後，我喜歡深吸一口氣，再大力潛入池底，緩緩吐氣，讓身子越來越低，最後能平躺在池底一兩秒鐘。戴上蛙鏡，如果剛好眼睛的視線一半在水上一半在水下，會發現水面是一條銀色的線不停震動，切開視界；可是如果完全躺在池底往上看，水面是一塊不能映出影像的鏡子，你也不知道在看著的是什麼，嘴裡吐出的銀色氣泡上升，是飄浮的彈珠。

腳邊的草地往遠方延伸，飛機停在那裡。一隻睡著的鯨魚。閉著雙眼，躺在海底的沙灘上。在那裡，沙還沒有凝結成建築，肯定比較溫暖。

時間還沒有到。但快了，我知道快了。因為我已經在這裡等了好長一段時間。

我懷念起我的好朋友們。

◆ ◆ ◆

長輩說他是一個堅強的孩子，讓他也這麼催眠自己。

事實上，那只是麻痺，只是讓神經變得比較遲鈍，使他可以忽略那些毫無緣由便襲來的痛楚與某些事實，就連情感也像被魔法師拿布包了起來，然後情感就在眾目睽睽之下消失不見。要到多年以後，等他遺忘了這段記憶，才開始真正體會快樂和悲傷。

但在那之前，他只是隨著本能，與習性相似的同類聚攏。在他們四個之間的不是人們口中的友情或羈絆之類的東西，只不過是自然而然，像細小魚群於大海中閃著銀亮光芒集結穿梭，像幼小的非洲羚羊為躲避狼虎惡豹的侵襲而群居。他們集合在一起，只可惜沒有羚羊的速度，也不像細小魚群能在悠游之間造成一條大魚的幻象，更沒有角或是鱗片能夠保護他們自己。

除了小杰，他是一隻有著羚羊速度的魚。

那是在第一次，也是最後一次游泳課的時候他們才知道。

老師吹哨，身旁同學撲通撲通奔入水中，他們如往常意興闌珊。弱小的動物之所以弱小，全是因為沒有如雄武動物那般的敏捷與氣力。他們三人相覷，顯得不太想下水，只有小杰，說了一句我先下去了，就潛入水底，動作迅速熟練，彷彿不是他潛入水中而是水主動包圍著他。

他覺得自己被某種無形的積極的力量牽引，就這樣跟著小杰，忘記了自己怕水。他們都下水了。

老師又吹哨，大聲宣佈每個人要游兩趟，才能離開水道到自由區裡活動，班上那些高大的男生狀似哀求卻又帶點玩笑意味地呻吟，便自顧自地游了起來，炫耀自身亮眼的骨骼與肌肉，波光粼粼水花賤滿空中。

小杰調了調蛙鏡，他們還正躲著小芳和阿玲那幾個女孩的嘲笑，欸，不敢游喔，是不是不會游？連游泳都比女生慢，好丟臉噢你們——話還沒說完，小杰已經折返抵達，二十五公尺的水道像前踏兩步，帶頭的阿玲還嚇一跳說哇你是誰。

小杰游完兩趟的時候，池裡的人都成了浮木，不知該做何反應。老師早已躲進泳池邊的休息室裡看電視；那些平常在班上出鋒頭的男生啞口，不是驚訝於小杰的速度，而是尷尬著該不該上前稱讚，又想到平時對他們的那些欺辱，覺得這時露出親和的態度，未免有些虛假；剩下的人有些心裡暗自佩服，有些覺得不可能，有些想過去搭話但又擔心被歸類和他們一夥……

但他們無從發現這些。

尤其是他。他真真正正被鼓舞了。他在小杰瘦弱的身體和乾癟的肌肉裡看到了耀眼的光，他興奮地上前找小杰，問自由式的手要怎麼動，打水要怎麼打，連試了幾次卻像是原地踏步。小杰說，你低頭看看池底的線，線是這樣筆直延伸到對岸。坐過飛機嗎，飛機轉彎時會把機身整個側過來。游泳也是一樣，要一直讓身體左側，再右側，再左側再右側，左右震盪，划動的手抱水經過胸前，用力推到大腿旁邊，繞著身側畫出漂亮的S型，而前伸的手永遠保持中軸，中軸平行這條池底的線，就能迅速前進。

游泳就像是飛機飛行。

◆ ◆ ◆

你環視眼前的床，每張都是相同款式，上頭躺的人都是相似樣貌神情。

但你不敢注視。

不敢直勾勾地盯著，不敢把眼前的一切看得太清楚。

你想起學校那間圍上封條的游泳池。

禁止使用。

這裡的人臉上都好像寫著，禁止使用，因為身體裡頭正在進行什麼秘密工程而禁止使用。圍起布條，閒人勿近。

終於，你在一片模糊與抵抗中找到了。

床頭那盆黃金葛吊在空中，枝葉垂落，影子滴在床上。

你注意到自己的心裡有什麼漆黑的物質正緩緩滴落。

但又不敢注視。

◆　◆　◆

那時候我是為了游泳才進這所國中的。

家附近唯一的游泳池就只有這裡，雖然我的學區是在另間國中，但我為了這個和媽媽吵架，還說這是我這輩子唯一的願望。後來父親知道了，把我和媽媽罵了一頓，媽媽和他又吵起來，家裡天翻地覆，我跪在一旁哇哇大哭的聲音也被他們蓋過。總之我已經忘卻那時家裡的事了，那時家裡總是這樣。最後，好像媽媽還是打了電話給住在附近的姑姑問可不可以幫忙遷個戶籍什麼的，我才得以進入這所離家遠了一些的國中。那裡被建築包圍著，初到時我還有點喘不過氣。

冬天過完，游完第一次泳，才知道游泳池要整修。

然後泳池就被黃布條圍了起來。

好像那裡是什麼危險的地方。

我五歲以前住的家沒有房間，搬來這裡以後，上了小學才有自己的房間。可是我不喜歡房間，房間要打掃，要保持乾淨，要在裡面做功課做該做的事，要在裡面睡覺。給我房間只是為了把我關在裡面。我總是這樣想，因為父親很忙，媽媽也變得很忙。我從窗戶往機場的方向看，偶爾會看到一台飛機起飛，有時飛機會側身轉向，搖搖晃晃，好像要墜落，我便想像坐在飛機裡會有幾個害怕的人，想像他們害怕的表情，然後覺得這裡也一樣危險。

天空底下，只有房間以外，飛機以外的地方是安全的。但人好像比較喜歡把自己放在危險的地方。我看著游泳池，阿文最先來安慰我。

他大概是我最好的朋友了。

我一直記得我們在數學課時的對話。

要到那時候我才發現我們相像的地方好多。

我們都被老師討厭都被大家討厭，他說他沒有媽媽，我說我有爸媽但跟沒有一樣。

他說他討厭待在房間，我說我也是。

他說他溺過水，我便想起以前自己在海邊玩，要搭船時踩空掉進水裡，然後又想起那些側飛的飛機，搖搖晃晃，孤零零。不同的只在，他溺水以後從此怕水，我卻更喜歡水而勤於游泳。

我懷念他們，懷念那段日子。那是我搬到那裡之後最快樂的一段日子。

我看看手錶，時間差不多了。

我起身往登機室走。天空沒有任何變動，像平靜的水，腳邊的草是慵懶的海藻，我在水底步行，等不到任何一頭鯨魚醒來。

牠只是一直沉睡在那裡。

◆ ◆ ◆

他問小杰，是不是每天都跑去游泳池前面。

他問小杰，你是不是很想游泳。

他說，我們知道怎麼偷溜進去。

小杰說，偷溜進去能幹什麼，裡面在整修。

他說，裡面沒有在整修，學校只是把游泳池圍起來而已。

你捫心自問，這整件事情是不是從頭到尾自己都了然於心，卻默不作聲。

進門前那婦人向你道過謝才外出，使你再度惴惴不安，但又得把一切包藏得密不透風，演出最符合你的樣貌。

你別過臉去不正視他沉睡的面容，逕自拿起旁邊桌上的卡片。

「這不要是一個悲傷的故事。」

署名阿文。

◆　◆　◆

我覺得我的朋友們都有超能力。

他們一定是因為有超能力才被大家羨慕又忌妒的。

亞亞跟我一樣瘦，但頭很大，戴著一副老氣的圓眼鏡，樣子迷迷糊糊的，總是記不得上課的內容。雖然這樣，他卻可以觀察到所有發生的瑣事，記下所有沒有意義的小事，比方說今天早自習第三個丟垃圾的是誰（阿剛總是把垃圾丟在桶外面，但老師總是只訓斥亞亞因為他坐在垃圾桶旁邊），丟的是什麼垃圾（沒喝完的牛奶和吃一半的麵包），或是坐在左斜前方的阿玲在上物理課的時候往右邊轉頭幾次（阿玲好像喜歡體育股長建隆，雖然我們到最後還是不知道是不是這樣）。

余肥顧名思義很胖。他可以分辨聞得到和聞不到的味道，像是從一堆沾滿爛泥的課本中聞出亞亞課本的味道（我們的課本都空白而且沒寫名字他怎麼分辨得出來？），阿文鞋子的味道（不知道被誰藏在隔壁班的掃具箱裡），我衣服三天沒洗跟四天沒洗的味道（媽媽太忙了。但我真的沒有流很多汗，真的）。

阿文，我最好的朋友，他有無比的毅力。他要我教他游泳，但他學不會自由式，他的划手沒有力，不能推動水流。自由式的划手要和身體變成一種旋轉的關係，才能游得快。不要想像魚的樣子，因為人沒有鰭，要想像鳥，把翅膀想成手臂，那拍動一片翅的動作就是最完美的划手。水和空氣其實是一樣的東西，它們都不停流動，不停充滿所有空隙，包圍起一切。所以拍打水流要像翅膀與空氣搏擊一樣，奮力但柔軟，抵抗同時又要貼近，然後身體反覆搖盪，中軸保持平衡，雙腳悠悠隨水波動。

阿文，我最好的朋友，他真的有無比的毅力。但是真的很可惜，我和亞亞和余肥都覺得，他生來就沒有成功的天份。所以我只好教他蛙式，他才能勉強在水中慢慢游行。等到我們上岸了，他還不肯停，一直游，一直游，等到我們換好衣服，他還在游，等到我們回家了，他還在游。晚上我打電話給他，他沒接，我就知道出事情了。我趕快找了亞亞跟余肥，亞亞說他記得晚上十點半的時候警衛會經過游泳池一帶，要小心不要被發現，余肥說他聞得到阿文還在裡面，但味道有點奇怪。我們躲開了警衛，從黃布條的縫隙鑽進去，悄悄推開門，亞亞說監視器已經關掉了，他記得之前看到有人把游泳池的總電源給關掉了。

泳池裡沒有人，只有一隻巨大的青蛙沿著水道划手蹬腳。我趕緊跳下水，連身上的衣服也沒脫，用力划到他身邊，雙手從腋下環抱，雙腳一直夾、踢、夾、踢，費了好大的力氣才把他抬上岸。余肥和亞亞在泳池附近找了幾片橡膠樹的大葉子，整晚我們都不想回家，坐在池邊搧乾身上的水，偶爾聊幾句話。藉著操場的微亮燈光，我看見阿文身上的青蛙皮膚漸漸乾燥，從原本光滑濕潤，變得乾燥露出紋路，然後像蠶寶寶脫皮那樣輕輕剝落。他手指和腳趾間的蹼好薄脆，一碰就碎，隨風飛走了。就這樣不知不覺，我們在半夢半醒之間渡過了夜晚。

隔天被罵得好慘，媽媽揪著我又哭又打，導師在旁邊本來默默不說話，等家長都回家以後便開始訓斥我們，罰我們站在訓導處外面罰我們寫悔過書，不然就要記大過。我們挨著罵，但心裡都覺得有一種享有秘密的喜悅。我們是決不會把昨晚發生的事情說出來的。

因為說出來也沒有人會相信吧。

這是只屬於我們的回憶。

但我開始思考。

如果我的好朋友都有超能力，那我的超能力是什麼？

我一直覺得，自己是個誤差，上帝的誤差，或是生命的誤差。誤差的地方是，我靈魂的形狀和我的身體的形狀並不相同。那種感覺，就像是有一天突然轉頭看著自己的影子，才發現原來影子和自己長的不一樣。

不只是影子比較長或是身體比較寬的不一樣，而是，我覺得自己認識的我和現實上的我，不一樣。

我有點討厭這副身體，覺得自己被鎖在這裡，像被關在房間裡。

如果我能離開，說不定我就能找到自己的超能力。

我不知道該和誰說。

◆ ◆ ◆

他聽不懂。

什麼叫做「我覺得我和我的身體不一樣？」

他看著小杰有點沮喪的臉，自己的表情也沉了下來，但他不是覺得悲傷，而是覺得自己該做些什麼。他和余肥也和亞亞說，他們也都聽不懂。最後他找上班上的第二名，那是願意和他說話的人裡面，最聰明的一個了。

但是第二名也不懂。他失望地看著第二名著低頭思考的樣子。第二名安慰他，沒關係，我想只是他覺得被大家欺負有點難過——不對，他想。小杰不會因為這件事情而難過的，這對他們來說早已經習慣成生活的一部分，他覺得小杰跟自己一樣堅強。

可是，第二名說的話總是對的。

這也是他喜歡，甚至有點崇拜第二名的原因。因為第二名不會和大家一樣把他們圍起來，不會把他的鞋子藏起來，不會在游泳課的時候偷掀小杰的簾子大喊「大家來看他沒有雞雞」。

他其實也默默覺得，第二名和自己很像，沒有人會主動找他們說話，只有他們去找別人。但他們之間仍然存在著決定性的差距——第二名說的，總是對的。他這樣相信，毫無根據，沒有理由，就和他只因為小杰輕易下水而被鼓舞，克服對水的恐懼一樣。他是一個矛盾但容易被激起信仰的人。這個決定性的差距也具體地化為他們之間疏離的寸度。

不得不承認，即使他對第二名這麼有好感，即使他把他們的事情都和第二名訴說，但他們還是一點也稱不上是朋友。

他問第二名，要不要和他一起學游泳，他想起那次游泳課，第二名和其他人一樣依靠在池邊，彷彿池中央是和宇宙一樣真空，和黑洞一樣深。

第二名沒有回答，只說，要上課了。

他說的，總是對的。

◆ ◆ ◆

你想起那件荒誕的事，不禁又覺得想笑，等到笑意浮上嘴角，又覺得悲傷。因為你幾乎已經逼迫自己相信這件事。相信，所以才能開始遺忘。以相信作為某種心理上的補償，作為你繼續無憂無慮生活的動力。你的行動總是充滿相信與補償的辯證。你以為和他們說說話聊聊天，在惡意的行列裡盡可能擠出微笑，就可以顯示自己富有同情心。

你早就明白這樣是無濟於事的。

你早就明白自己也是共犯。

你只是沒有承認自己罪行的勇氣。

「這不要是一個悲傷的故事。」

你看著手中那張寫滿荒誕故事的卡片，清晰的筆跡和暈開的墨水，內容看來不過就是一個又一個連綴的低劣的謊言，卻又真誠，真誠得你無法責備。「阿文」兩個字縮在角落寫得極小，好像羞於見人，要把自己隱藏起來那樣。你是真的想不起來阿文去哪了，他就這樣自記憶裡逃逸。

你是多麼希望逃逸的不要只是他，而是連同這些自己都不堪面對，卻又一再滲透到你所有層面的回憶，也一同帶走。

◆ ◆ ◆

我是自己逃來這裡的，逃來這個無人的地方。

我其實充滿愧疚，不知道那之後的余肥、亞亞，和阿文，他們怎麼了。

我自私地一個人逃來這裡。

被圍起來的泳池因為沒有換水，裡頭的水越來越髒，水面浮起薄薄一層黏稠的藻類和灰塵，水面下也變得混濁，水量日益蒸發減少。余肥和亞亞不想跟我們來了，每次入水時的那種冰冷使他們感到恐懼和厭惡，且游完泳總是全身濕濕黏黏的，回家怎麼洗也洗不乾淨，好不舒服。到後來，只剩下我和阿文兩個人會偷闖進那間封鎖的泳池。

我問阿文，不覺得水很髒嗎。他說，他小時候去爬山，曾看過積滿藻類苔蘚的小水塘，裡頭依然有魚有蝌蚪。我覺得很對。

我覺得，游泳池的外面，也是很冷，很髒的地方。但人們還是依然住著。

阿文的蛙式進步很多，自由式也可以游一小段距離了。

學校裡的樟樹開始發出濃濃的香氣，操場旁一排榕樹的氣根好像又變得更加茂密，落了滿地粉紅色的榕果，被踩踏得金黃紛亂。天氣逐漸變熱，偶爾有一台飛機劃過操場上空，悶著轟轟響聲。下課坐在一旁看著同學打球跑跳，汗水滴在綠色紅色的ＰＵ地面上，傍晚以後偷溜進泳池，這樣日復一日，熟悉起這個被建築包圍的地方，感覺經過了好長的一段時間，做了好多事。真正計算日期，才發現原來也不過快一個月而已。

余肥和亞亞整天坐在教室後面，垃圾桶旁的坐位，繼續發揮他們的超能力，事不關己地記下每一天班上的無聊瑣事。有時外頭下幾場雨，有時熱得吹風扇也不夠。我和阿文也默默地瑟縮在教室另一角，期中考近了，便沒有人特別注意我們，沒有人想要注意我們。讓我們可以好好守住自己的秘密，游泳的秘密，超能力的秘密，青蛙的秘密。

那天阿文問我，為什麼這麼會游泳。我隨便說，因為我想看鯨魚。因為小時候住的地方靠海，海的外邊有鯨魚。說著說著，我自己都相信起這個隨口編造的理由。我開始覺得，我哪裡都不能去，是因為自己的渺小，才被困在這裡，如果我能夠變得跟鯨魚一樣巨大，變得比鯨魚還要巨大，那我一定哪裡都可以去。

阿文，如果那個時候，我真的開始相信這個理由，那我就不算騙了你吧。我坐在候機室裡，飛機離我好近。時間就快到了。哪裡都可以去。

◆ ◆ ◆

他問小杰，那你想去哪裡？

小杰說，一直游，一直游，總會游到想要留下來的地方。

他說，我不想要留在這裡。

他問第二名，世界上有什麼地方比這裡好，第二名反問，什麼叫做「比這裡好」？

他說不上來。

班上開始有人嫌他臭，說他每天都從水溝爬起來上學。他聞聞自己，雖然不覺得有什麼特別，但被他人這樣指著，好像真的有一股不散的臭味縈繞，發著微微螢光綠，罩著他無法擺脫。他問余肥自己臭不臭，余肥只是默不作聲。

他暗自決定不要再去游泳了。

他和小杰說，小杰只是點點頭。

◆ ◆ ◆

看著他呆滯的闔眼的臉，你記起自己最微小的罪愆，如蝴蝶拍動翅膀，在遙遠的地方造成颶風。

你一面與他們交好，另一面又把他們當作茶餘飯後的話題與他人交好。多年以後你在更多的人際交往間經覺自己過於熟悉轉換角色，過於敏感算計於人與人的進退應對，你在他人面前嘲笑他們，嘲笑使你和他人相同，站在同一陣線，壯大的勇氣更稀釋罪惡感。

你用嘲謔的語氣告訴別人，他游泳快，是因為他天天在水溝裡游泳。像之前你轉述的每一件小事情，像之前拿來嘲笑他的所有話題。

你看著他呆滯的闔眼的臉，這麼多年來，你把自己的罪愆掩蓋，卻在暗處長出更多枝節，觸動你的情感，剝離你的回憶，你無法分辨發生過與沒發生過的事，你也不想分辨沒發生過與發生過的事。

你怎麼告訴自己，你就怎麼相信。

可是，阿文，對不起。

我還是應該告訴你，青蛙永遠不可能，游得跟鯨魚一樣遠。

◆ ◆ ◆

就是那天，他回家後，反而覺得好不習慣。彷彿自己就真的是一隻渴水的青蛙，不能永遠待在乾燥的岸上。他打給小杰，沒有回應，他便自己蹓到泳池。泳池門口植栽的鵝掌藤愈發翠綠茂密，隔著校園的欄杆，外頭馬路上車子一輛一輛經過，車燈的光線掃過他的腳邊。

他看看眼前的黃布條，禁止進入。

車燈像礁岸上的燈塔，不斷旋轉。但他分辨不出那是在指引他，前方是航路請放心航行，還是那是敵人領海的警戒，要照出他的困境無所遁形。

他聽見人聲嬉鬧，還有斷續的喊叫，從泳池裡傳出。

他揭開黃布條，彎身走了進去。

當你被邀約一同前往時，就知道自己已經回不去了。

你一直躲在一旁的陰影裡觀看，看那些高大的少年把他架起，那些少女用口紅塗鴉他的臉和身體。他們把他剝個精光，把他倒立拖入水裡。

你看見那一刻，他無辜的臉，與現在在你面前的他重疊。

突然，你想吐。

隔著口罩，你發現好天氣的味道已經蕩然無存，剩下的只是久躺的味道，肥皂香料的味道，衰老的味道。

刺眼的陽光使你頭暈。

你看著手上的卡片，「祝你早日康復」。

「這不要是一個悲傷的故事」。

「阿文」。

我坐上飛機，想起了小時候溺水時見到的畫面。

那時，我在深海裡看見了兩頭鯨魚，分不清雌雄，他們只是一直在原地迴游，頭逐著尾，尾領著頭繞圈，銀色的氣泡上昇，海水漸漸變亮，透光，像窗外的藍天，從我逃來這裡的那天起就沒改變過。

起飛的那天晚上，我的頭卡在水中，脖子與手腳無法用力，像被網套住的魚。我聽到阿文的腳步聲，但我來不及告訴他，終於，我找到了我的超能力。

我的背上長出了白色的翅膀，翅膀往下一振，濺起滔滔水花，我控制著翅膀像多了兩隻手，像平時游泳，左側，右側，左側再右側，身體傾斜旋轉震盪，想像有一條中軸直直穿過我的頭蓋，我沿著中軸螺旋前進，划動這新生的兩條手臂，推進身旁圍繞的濃濃濁水，嘩啦，嘩啦，奮力卻柔軟，抵抗又貼近。

天色早已黯淡，月亮掛在空中，我無法控制自己疾飛的速度，便穿透了月亮，進到了月亮的背面。我發現，現在的我是我的靈魂，不是我的身體。我高興得想告訴余肥和亞亞我的超能力，高興得想和阿文說，我現在已經不苦惱也不討厭自己的身體。

只是一切發生得太快。

池裡的幾個人看到有人影出現，大為驚嚇，喊叫著翻牆奔走而去。

他跳下泳池，把小杰抱起。

他的堅強和遲鈍使他凝結在當下，不能動彈。

不知道過了多久，警衛跑了進來。

然後更多人跑了進來。

他呆著，只說，是我害的。

◆ ◆ ◆

你不知道他為什麼那麼說，那是永遠的謎。

這麼多年來，只有你知道真相，沒有人知道得比你更多。

他替你承受了所有責任，從你的生活裡消失，你知道的事情也被你自己掩蓋。只是，真相在掩蓋的黑幕裡滋長，事實釀造事實，記憶分枝出記憶。

你每年冒名寫一張卡片，反覆塗抹自己滿腔不知該如何吐露的話語，又每年親自拜訪，確認這些話語確實送遞，遞到一個文字和語言皆迷途的入口，只有一張呆滯的臉。

黃金葛掛在你面前。

這樣徒勞的欺騙有什麼意義？你其實完全明白，只是因為你沒有辦法道歉，沒有辦法解除自己內心的焦慮，才繞了這麼遠的路，繞得迷失了自己，自己編謊言欺騙自己，又欺騙別人，最後謊言成真，真相反而成為謊言。只有你，一直為了說謊而內疚。

這麼多年來，只有你還記得，這裡有這麼一個人，躺在這裡，時間凝結，肉身衰老，陽光自窗戶射入，照亮空氣中飄浮的灰塵。

你只能繼續編造，編造他人都不知道的過去和記憶，你怎麼告訴自己的，你就怎麼相信。

你看著卡片上祝福後的那句話，「這不要是個悲傷的故事」。

熟悉的筆跡。

婦人回到房裡，又和你道謝多次，你在讚美中感到羞愧，羞愧中感到罪惡。

婦人拉起窗簾，送你走出房門。

你期待未來會有一刻，你們轉身走出房門之後，他再度長出翅膀，等到婦人回去，只發現一根羽毛。

你期待，未來有一天，飛機會起飛。

那一刻，機身巨大的影子會投射在地面，幾乎就是一隻長了翅膀的鯨魚。天空和海一樣藍，沒有浪也沒有雲，只有刺眼的太陽在空中燃燒。大風吹起。

那一刻，飛機乘風高揚，遠離這個冰冷的地方。然後，地面的樓房開始毀壞，路燈閃爍，街道不斷起火，煙塵滾滾，揚起惡臭撲鼻，耳邊積滿轟隆隆爆破聲音，土地下陷窟窿擴大，玻璃應聲破碎，磚瓦表面裂出紋理，油漆剝落欄杆銹蝕，管線扭曲斷裂，建築物的隙罅冒出銀色的氣泡升上高空，水泥砸落水泥，鋼鐵壓碎鋼鐵，堆疊覆蓋堆疊，風化重複風化，藤蔓與蕨類從洞裡竄出疾速生長，爬上稀泥與礫石。瞬間，回憶將灰飛煙滅，一切凝結的事物逆行倒退，終至崩解散落成沙。沒有足跡，沒有眼淚，這不會是一個悲傷的故事，天空藍得像海，拍打灘岸。

那一刻，這個世界會開始有溫度。

那一刻，一隻長了翅膀的鯨魚盤旋在廢墟之上，影子掩蓋所有不堪，只剩群樹擺盪摩娑，芒草隨風曳動。天空開始有雲，是大海面上的浪，鯨魚緩緩地飛，緩緩離開。

【後記】

為什麼小說家成群而來

黃崇凱 撰

為什麼天才成群地來?

——克羅伯(Alfred L. Kroeber)

為什麼七年級

如果讀者按照線性的閱讀序列,一路從朱宥勳的導論、依年份排序的作者短論及其作品,而後抵達了這篇代後記,我假設讀者已經大致對宥勳導論所言「重整的世代」有了基礎認識,不管是經由概述點評的或透過個人選文所理解的。

那麼,接下來要問:您真的同意宥勳提出來的說法嗎?

任何意圖製作分類標準或劃定類別範疇的界線，至少都要面臨一個問題：為什麼要這樣分類？比如當您看見《七年級小說金典》的書名時，率先浮上的疑惑可能是：「七年級」是什麼（它與大陸常稱的「八〇後」有什麼分別嗎）？又為什麼「七年級」？

「七年級」這個詞彙乃是從中華民國國民身分證而來，泛指民國七十年至七十九年之間出生者。二〇一〇年的現在，這批人的年紀就落在二十歲至三十歲之間。如果從「七年級」這個詞彙為出發點來談台灣文學，我們所討論的「七年級小說」即是指這批坐二望三的台灣年輕人們所寫的小說作品。整部台灣文學史的骨架都可以用國民身分證的出生年份，每十年一個年級，依次建構而起。但文學史的研究重心並不在時間軸上的先後次序，而是在文學的實質內涵和體驗，以及它所被認知的狀態。多數的文學史著作都在文學事件或作品產生之後才回頭予以肯認評判，並從中鋪構論述脈絡，結合前人研究中尚可應用、挪用的理論框架，把無序紛呈的文學人、事、作品填入論述系統中，成為一部部精疏有別的文學史。照這個製造文學史的粗淺認識，如欲假設每一個十年都有自身的世代性、團體傾向，很可能導出許多錯誤荒謬的論調。因為那常是研究者用以歸納、分析的便宜手法，而非文學發展過程的真實狀態。

所以這裡首先要指出：「世代」這樣的概念時常來自沒有太多作品支撐的個人想像。因為「世代」不能自外於個人，而個人同樣無法擺脫在同一種時空條件下存在的限制。何況「世代」的認同問題也時常發生錯置，無可避免會有生於七年級卻寧願認同或在創作思考取向上接近□年級（方框內可填入更年輕的八或更老的六、五、四）。故此，類似粗率地談論所謂七年級世代欠缺鄉土經驗而成為「偽鄉土」小說寫作者，則徹底暴露論者自身對於「七年級」、「世代」和「鄉土」等內涵缺乏深刻認識，而只是輕快地誤用這些詞彙來檢討一樁並不存在的現象。

宥勳的導論將「七年級世代」略做定義，大致是文學社會學式的理解途徑，因而七年級世代在他口中變成「重整的世代」：從個人情感出發，去面對歷史的再現也汲取前代寫作經驗的寫作者。這個說法的最大問題很可能容易流於什麼都沒有說出來，也無法真的比較出所謂七年級世代之於前代的寫作者有何明顯不同的特質。因為不論何種分法的所有世代的寫作者大約都符合他所描述的七年級寫作者，如此一來，時間向度及年級分類就顯得失去意義，而宥勳提出「重整的世代」論點則顯得左支右絀且進退不安。這裡顯現了此時要對七年級小說及小說家做一個風格或創作傾向的定義和描述其實相當困難。

第一個困難的原因是宥勳本身不那麼相信世代性的粗率切割，因為他所觀察到的作者和作品都是極其個人的，過度詮釋化約成某種共有特質不啻是危險的；第二個原因則在於以七年級為名的小說作品數量還不足以成為一座可供探勘依海拔高度劃分的廣闊森林，頂多只能說它是稍具規模的森林公園而已。

七年級之必要？

照這樣的理解順著說，那麼編選這部七年級小說選集將顯得虛妄。其「虛」之處在於，所謂「七年級」是個粗糙而僅以出生年劃分的區別界線，它必然會捨棄掉一大批可能差不多時期在小說書寫上被注意到的作者（這些人的出生年常常是七年級之前），進而無法將這些作品含括進同時期的小說場域中，那麼談論同一時段的小說生態必然是殘缺的；其「妄」之處則在於，我們太常預設一個世代性僅僅在同一種切分範圍裡自然產生，而省略了其他前後代寫作者、（透過翻譯而來的）其他地區和語言的寫作者對於七年級小說作者的交互影響和滲透性。

讀者若讀完收在這本選集裡的小說，很難不受到書名的提點和明示，將它安置在「七年級」的標籤上，從而以之與其他標註為六年級、五年級乃至四年級的小說作品相衡量。但這樣的一部七年級小說選集，倘若抹去書名可見的七年級，我們真能從中尋找到什麼是七年級寫作者共有共享的寫作質地嗎？我想任何讀者，包括我們兩位編選者都無法做出這樣的論斷。

因此這部沿著國民身分證年份排比的小說選集，所能給予的將不會是一種真的涵蓋七年級全貌的小說選集，它比較接近是種提供賽前預測、賭盤預言的參考材料甚或抽樣調查。每位寫作者的思想資源、寫作系譜都各有不同的承繼、進程、鍛造模式和方法，硬要將其歸於某種流於空泛的世代論調，將抹殺現代小說書寫者最在意的獨特性及歧異性。畢竟文學臉譜的繁花盛景往往來自於形貌各異的書寫者及其作品，而非可從中提取某一種共有趨勢或共同氣質。尤其這類均一性的文學景觀正是現代寫作者極力要避免的。

世代論的說法很容易取得一種世俗的共鳴感，繼而激起某些對特定世代的自我觀感和補充評斷。如今宥勳和我都加入了粉飾「七年級」小說面目的行列，但我們卻無法從內心完全同意「七年級小說」這個世代論調。我們意圖要破除的，是對「七年級小說」僅停留在浮面認識的世代論的看法。如果我們不加反思地順從世代論觀點的說法，那麼許多個人偏見將率先佔領我們的理解，我們將無法得到真正對同一時段的作品較深入的探究和體會。很可能讀者最後得到的七年級小說概述會變成「寫得比較差的六年級」或「寫得還不成熟的六年級」、七年級不過是「六年級的延續發展」或「晚期六年級寫作趨向」之類的論斷。那麼七年級小說的內部殊異就無法從中得到應有的觀照。但這樣看待七年級小說，又落入了世代論的窠臼，並默許了七年級與六年級等其他世代都可以將其視為整體來看待和比較優劣的謬誤。

結果要避開「七年級」的干擾標籤，還是得從作品著手。

從七年級還原個人

要建立一種論述的主體性，往往不可能只單單打造論述主體性，而常必須從與其他論述的交辯對論中逐漸生成凝聚。人類學家克羅伯曾經問過「為什麼天才成群地來？」，主要來自於他的人類學研究中發現文化中的「天才」並非獨立於其他人而出現，往往是在一群志同道合的交遊圈中現身，繼而後續各自發展。克羅伯的著名提問不斷對許多學術研究產生啟發（特別是在學術史領域），此處我們可以恰可藉此考掘一群青年小說家的寫作之路，去發問：「為什麼小說家成群而來？」，將所有的寫作者都從面目模糊的「七年級」解放還原成個人，從個人的座標去參照前後輩及其他文學傳統的資源脈絡，真正抵達這些作品的內裡（這部分稍可從每位作者的短論及作品窺知）。個人面貌的特質接著才能從其他的個人比較中逐漸明晰清楚，從而有基礎地進一步討論群體共相的可能。

為什麼小說家成群而來？——如果小說家直面著時代，他們必然要成群而來。即使在不同的政治、社會及經濟條件下，每個時代、每個世代的書寫者都或深或淺的反映自身所處的時代氛圍。既然寫作者本身的知識來源不一，感覺結構的建設法也各有不同，唯一能夠確定的只有相似的時空條件。從這個角度來觀察七年級以降的寫作者，他們的確在客觀的環境條件上擁有前代寫作者所不曾有過的資源。當然寫作者們會因為自身學識養成及城鄉差距的限制上有所差別，時代環境如政治風氣、經濟發展、社會形態和文化現象等，照說都該包含在小說對應的生產條件裡，此處眾多轉變不僅影響著七年級小說寫作者也影響其他世代的小說創作者。這裡特別提出影響七年級寫作者最顯著的共有資源，即是「網路社群」（the community of internet）。相較於前代寫作者必須要憑藉同仁刊物、出版品，以作品為替身形成社交網絡，並以此維持作品之間的交流、作者之間的交情；進入網路世代的寫作者則更容易感受到網路虛擬空間的便利和即時。而這樣的快速交換資訊和意見下，很容易塑造一種想像的虛擬社群，網路的家族、社團和聚落依照各種主題、人物和嗜好迅速建立起來，文學網路社群的衍生只是其中一環。

網路世界的廣布發展隨著電腦及網路管線等軟硬體設備發展成熟之後，很快成為一九九〇年代中期後的普遍狀態，而七年級寫作者全部都處在這樣的時代條件下進行書寫，不管書寫的形式和方法，作品的呈現和交流時常可以透過網路傳達，並以此建立起一個書寫圈。傳統的刊物交流、藝文活動（如寫作班、文藝營）等搭建社群的管道依然存在，更可透過網路世界的普及反過來加強社群的緊密感。這樣無可避免的面臨、使用並且習慣於網路虛擬空間的時空背景，完全是跟著七年級書寫者相成長的。

網路世界的運轉規則越來越快速，造成許多網路虛擬社群、個人及團體部落格方生方死或改版進化，在適應網路元素的同時，文學仍好好活著，並且得到更大量的虛擬發表空間。克羅伯的提問在此獲得了另一種形式的證實。以至少同樣嫻熟於網路書寫及發表空間的前一個十年世代「六年級」來看，他們是第一批透過網路而建立起個人書寫聲望的作者（從最大眾通俗的小說家蔡智恆、九把刀到最小眾的現代詩人鯨向海、楊佳嫻等）。先例在前，對後起的寫作者多少產生典範作用，加以進入網路空間的軟硬體條件門檻持續降低，這些內外緣因素都在誘發後繼者不停投入網路的書寫空間，大量地觀覽各種在網路上流轉的資訊和文學內容物（不管是直接在網路寫的或由紙本轉成的），大批的文學成品和作者一起上網上線，而無法自外於網路脈絡的連結。在今天，還可以找到很多不上網的四、五年級前輩作家，但大概無法找到任何一個完全不上網的七年級作者。

這些整天掛在網上的七年級有什麼群性可言嗎？他們和其他年歲的上網者並無太大不同。上網的舉措讓他們全部進入虛擬空間中從事各項活動，當然也包括文學。這些外在的條件多少會成為寫作者的寫作資源，但文學寫作內容的實質變化並不明顯。例如這次入選的所有小說作品莫不可分歸到各種主題、各種族群或團體的選集之中，評判選集作品的標準通常不會在作者的年齡，而是在作品本身的題材、表現手法和延展意義。因此這次以「七年級」為名召喚集結的小說選集，必然會呈現出各類題材或立場並存的態勢，這也是所有世代選集的共同面貌，於是以「七年級」為名就真的只能從字面上去看，任何人要以超出這個字面意義找到七年級共有的作品傾向，都相當困難。

為了一種新小說

要逆轉任何偏見都是不容易的。簡單一句「你們年輕人都在寫些什麼？」都很容易造成誤解和誤會。這批散落在二十歲到三十歲一輩的小說家，無不致力於找出自身書寫的方向和特質，沒有人願意跟別人相似。但在絕大多數可見作品裡，我們暫時還沒真的發現太多與六年級不同的小說。認真說起來，「不要跟別人一樣」的創作態度是許多創作者都會抱持的理念，而所有的藝術發展到作者自身的極限，可以預料本來就不可能會一模一樣，就像沒有兩個人會長得一模一樣。因此在小說層面說的「一樣」，指的是表現手法、意象的使用、題材的重複、小說意欲表達的意念之相似相近。收在本書的這批作品相較於同輩，多半或有創造部分小型的新意故而突出，但相對前輩作品卻還無法取得明顯可見的突破。此外，這批寫作者亦非如法國新小說派作家群般（儘管他們並非一個團體卻仍可歸結出某些寫作傾向），標舉新小說之名，對傳統小說的語言、寫作概念和手法進行創造性的破壞。

就小說內容取向來看，這批作品的出現也不是全新的，每一篇小說都可以從前輩作者的作品找到相對應的系譜脈絡，接續某些可見的題材，適度升級為新版內容物，讀者可從收在本書的作品看見延續性。相對的，這些作品的斷裂性較低，多數並未逸出一個熟知現代小說的讀者所能理解的文學脈絡。但整體而言，這批小說隱隱然有著打造自身樣貌的企圖心和可能性。若從這批小說擴大到同齡人的其他作品來觀察，似有一條潛流指向「大敘事」（Grand narrative）的終結，轉向碎片化且私我個人的小敘述。這是「大」的終結，「小」的開始。但潛流（undercurrent）要成為潮流（current），仍須大量的作品為基底。潛流當然不只一條，可種種嘗試企圖最終將會反映在開拓一種或數種新小說的走向。七年級小說作者們或許多半震懾於前輩作家的成就、其他透過翻譯而來的世界文學經典和新潮，顯得稍欠自信而客氣，還不見勇於破故創新的宣言與作品。任何文學傳統並非不加理解就能傳接，傳統因革損益的另一個側面就是創新，繼而成為傳統的一部份。就像一九六〇年代法國新小說派對小說提出過那麼多顛覆性的意見，最終也消融在法國文學之中，成為文學景象的一塊拼圖。小說家的養成和登場並不是時候到了自然水到渠成，一躍而入文學史之中，總要經過不斷以作品自我修鍊的過程，才能取得一席之地。

小說家的成群而來，代表的該是小說作品的成群而來，這應是本選集最大的功能所在。此時的文學發展態勢未必會進入文學史論述範圍，很多可能的、潛伏的路徑會因為作者個人或時空環境限制而湮滅。尤其重要的，如果沒有秀異的作品持續面世，並與前後輩作者作品在同一個文學場域裡接受檢驗（不管是市場的、評論者的、同行的、讀者的），藉以從中形塑自身的模樣，七年級小說家才得以更被妥善分類到最適合他們的位置（或者反過來說，才能設下自身的小說座標）。因為新的小說面目只能透過一部部作品顯現而非口號宣告。否則，「七年級小說」到了最後很可能也只落得個「七年級」之名——這次的描述依然客觀不帶情感，但卻很可能不再令人期待了。

漾 PG0502

台灣七年級小說金典

編　　者　朱宥勳　黃崇凱
策　　劃　楊宗翰
責任編輯　林千惠
圖文排版　賴英珍
封面設計　陳佩蓉

出版策劃　釀出版
製作發行　秀威資訊科技股份有限公司
114 台北市內湖區瑞光路76巷65號1樓
電話：+886-2-2796-3638　傳真：+886-2-2796-1377
服務信箱：service@showwe.com.tw
http://www.showwe.com.tw
郵政劃撥　19563868　戶名：秀威資訊科技股份有限公司
展售門市　國家書店【松江門市】
104 台北市中山區松江路209號1樓
電話：+886-2-2518-0207　傳真：+886-2-2518-0778
網路訂購　秀威網路書店：http://www.bodbooks.com.tw
國家網路書店：http://www.govbooks.com.tw
法律顧問　毛國樑　律師
總 經 銷　聯合發行股份有限公司
231新北市新店區寶橋路235巷6弄6號4F
電話：+886-2-2917-8022　傳真：+886-2-2915-6275

出版日期　2011年2月　BOD一版
定　　價　320元

國家圖書館出版品預行編目

台灣七年級小說金典 / 朱宥勳, 黃崇凱編. -- 一版. --
臺北市：釀出版, 2011.02
面； 公分. --（語言文學類；PG0502）
BOD版
ISBN 978-986-86982-1-5（平裝）

857.61 100000651

讀者回函卡

感謝您購買本書，為提升服務品質，請填妥以下資料，將讀者回函卡直接寄回或傳真本公司，收到您的寶貴意見後，我們會收藏記錄及檢討，謝謝！如您需要了解本公司最新出版書目、購書優惠或企劃活動，歡迎您上網查詢或下載相關資料：http:// www.showwe.com.tw

您購買的書名：______________________________

出生日期：________年________月________日

學歷：□高中（含）以下　□大專　□研究所（含）以上

職業：□製造業　□金融業　□資訊業　□軍警　□傳播業　□自由業
□服務業　□公務員　□教職　□學生　□家管　□其它____

購書地點：□網路書店　□實體書店　□書展　□郵購　□贈閱　□其他

您從何得知本書的消息？

□網路書店　□實體書店　□網路搜尋　□電子報　□書訊　□雜誌
□傳播媒體　□親友推薦　□網站推薦　□部落格　□其他________

您對本書的評價：（請填代號　1.非常滿意　2.滿意　3.尚可　4.再改進）

封面設計____　版面編排____　內容____　文／譯筆____　價格____

讀完書後您覺得：

□很有收穫　□有收穫　□收穫不多　□沒收穫

對我們的建議：______________________________

____

____

____

請貼
郵票

11466
台北市內湖區瑞光路 76 巷 65 號 1 樓
秀威資訊科技股份有限公司 收
BOD 數位出版事業部

（請沿線對折寄回，謝謝！）

姓　名：＿＿＿＿＿＿＿＿　年齡：＿＿＿＿　性別：□女　□男

郵遞區號：□□□□□

地　址：＿＿＿＿＿＿＿＿＿＿＿＿＿＿＿＿

聯絡電話：(日)＿＿＿＿＿＿＿＿（夜）＿＿＿＿＿＿＿＿

E-mail：＿＿＿＿＿＿＿＿＿＿＿＿＿＿＿＿